Das Buch

In den dreizehn Geschichten dieses Bandes – entstanden zwischen 1966 und 1974 – hat Siegfried Lenz das Spektrum seiner Themen und Erzählweisen mit neuen, überraschenden Farben bereichert. Da gibt es das schon vertraute Milieu der Fischer und Taucher oder die Szenerie des Sports, daneben aber auch die gleichnishafte Erzählung ›Die Augenbinde‹, in der die blinden Einwohner eines Dorfes nicht dulden wollen, daß einer von ihnen sehend geworden ist. Auch die Parabel ›Die Schmerzen sind zumutbar‹ bezieht ihre eindringliche Wirkung aus ihrer Allgemeingültigkeit, aus der Vorstellung, daß Folterungen und deren Verharmlosung überall und jederzeit denkbar wären. Immer wieder hat Lenz auch die Frage des Erzählens selbst beschäftigt, hier in ›Die Phantasie‹ auf höchst reizvolle Weise umschrieben: Drei Schriftsteller werden durch ein etwas auffälliges Paar angeregt, jeder auf seine Weise die näheren Lebensumstände dieser beiden Menschen zu »erfinden«. Realistisch-psychologisch erzählt sind wiederum die Geschichten ›Das Examen‹, ›Ein Grenzfall‹ und ›Die Wellen des Balaton‹, eine meisterhafte Schilderung der gesamtdeutschen Wirklichkeit am Beispiel eines Familientreffens. Schließlich die impressionistische Titelerzählung, eine Hafenszene, seltsam relativiert und dann wieder in die Realität des Alltags entlassen durch die Anwesenheit Einsteins, der »selbst bestimmt, was eine Tatsache ist«.

Der Autor

Siegfried Lenz, 1926 in Lyck (Ostpreußen) geboren, arbeitete zunächst für Zeitungen und Rundfunk und lebt heute als freier Schriftsteller in Hamburg. Ein großer Erfolg wurde seine Sammlung heiterer Geschichten aus Masuren: ›So zärtlich war Suleyken‹ (1955). Danach erschien: ›Der Mann im Strom‹ (1957), ›Jäger des Spotts‹ (1958), ›Brot und Spiele‹ (1959), ›Das Feuerschiff‹ (1960), ›Stadtgespräch‹ (1963), ›Lehmanns Erzählungen oder So schön war mein Markt‹ (1964), ›Der Spielverderber‹ (1965), ›Haussuchung‹ (1967), ›Deutschstunde‹ (1968), ›Das Vorbild‹ (1973), ›Der Geist der Mirabelle‹ (1975), ›Heimatmuseum‹ (1978).

Siegfried Lenz:
Einstein überquert die Elbe bei Hamburg
Erzählungen

Deutscher
Taschenbuch
Verlag

Ungekürzte Ausgabe
September 1978
Deutscher Taschenbuch Verlag GmbH & Co. KG,
München
© 1975 Hoffmann und Campe Verlag, Hamburg
ISBN 3-455-04227-9
Umschlaggestaltung: Celestino Piatti
Gesamtherstellung: C. H. Beck'sche Buchdruckerei,
Nördlingen
Printed in Germany · ISBN 3-423-01381-8

Inhalt

Das Examen

Seht, da steigt Jan Stasny auf die Rolltreppe des neuen U-Bahn-schachts, dreht sich um und winkt, während er stetig nach unten fährt, zu seiner Frau und ehemaligen Kommilitonin hinauf, die im grünen Pullover am Wohnungsfenster steht und nicht nur das Winken erwidert, sondern auch den rechten Daumen in die Handfläche einschlägt und die Hand schüttelt, was von unten so aussieht, als klopfe sie gegen das Fenster. Er weiß, was sie meint; der gedrungene Mann mit dem schwarzblauen Haar und den Kalmückenaugen weiß, was sie ihm mitgeben möchte für das große mündliche Examen, dem er jetzt schwarzgekleidet entgegenfährt, mit der Kollegmappe unterm Arm, in der heute nur Zigaretten drin sind und ein leerer Notizblock. Er lächelt, deutet Zuversicht an im Hinabfahren, zuletzt gelingt ihm noch eine schnelle Geste der Beschwichtigung, so mit flatternder Hand in die Luft gezeichnet wie von einem Ertrinkenden, dessen Kopf schon untergetaucht ist: sei ganz ruhig, du weißt, daß es gut gehen wird, sei nur ruhig. Also es hat begonnen.

Sie will sich wegdrehen vom Fenster, da erkennt sie, daß ihr Winken aufgenommen und erwidert wird: dort, auf der ausgefahrenen Plattform des Spezialwagens, hoch unter den Peitschenlampen, denen neue Leuchtröhren eingesetzt werden, stehen zwei Kerle mit bloßem Oberkörper und winken und laden sie durch Zeichen ein, auf die mit rotweißem Stoff umkleidete Plattform hinabzuspringen. Die Hitze kocht über dem Asphalt, zittert über dem Metall der Peitschenlaternen. Komm doch, wir fahren ganz nah unters Fenster, wenn's sein muß, wir fangen dich auf. Sie antwortet mit angestrengter Achtlosigkeit, tritt zurück, schließt die Augen vor der Sonne, die von den hellen Häuserwänden drüben zurückgeworfen wird. War das die Türklingel?

Guten Tag, Mutter, ja, Jan ist schon fort, jetzt geht's los, komm, gib mir die Tasche, du kannst gleich hier anfangen, im Wohnzimmer; doch zuerst ruh dich aus. Die Mutter schiebt sich an den Ausstellungsplakaten moderner Photographie vorbei, setzt den Hut ab, legt ihn auf eines der Buchregale, die aus Ziegelsteinen und selbstzugeschnittenen, weißlackierten Brettern bestehen. Sie fährt mit der Hand über eine weibliche Kleiderpuppe, die eine angemalte Admiralsuniform trägt. Hast du das gemacht, Senta? Ich hab' sie Jan zum Geburtstag geschenkt. Dort, der kleine Rundtisch, von Büchern und gläubig vollgeschriebenen Kolleghefften bedeckt, die fleckigen Teetassen, auf deren Grund bräunlich angelaufene Zitronenscheiben liegen: Wir haben Jan noch einmal abgehört, Mutter, gestern nachmittag, gestern abend; Charles sagte: Jan wird summa cum laude bestehen, jedenfalls ohne Schwierigkeiten. Heute abend ist alles vorbei.

Die Mutter weicht mit übertriebener Vorsicht dem Plattenspieler aus, der auf den harten Kokosläufern steht, mit denen das ganze Zimmer ausgelegt ist und die weiterlaufen in den durch einen zu kurzen Vorhang abgetrennten Nebenraum. Auf dem selbstgebauten Nachttisch neben der Couch würgt ein unternehmungslustiger Schlips ein mit bunten Glasmurmeln gefülltes Bonbonglas. Ein Reisewecker hält ein aufgeschlagenes Buch unter Druck. Senta steckt sich eine Zigarette an, rollt das Bettzeug zusammen, drückt und knetet es in einen Bettkasten hinein und streicht die Decke über der Couch glatt. Hast du all die Zigaretten geraucht? Charles war hier und Heiner, wir haben bis in die Nacht gebüffelt. Ab heute ändert sich das alles.

Der enge grüne Pullover ist unter den Achseln verfilzt, geschwärzt von Schweiß, der Hosenboden über dem schmalen, harten Hintern ist blankgesessen auf den formlosen Lederpuffs, die an einigen Nähten aufgeplatzt sind, als wollten sie sich übergeben: die Mutter sieht es, während Senta, die Zigarette zwischen den Lippen, in beherrschtem Winkel über der Couch arbeitet, barfuß, denn ihr machen die rauhen Kokosfasern nichts aus. Ob du's glaubst oder nicht, Mammi, vier Monate war ich nicht beim Friseur.

Woher habt ihr denn das, fragt die Mutter. Auf einem hängenden Regal, zwischen Stofftieren, zwischen selbstgesammelten Muscheln und kleinen Messingglocken, die von einem Pferdegeschirr stammen, steht ein Schnitzwerk, steht, dreifarbig und wirkungsvoll koloriert, die Heilige Familie, ein schmaläugiger Josef, eine breitwangige Maria, die fassungslos einem betagten Jesuskind lauschen, das seinen Eltern etwas vorliest und offensichtlich die Züge von Jan trägt: das scharfe Profil, die ruhig fordernden Blicke und den weichen Mund, der den Blicken widerspricht. Ach, das? Jans Lieblingsonkel ist hier gewesen, er hat schon früher davon gelebt, du weißt, in Suwalki, und jetzt lebt er wieder davon, über achtzig hat er in Hamburg verkauft. Deputat, er sagte, dies Stück sei unser Deputat, weil er Jan als Modell benutzt hat.

Die Mutter schiebt den rostroten Vorhang zur Seite – das also ist immer noch Sentas Zimmer: der klobige Schrank, der mit jedem Raum einverstanden zu sein scheint, in den man ihn schiebt, die zwischen Schrank und Fensterbrett eingeklemmte Couch, das pendelnde Mobile, ungleich große Fische, die hoffnungslos hintereinander her sind, der Transistor, und an der Wand Marcel Marceau, der gleich einem Schmetterling das Leben zurückgeben wird. Sie besichtigt das Zimmer auf eine Art, die weder Einverständnis noch Vorbehalt deutlich werden läßt, es ist auch keine Neugier, die die hochgewachsene, hellhäutige Frau mit den Sommersprossen an Regalen und Couchen vorbeiführt, allenfalls der Wunsch, mögliche Veränderungen zur Kenntnis zu nehmen, ganz für sich. Aber da ist ein Zwischenraum.

Ich hab' euch Blumen mitgebracht, Senta, sagt sie gegen den Schrank, der einst ihrer Mutter gehörte, und Senta, die sich den grünen Pullover über den Kopf zieht und barfuß näherkommt: Wir haben nur eine Vase, Mammi, ich glaube, im Badezimmer. Entschuldige, ich hab' ein irrsinniges Programm: zum Friseur und den Tisch bestellen, und für abends einkaufen, wenn die andern kommen. Und baden. Kannst du das machen?

Senta zieht einen Rock an, eine Bluse, angelt sich ein paar Schuhe mit hohen Absätzen, kämmt vor dem großen Spiegel energisch ihr Haar durch, wobei sie den Kopf schräg legt. Nein, Mammi, ich bedaure nicht, daß ich das Studium aufgegeben habe, es genügt, wenn Jan das Examen macht, uns beiden genügt es. Du weißt, er ist wie die Leute in seiner Heimat: die machen alles mit Bedacht, sie sind nicht zimperlich, wenn sie sich auf die nächsten Jahre festlegen, und wenn sie sagen: erst kommt dies, und dann das andere, dann halten sie sich auch an diese Reihenfolge.

Sie stürzt mit einem kleinen Schrei ins Nebenzimmer, die Zigarette ist vom Aschenbecher gefallen, der Glutklumpen hat dem selbstgebauten Nachttisch wieder einen untilgbaren Fleck eingebrannt; Senta ist so aufgebracht darüber, daß sie die Zigarette in die Küche trägt und sie unter den Wasserstrahl hält: kurzes Aufzischen, das Papier schwärzt sich, die Schwärze zieht bis zum Filter hinauf, die nasse Zigarette fliegt in den vollen Abfalleimer. Senta dreht sich zu ihrer Mutter um, die ihr die Tasche nachträgt, die die Tasche jetzt auf den Küchentisch hebt. Sie legt ihre Handflächen von hinten auf die Oberarme ihrer

Mutter, drückt, drückt kräftiger, als wollte sie den breiten Oberkörper zusammenschieben. Entschuldige, es hängt soviel davon ab, alles läuft auf diesen Tag zu, es ist wie ein Nadelöhr: wenn man sich erst durchgezwängt hat, wird's leichter. Es ist doch auch, in gewisser Hinsicht, *mein* Examen. Ich verstehe das doch, sagt die Mutter, und nun kümmere dich nicht um mich: ich find' mich hier schon zurecht, soviel hat sich ja noch nicht verändert bei euch, in den vier Monaten. Mach dir was zu trinken, Mammi. Ja, ja.

Da ist die Hängetasche aus Stoff, dort auf dem Bord liegt die Sonnenbrille, jetzt nur noch ein Band, ein Samtband, um das Haar zurückzubinden: ist der Spiegel einverstanden? Senta drückt einen kurzen farblosen Wurm aus einer Tube mit Feuchtigkeitscreme, sie zerreibt den Wurm zwischen den Handballen und streicht kraftvoll über Stirn und Wangen. Sie schiebt das Kinn vor, grimassierend, piranhahaft, saugt mit der Unterlippe die Oberlippe ein, da fehlt etwas Karmesin, also stülpt sie die Lippen auf, rundet sie, zieht den Stift vom Mundwinkel zur Mitte, schmatzt trocken, bleckt die Zähne, schiebt vorsichtshalber ein Tempotaschentuch zwischen die Lippen und drückt die Lippen zusammen, die einen Abdruck auf dem Taschentuch zurücklassen. Nun noch die Schweißperlen von der Nase tupfen, den Hals abreiben. Stimmt es, Mammi, daß wir über 25 Grad Wärme haben? Na, ich geh' jetzt, tschüß.

Wie kühl es im Treppenhaus ist, die Kühle steigt vom gefeudelten Linoleum auf, das die Feuchtigkeit zu bewahren scheint. Sie sieht eine Treppe unter sich eine Hand auf dem Geländer und einen blauen Ärmel; klatschend greift die Hand höher und höher, gewinnt den Treppenabsatz, und nun erkennt Senta eine Schulter, in die ein Lederriemen schneidet: Warten Sie, Herr Paustian, ich komme.

Nur eine Postkarte für Sie heute, Frau Stasny. Nicht mehr? Das ist alles. Morgen, Herr Paustian, Sie werden sehn, morgen. Geburtstag? Examen: mein Mann macht heute das mündliche Staatsexamen. Herzlichen Glückwunsch. Es hat vielleicht gerade erst begonnen. Ach so.

Also, Jans Lieblingsonkel drückt beide Daumen für das bevorstehende Examen, er hat bereits ein Stück Holz unterm Messer, aus dem er für den Kandidaten eine besondere Figur »erlösen« will, es soll ein Geschenk sein, das er wegen seiner Gliederschmerzen allerdings nicht selbst vorbeibringen kann; er wird es der Post anvertrauen. Sie steckt die Karte in die Hängetasche, hüpft jetzt, die Tasche schlenkernd am Arm, die Treppen hinab, begegnet im Eingang ausgerechnet der mißmutigen Vogelscheuche, die ihren zweirädrigen Marktkarren ins Haus bugsiert und auch diesmal nicht zurückgrüßt, den Gruß vielmehr nur mit Erstaunen zur Kenntnis nimmt, was Senta nichts ausmacht, da sie sich in den vierzehn vergangenen Monaten daran gewöhnt hat, von ihrer unmittelbaren Flurnachbarin nicht gegrüßt zu werden. Sie tritt hinaus in die Sonne, schließt die Augen, hört Charles fragen – oder doch eine Stimme, die Charles gehören könnte –: Was weißt du eigentlich über Wielands Humanitätsbegriff?, und spürt gleichzeitig den Sog, als die heiße Wand der Straßenbahn an ihr vorbeifährt und den Staub aus den Schienen fegt. Das Programm.

Senta überquert eine Hauptverkehrsstraße; da ist die Entstehung und Beherrschung mannigfacher Bewegungen zu beobachten: schneller Antritt bei leicht vorgebeugtem Oberkörper, verzögerter Schritt, der lang aus den Hüften fällt, rasches ungefährdetes Schreiten, wiegendes Verharren, um einen Laster vorbeizulassen, ein letzter Sprungschritt, der den Bürgersteig gewinnt. Möbel-Marquardt, Tee-Müller, Blumen-Preißler: daß sie ihre Namen jetzt schon den Waren unterordnen, die sie verkaufen; wenn einer nun mit Geflügel handelt und Krebs heißt?

»Zur Kachel« heißt das Lokal, eine ausgetretene Kellertreppe führt hinab. Senta öffnet die Tür, schiebt eine braune Filzportiere zur Seite: hier also will Jan mit ihr feiern, in einer dieser kühlen Nischen, deren Wände mit Photographien von berühmten Köchen bedeckt sind, denen »Die Kachel« Endstation einer Karriere war oder Empfehlung zu steilem Aufstieg bedeutete. Auf jedem Tisch liegt eine elektrische Klingel. Sie wünschen?

Ein älterer Kellner, graue Augen, fleischiges Gesicht, macht sie darauf aufmerksam, daß erst um zwölfuhrdreißig geöffnet wird, sie hat es bereits gelesen, sie will lediglich bestätigen, was ihr Mann mit dem Geschäftsführer ausgemacht hat: einen Tisch für zwei Personen, auf den Namen Stasny. Einen Augenblick. Der Kellner holt eine Kladde, legt sie auf den Tisch, beugt sich über sie und beginnt unter leichtem Schnaufen zu lesen; er trägt orthopädische Schuhe. Vor Sentas Augen beginnen kleine rote Punkte auf- und abzusteigen, sie formieren sich zu einer Spirale. Stasny, sagten Sie? Ja, da ist etwas bestellt. Wir möchten gern etwas für uns sein, sagt Senta, wir möchten etwas feiern. Selbstverständlich. Nummer Vier. Der Kellner mustert sie mit frei-

11

mütiger Gleichgültigkeit, es kostet sie Mühe, seinen Blick zu ertragen, sie hat es nicht vor, doch sie sagt: Es soll eine kleine Examensfeier werden. Nummer Vier ist reserviert, sagt der Kellner und folgt ihr auf den fensterlosen Gang, am Büro vorbei, aus dem jetzt der Geschäftsführer tritt und sich erkundigt, ob alles zur Zufriedenheit steht. Der Kellner berichtet und blickt auf Senta, und zum Schluß fragt er immerhin: Das medizinische Examen? Germanistik, sagt Senta. Ach so.

Sie steigt die Treppe zur Straße hinauf, die Sonne trifft ihr Gesicht. Was können Sie mir über die naturwissenschaftliche Begrifflichkeit in Büchners Werk sagen? Wird sie gerufen? Setz dich, Senta, sagt der Mann in den Reitstiefeln, er verschwindet im Reisebüro, und die Schäferhündin setzt sich dort, wo er sie angebunden hat, und beobachtet hechelnd die Bühnenarbeiter, die aus einem Nebeneingang des Theaters Dekorationen zu einem Lastwagen tragen. Das Theater geht auf Reisen, vielleicht werden die Dekorationen auch nur ausgeliehen; zu welchem Stück könnten sie gehören, diese weißen, zierlichen Möbel, dieser lichte Wald, der kein deutscher Wald ist?

Senta wischt sich mit einem Tempotaschentuch den Schweiß von der Oberlippe. Sie nimmt gehend das zur Kugel eingerollte Einkaufsnetz aus der Hängetasche, liest die mit Schlemmkreide auf das Schaufenster geschriebenen Sonderangebote: Bulgarische Himbeeren, Geflügelklein, neue Kartoffeln. Sie bleibt stehen und beweist, wieviel unerwartete Gründe es gibt, stehenzubleiben: erschrocken wendet sie sich um, hebt den rechten Fuß, blickt auf den Absatz, streckt den Fuß nach vorn aus, eine kurze, kreisende Bewegung, dann geht sie weiter und ins Geschäft. Guten Tag, Frau Stasny.

Beide sagen es, Feinkost-Grützner und Feinkost-Sohn, gleich werden sie auf fettigen Messern Wurst- und Käsescheiben zum Probieren anbieten, doch zuerst kommt die Bekundung familiärer Anteilnahme, und das heißt, daß beide sozusagen von Herzen ihrer Hoffnung Ausdruck geben, daß das Wetter den Urlaub von Herrn und Frau Stasny nicht vermiest habe, worauf Senta sagt, daß sie mit ihrem Mann noch nie verreist sei; da hat man natürlich das Wetter für den ins Auge gefaßten Urlaub gemeint. Wo ist denn der Zettel? Sie weiß, daß sie alles aufgeschrieben, den Zettel in die Umhängetasche gesteckt hat – macht nichts, ich hab' alles im Kopf. Heiner und Charles trinken nur Bier, Jan hat am liebsten Sprudel mit Korn – eine Flasche Doppelkorn, bitte.

Sekt ist wohl unumgänglich, sagen wir: drei Flaschen Sekt. Nein, keine Familienfeier, mein Mann sitzt gerade im Examen. Danke, aber es ist noch nicht bestanden. Ihm macht die Hitze nicht soviel aus. Liebe Frau Stasny, sagt der Feinkost-Sohn, wir werden Ihre Examensfeier würdig ausstatten; solch einen Satz kriegt der fertig, und da er nun weiß, daß es insgesamt acht Personen sind, die Jan Stasny auf gebührende Art feiern werden, erlaubt er sich Vorschläge zu machen. Salzstangen, zum Beispiel, man knabbert doch gern etwas zwischendurch. Oder hier, sehn Sie mal, diese Gürkchen im Glas.

Senta schüttelt den Kopf. Es soll nicht hoch hergehn, verstehen Sie, und sie wird auch nicht lange dauern, die Examensfeier, vielleicht anderthalb Stunden. Sie blickt auf die Schüsseln mit Heringssalat, mit Majonnäse, mit ausgelassenem Fett, in dem die Grieben wie Rostflecke sitzen. Da liegen, angequetscht, Zellophanbeutel mit Geflügelklein; in dem blassen Rosa schimmern gelbliche Flomenlappen. Hier die eingelegten Heringe im trüben Sud; das Fleisch scheint flockig, scheint sich von den Rändern her aufzulösen. Ein angeschnittener Schinken wirbt um Aufmerksamkeit, schwitzende Dauerwürste machen sich bräsig, ziehen den Blick auf sich. Vielleicht etwas Käse? Selbstverständlich.

Senta bekommt ihren verlorenen Blick - so nennt es Jan, wenn sich ihre Lider zusammenziehen, wenn der Mund aufspringt und sie eine Hand mit gespreizten Fingern an den Hals legt. Ein unerklärlicher Druck, eine rätselhafte Stauung machen sich bemerkbar. Senta versucht diese Beanspruchung durch Schluckbewegungen auszugleichen und netzt ihre Lippen, um den säuerlichen Geschmack loszuwerden. Wie bitte? Sie hat die Frage nicht verstanden. Sie dachte daran, daß Jan in seiner eigensinnig planenden Art ein Hotelzimmer für diese Nacht bestellt hat - sie konnte es ihm nicht ausreden - und daß sie nach der kurzen Examensfeier die Freunde allein lassen und ins Hotel ziehen werden. Auch ein Beutel Salzmandeln, ja. Schließlich, in den letzten Tagen merkte sie, wie sehr sie sich selbst darauf freute, nicht allein deswegen, sondern weil das Examen dann hinter ihnen liegen würde, das ihm - sie hatte es längst herausbekommen - einfach wegen der geringen grammatikalischen Fehler bevorstand, die er immer noch machte.

Der Feinkost-Sohn, glattgekämmtes, pomadiges Haar, zwei Fingerkuppen unter Pflaster, stellt die Waren zusammen, nimmt Sentas Blick eilfertig auf und verlängert ihn zu Regalen und Vitrinen: noch Mixed Pickles? Oder Paprika? Oliven vielleicht, die lassen sich doch immer gut an? Danke. Oliven. Woher der sich seine Sprache besorgt hat. Auf die Frage, ob Senta die Ware auf dem Rückweg mitnehmen dürfe, schiebt er eine Schulter nach vorn und sagt: sehr wohl, aber gewißlich, Frau Stasny, dann bis gleich. Er sieht ihr auf eine Weise nach, als ob er sich überlegte, wofür er sich entschuldigen könnte.

Rasch über die Straße, es ist noch grün. Senta geht allein an den wartenden Autos vorbei, die von der Hitze belagert werden; sie spürt, wie man über sie herfällt mit Blicken, wechselt die Gangart, hüpft jetzt, hüpft schwerfällig, es läßt sich nicht wie gewünscht gehen unter den Blicken, und sie lächelt in eine Windschutzscheibe hinein, die ganz undurchsichtig ist vor hartem Glanz, und springt bei Rot auf den Bürgersteig. Die ersten drei Monate hatten sie noch gemeinsam studiert, dann war es Jan, der davon anfing, daß einer das Studium aufgeben sollte; und als er das sagte, wußte sie, wen er meinte. Und hier vor dem Geschäft, in dem Bilder gerahmt, Spiegel angefertigt werden, vor dem Fenster, in dem sehr unterschiedliche Rahmen auf Gesichter und Landschaften warten, erinnert sie sich, wie sehr Jan in der ersten Zeit das Zeremoniell der Heimkehr genoß – er wollte erwartet, er wollte begrüßt und ausgefragt werden, und sie konnte ihm ansehen, wieviel Freude es ihm machte, seine Abwesenheit zu belegen: Und dann bei Jäger Sturm und Drang, heute der Schafschur, du weißt schon, oder heißt es »*Die* Schafschur«? Neben der Kunstglaserei liegt der Friseurladen, über beiden Geschäften stehen dieselben Namen – vielleicht Brüder, vielleicht gelingt es ihnen, Hand in Hand zu arbeiten, denkt Senta und wird von einer mißmutigen Stimme gleich beim Eintritt aufgefordert, die Tür offenzulassen. Sie wartet vor der Kasse, horcht zu den Kabinen hinüber, in denen elektrisches Licht brennt; Senta ist angemeldet. Das muß sie dem Mädchen bestätigen, das in sehr kurzem, verwaschenem weißem Kittel rückwärts aus einer Kabine tritt und sagt: Wir können nur angemeldete Kunden bedienen. Nur waschen und legen und etwas kürzen. Nehmen Sie Platz.

Senta beobachtet im Spiegel die junge Friseuse bei ihrer Arbeit an einer breitnackigen, rotangelaufenen Frau, ihr mißmutiges Hantieren mit Kamm und Wicklern, ihre Ausdauer, mit der sie sich selbst im Spiegel begutachtet, sobald sie der Kundin nahelegt, aufzublicken. Unter dem verwaschenen Berufskittel trägt die Friseuse nur Büstenhalter und Schlüpfer. Warum macht sie das, denkt Senta, warum bleicht sie sich in ihr braunes, schweres Haar silberne Strähnen ein? Jetzt treffen sich ihre Blicke im Spiegel, ein kurzes Messen, ein Abfragen und gegenseitiges Taxieren, dann greift die Friseuse in ein Schubfach: Möchten Sie eine Zeitschrift?

Senta blättert in der Zeitschrift, während die Friseuse spreizbeinig hinter ihr arbeitet, während sie von der Seite ihren kleinen, weichen Bauch gegen die Ellbogen drückt, während sie das Haar kämmt, die Spitzen kappt. Beide wollen nicht miteinander sprechen, vielmehr scheint ihnen daran gelegen, durch beharrliches Schweigen auf die eigene Überlegenheit hinzuweisen, man hat sich erkannt, man möchte sich gegenseitige Ablehnung fühlbar werden lassen, nicht überdeutlich natürlich. Befallen von Mattigkeit, umgeben von aufdringlichem Wohlgeruch schließt Senta die Augen, rote Punkte schweben durch die Dunkelheit, leicht wie Ascheflocken: was behauptet die Zeitschrift? Fernsehen am Bett begünstigt das Eheleben. Sie müssen sich weiter vorbeugen, ganz übers Waschbecken, danke. Amerikanische Wissenschaftler haben also nachgewiesen, daß gemeinsames Fernsehen im Bett gefährdete Ehen wieder glücklich machen kann. Die Friseuse stürzt Sentas Haar nach vorn ins Waschbekken und sagt gleichgültig: Schließen Sie die Augen. Jetzt starrt sie auf meinen Nacken, denkt Senta und spürt einen heißen Druck im Magen, als ob sie einen sehr heißen Schluck Kaffee zu schnell hinuntergespült hätte. Sie kann sich nicht entspannen.

Der rostrote Vorhang, der ihr Zimmer vom sogenannten großen Zimmer abtrennt, schließt nicht ganz, sie sieht das Bild der letzten Wochen, wie es sich von ihrem Bett aus bot: Jan vor dem kleinen Rundtisch, nur zur Hälfte im genauen Lichtkreis der Lampe, lesend, rauchend, hin und wieder einige Sätze schreibend, von denen sie wußte, daß sie wortwörtlich abgeschrieben wurden: Was ich geschrieben habe, ich behalte, sagte Jan zur Erklärung seiner Methode. Er war damit einverstanden, daß sie ihn abfragte, bis sie müde wurde, und sobald er entschieden hatte, wann sie müde geworden war, brachte er sie in ihr Zimmer, rauchte eine Zigarette an ihrem Bett und lüftete und kehrte wieder zu seiner Arbeit zurück. Daß er Sprudel und Korn dabei trinken konnte! Wie die Wissenschaftler herausgefunden haben, sind Varieté-Sendungen und Liebesfilme besonders geeignet, bedrohte Ehen zu kitten; außerdem bescheinigt eine triumphierende Statistik allen Ehepaaren mit Fernsehen am Bett eine zunehmende Geburtenfreudigkeit.

Sie können sich aufrichten. Ein warmes Handtuch legt sich auf Sentas Gesicht, durch den Stoff hindurch fühlt sie die Finger der Friseuse, die über ihr Kinn gleiten, über ihre Wangen; dann sammelt die Friseuse das nasse Haase in einer Mulde des Handtuchs und trocknet es vor. – Wenn sie ihm nur Gotisch ersparen und Althochdeutsch, oder wenn ich für ihn antworten könnte, falls sie mit Ablautreihen anfangen. – Jetzt kommt die Chefin, sie hat in dem privaten Hinterzimmer gefrühstückt, hat sich ausgeruht, und bevor sie zu ihrer persönlichen Kundin zurückfindet, die unter einer Haube leidet, segelt sie an allen Kabinen vorbei, um mögliche Veränderungen festzustellen: Ja, guten Tag, Frau Stasny.

Senta antwortet, während die junge Friseuse mißmutig an ihr weiterarbeitet, und auf einmal ist man beim Ereignis des Tages. Nein, vorbei ist es wohl noch nicht, man wird jetzt wohl mitten drin sein. Wie bitte? Das weiß ich nicht: ob mit dem Examen alles geschafft ist. Jedenfalls herzlichen Glückwunsch, sagt die Chefin, und Senta, ohne zu zögern: Danke.

Was erzählte Jans Lieblingsonkel? Das beste Examen, das je an der amerikanischen Westküste gemacht wurde, fand in einer Zuchthauszelle statt: ein betagter Doppelmörder, der als Neunzehnjähriger seine Eltern umbrachte, weil sie ihm nicht erlaubten, das Verhalten der Nachtvögel zu erforschen, machte unter ungewöhnlichen Sicherheitsvorkehrungen sein Hauptexamen in Ornithologie vor einer Prüfungskommission der Universität von Kalifornien. Er bestand mit höchstem Lob und verzichtete offensichtlich darauf, die prüfenden Professoren in Verlegenheit zu bringen. In der Nacht nach dem Examen erhängte er sich.

Senta schließt die Augen, lauscht auf die achtlose Geläufigkeit, mit der die junge Friseuse das Haar behandelt, spürt den wohligen Druck der fremden Fingerkuppen auf ihrer Kopfhaut. Eine scheue Männerstimme bietet etwas an, wiederholt das Angebot: Postkarten. Da steht ein Kerl mit dünnem Haar und den eiligen Augen des Gewohnheitstrinkers im Laden und bietet Ansichtskarten an. Kein Bedarf, sagt die Friseuse, aber der Mann hat längst Sentas Nachgiebigkeit erkannt und wartet. Geben Sie mir sechs Karten, sagt Senta. Es ist Ausschuß, das sieht sie, vielleicht irgendwo gestohlen, zur Not kann man sie dennoch gebrauchen, also: sechs Karten, auf denen man, unter Umständen, die Nachricht vom bestandenen Examen verbreiten kann.

Die Friseuse erscheint frostiger, fast als ob der Kauf gegen sie gerichtet sei, ein Protestkauf, eine Kampfansage, sie blickt nicht ein einziges Mal in den Spiegel. So, bitte. Jetzt unter die Haube. Später steckt Senta die Karten in die Umhängetasche, gibt der Friseuse ein Trinkgeld, das gleichgültig, allenfalls mit angedeutetem Lächeln kassiert wird. Gezahlt wird bei der Chefin an der Kasse. Dann steigt wohl bald die Examensfeier, Frau Stasny? Bald ja, aber ich muß noch eine Menge vorbereiten.

Bevor Senta auf die Straße tritt, schiebt und drückt sie geschickt ihre Frisur zurecht zu gewohnter Lage, wischt sich den Schweiß von den Nasenflügeln: zu Hause wird sie die Frisur endgültig korrigieren. Ein heißer Wind geht durch die Straßen, schlägt ein Knallgeräusch aus den Markisen vor den Schaufenstern heraus. Ihr Rock wird hochgedrückt und klemmt sich zwischen den Schenkeln fest. Tarn dich, Kleine, sagt eine bekannte Stimme, tarn dich und bedeck dich, sonst holen dich die Haifische. Ach, Charles.

Und Charles, flachbrüstig, bärtig, ein Riese, der vergnügt das Leiden der Welt zu tragen scheint, bietet ihr an, von seiner Melone abzubeißen, die er aus dem Gemüsegeschäft herausgetragen hat. Das einzige, was mich erfrischt, Senta, sagt er, und kommt ihr in diesem Moment augenlos vor hinter der nickelgefaßten Brille. Nein danke. Dein Alter schwitzt jetzt wohl, sagt Charles; in diesen Breiten muß man sein Examen im Februar machen, wie ich. Aber mach dir keine Sorgen: im Grunde läuft alles darauf hinaus, auf blöde Fragen erstklassige Antworten zu geben, und unser Jan wird's schaffen. Ich hab's euch vorausgesagt.

Charles latscht mit hängenden Schultern neben ihr her, schlägt seine Zähne in die Melonenscheibe, erinnert Senta daran, daß es ihnen beiden beim Abhören nicht ein einziges Mal gelang, Jan in Verlegenheit zu bringen. Du wirst sehen: dein Alter bringt das Examen des Jahres nach Hause. Senta strebt in den schmalen Schatten vor den Geschäften. Geht's dir nicht gut? Du kannst mir helfen, das Bier nach Hause zu tragen, das du nachher trinken wirst. Muß das sein?

Also zu Feinkost-Grützner, der alles in zwei Pappkartons gepackt hat, was die Examensfeier erst zur Feier machen soll; für Senta bleibt nur das Netz, das ihr noch nie so schwer erschienen ist wie an diesem Tag. Da ist ein Schmerz in der Schulter und im Ellenbogengelenk, und der verstärkte Griff des Netzes in ihrer Hand brennt sich in die Haut ein. Nicht so schnell, Charles, sagt Senta. Sie bleibt stehn. Sie lehnt sich an einen

Fahrradständer, bläst mit vorgeschobener Unterlippe über ihr Gesicht. Es geht schon wieder.

Nebeneinander überqueren sie die Straße, und im Hausflur setzt Senta sich auf eine Treppenstufe und fordert Charles auf, die Kartons abzustellen, doch da er sie gerade im Griff hat, wie er sagt, trägt er sie nach oben und stellt sie vor der Tür ab. Sie hört ihn langsam herabkommen. Er sagt: Dir scheint's wirklich mies zu gehn. Er sagt auch: Soll ich das Netz raufbringen? Sie schüttelt den Kopf, zieht sich am Treppenpfosten hoch, winkt Charles' Gesicht lächelnd zu sich herunter und küßt ihn auf die Wange. Danke, bis nachher. Er bleibt stehn und beobachtet Senta, während sie die Treppe hinaufsteigt, er wartet, bis sie den Treppenabsatz erreicht hat, jetzt winken sie sich noch einmal zu.

Zweimal muß sie den Schlüssel im Schloß umdrehn, also ist ihre Mutter schon gegangen; dort auf dem Küchentisch liegt ein Zettel. Sie legt sich auf die Couch, zündet sich eine Zigarette an, liest den Zettel noch einmal und blickt auf den Rauch der Zigarette, den die Zugluft flach wegreißt. Liegend zieht sie den Rock aus, hebt ihn mit dem Fuß hoch; eine berechnete, wischende Bewegung, und der Rock landet auf einem Lederpuff. Dies fiepende Geräusch, wie wenn Luft stoßweise aus einem Schlauch entweicht. Senta horcht auf das Geräusch, räuspert sich, hustet und steht auf.

Können Sie mir Beispiele dafür nennen, in welcher Form das klassische Motiv der Goldenen Kette in der Literatur wieder aufgenommen wird? Senta geht ins Badezimmer, zieht sich aus, angelt eine blauweiße Badekappe von der Brause herunter, über die Jan lachen mußte, als er sie zum ersten Mal damit sah, und später immer wieder lachte, wenn sie das Ding aufsetzte: Weißt du, wie du aussiehst? Wie ein Seehund, der sich als Husar verkleidet hat. Sie zwängt das Haar sorgfältig unter die Kappe, stellt die Brause an, sieht die Kachelwand Glanz gewinnen unter der scharfen Schraffur des Wasserstrahls, der stäubend auf dem Boden zerspringt. Die Zigarette ist vom Rand der Seifenschale herabgefallen, das Wasser schwemmt sie zum Abfluß, löst das Papier und spült die Tabakfasern fort. Senta tritt unter den Strahl und hebt die Arme. War das die Türklingel? Im Bademantel geht sie zur Tür, öffnet; auf der Fußmatte liegt ein Blumenstrauß, ein Brief für Jan ist angepinnt.

Jetzt wird es Zeit; Senta zieht sich vor dem großen Schrankspiegel an, rauchend, überlegend, wo sie zuletzt die Beschreibung eines Mädchens gelesen hat, das sich vor dem Spiegel anzieht. Sie hat das Gefühl, eine fremde Person nachzuahmen. Sie kämmt und legt ihr Haar und bindet ein neues Stirnband um. So, wie sie jetzt auf sich zutritt in dem hellgrünen Kleid, schmal, hochhüftig, schwankend zwischen Skepsis und Einverständnis, hat es das Mädchen im Roman auch getan, bevor es zur Gerichtsverhandlung ging, um gegen ihren ehemaligen Lehrer auszusagen. Ich muß was essen, vielleicht einen Apfel, wenn der nicht alles verschmiert. Sie stellt den Transistor an, hört die letzten Takte von ›Up, up and away‹, trägt den Transistor in die Küche, um die Kartons und das Netz auszupacken.

Auf einmal hält sie inne, tritt, zwei Flaschen in der Hand, auf den Flur, blickt auf das Schlüsselloch, erkennt, daß da vorsichtig ein Schlüssel hereingeschoben wird: es muß Jan sein.

Sie läuft in die Küche, stellt die Musik lauter: sie wird ihn nicht gehört haben, sie wird sehr überrascht sein. Ja? Jan, was ist? Ja oder Nein? Warum sagst du nichts?

Da kommt also Jan, schiebt sich blicklos an ihr vorbei, er trägt sein Jackett unterm Arm, wirft die Kollegmappe auf den Küchentisch. Sag doch, was ist? Er gibt nichts preis, sein Gesicht verrät nichts, die dunklen Kalmückenaugen gestehen nichts ein, aus seinen Gesten ist nichts zu erfahren. Wie läßt sich diese Ruhe auslegen, mit der er den Küchenschrank öffnet, zwei Gläser herausnimmt; was besagt sein Schweigen, das er nicht aufgibt, während er die Gläser mit Sprudel und Korn füllt? Bestanden, Jan, nicht, du hast doch bestanden? Er zwingt Senta ein Glas in die Hand, tritt zurück, hebt ihr das eigene Glas entgegen und steht so gegen das unerträgliche Licht und atmet seufzend aus. Also auf das, was hinter uns liegt. Bestanden, fragt sie abermals, und er darauf: Mit Auszeichnung!

Jan trinkt mit zurückgelegtem Kopf, mit geschlossenen Augen. Senta führt das Glas an die Lippen, sieht, wie das Glas zittert, und stellt es schnell ab, ohne getrunken zu haben. So, und nun kannst du mir gratulieren, sagt Jan, und sie preßt sich gegen den gedrungenen Mann und will anscheinend nicht aufhören, ihn auf eine Weise zu umarmen, die seinen Stand nicht gerade leicht macht; fast sieht es so aus, als würge sie ihn von vorn. Sie drückt ihn gegen die Platte des Küchentisches. Sie küßt ihn. Jan schiebt sein Glas weit von sich. Ich freu' mich, Jan, oh, ich freu' mich. Blumen sind schon für dich da. Er löst ihre Finger in seinem Nacken, zieht sie nach vorn, und jetzt lächelt er: Alles bereit für die Feier? Alles, sagt Senta. Dann komm, komm, du mußt zuerst hören, wie es ging.

Sie sitzen auf den geplatzten Lederpuffs vor dem kleinen Rundtisch, sie haben die Gläser ausgetrunken und wieder gefüllt, sie halten sich bei den Händen, als gelte es, etwas durchzustehn. Du hättest Jäger erleben müssen, sagt Jan, er wollte es mir nicht leicht machen, er begann gleich mit seinem Lieblingsthema: die deutsche Kritik. Lessing, fragt Senta. Schlegel, sagt Jan, das heißt, doch Lessing, na, du weißt: Schlegels Besprechung von Lessings ›Vom Wesen der Kritik‹; da konnte ich ihm etwas erzählen. Geht's dir nicht gut?

Senta drückt ihre Zigarette aus, sie steht plötzlich auf und geht zum offenen Fenster und preßt gleich darauf ihre Hände auf ihren Unterleib. Senta? Ja, sagt sie, ja. Sie hat Tränen in den Augen, als hätte sie ihr Gesicht in einen kalten Wind gehalten. Es ist nichts, Jan, ich bekomm' nur so schwer Luft auf einmal. Trink etwas. Er reicht ihr sein Glas, sie trinkt einen Schluck, setzt sich und sieht ihn fragend an: Und Barockdichtung? Die ist gar nicht drangekommen; aber rat mal, wo der alte Pörschke mich reinlegen wollte, nachdem ich Jäger sehr gut bedient hatte. Na? In der Klassik, ich sollte ihm das Kunstideal der Klassik beschreiben, und ich holte weit aus beim Sturm und Drang, Natur- und Gefühlsschwärmerei, weißt schon, und wie die überwunden wurden. Ich wußte gar nicht, daß Pörschke nur drei Worte hörten wollte, du hast sie mitgeschrieben damals in seiner Vorlesung, aber ich kam nicht drauf, ich immer bloß von Schönheit als Harmonie zwischen sinnlichem Trieb und dem Gesetz der Vernunft, aber das war's nicht. Und auf einmal fiel mir ein, was du mir unter der Brause sagtest, als du mich abgeseift hast, weißt du noch? Bändigung, Formung, Normung. Du bist ganz blaß, Senta.

Senta springt auf, läuft zur Toilette, sie schließt die Tür von innen ab, kniet sich hin und legt die Arme auf den Rand des Beckens und übergibt sich. Ein plötzlicher Schmerz im Hinterkopf, ein spannender Schmerz über den Schläfen halten sie in kniender Stellung fest, ihre Augen tränen heftig, der Druck läßt nach. Sie steht im Dunkeln auf und macht Licht. Sie blickt in den Spiegel über dem kleinen Ausguß und spürt, daß sie sich gleich wird wieder übergeben müssen. Das Schwindelgefühl ist so stark, daß sie sich mit einer Hand am Ausguß festhält, während sie sich mit der andern das Gesicht wäscht. Senta, ruft Jan, was ist passiert? Sie antwortet nicht, spült zuerst ihren Mund aus, dann öffnet sie die Tür. Du schwankst ja, Senta, hast du Fieber?

Jan stützt sie und führt sie langsam zur Couch. Er legt sie hin und hebt ihre Beine herauf. Es tut mir leid, Jan, es tut mir so leid. Bleib nur liegen, sagt er, ein paar Minuten, dann ist es vorbei. Es kommt wieder, Jan, ich spür' es. Was meinst du? Mir ist so schlecht.

Jan steht rauchend vor der Couch, in einer Hand ein Glas, er sieht, wie ein Schüttelfrost ihre Haut aufrauht, hört ihren angestrengten Atem. Du kannst uns doch nicht krank werden, sagt er, ausgerechnet heute; du willst doch wohl kein Spielverderber sein. Es tut mir so leid, Jan. Er setzt sich auf den Couchrand, stellt das Glas ab, legt eine Hand auf ihre zuckende Schulter und glaubt auf einmal einen unbekannten Ausdruck dieses Gesichts zu entdecken, einen Ausdruck schlimmer Erleichterung oder Unterwerfung, und er fährt leicht, beinahe andeutend über Sentas Gesicht, gerade so, als wolle er diesen Ausdruck wegwischen.

Sie werden bald kommen, Senta. Es tut mir so leid, Jan, aber es geht nicht, ich kann nicht. Soll ich denn alles absagen? Du siehst doch, Jan: ich kann nicht. Sie wendet sich ihm zu und sieht ihn schweigend an, und nach einer Weile steht er auf, holt sein Jackett aus der Küche, geht zur Tür, und winkt ihr zu, bevor er die Wohnung verläßt.

1969

Der junge Zöllner schiebt sein Fahrrad die Strandpromenade entlang. Mittags fährt es sich schlecht hier. Wenn er zum Dienst geht, stürmen die Sommergäste die Mittagstische und die neuen, hochgebauten Hotels. In Strandjacken, in Shorts, in Badeanzügen wimmeln sie über die Promenade. Kinder reißen sich immer noch mal los, um ihre blöden Gummitiere zu holen. Strandbälle fliegen zu den muschelbesetzten Sandburgen hinüber. Ein paar Kerle, die ihre quengelnden Gören huckepack schleppen, sehen nicht nach rechts, nicht nach links. Der junge Zöllner bleibt mitunter stehen, um rotgebrannte Frauen oder Mädchen in feuchten Badeanzügen vorbeizulassen. Es ist schon ziemlich happig, was die so von sich geben. Jedenfalls vergeht einem die Lust, ihnen auf den Sonnenbrand zu klatschen, wenn man sie reden hört. Auf ihren dünnen, steilen Absätzen staksen sie in ihre Zimmer, stoßen die Fenster auf und hängen enge Badeanzüge zum Trocknen raus. Keine von ihnen merkt, daß der Strand jünger und freundlicher wirkt, wenn sie abgeschoben sind. Tang, Treibholz und Seegras haben nun mal auf dem Strand mehr zu suchen als Liegestühle, Nivea-Fahnen und all so'n Zeug.

Der junge Zöllner schiebt sein Fahrrad zu einem Stand, in dem ein schweigsamer Bursche Brause verkauft, kalte Fischklopse, Ansichtskarten und halbverfaultes Obst. Zwei Gören versuchen ein dreckiges Plastikboot gegen eine Eisportion einzutauschen. Der Besitzer des Stands nimmt das Boot, prüft es und schmeißt es in den Sand. Senge, sagt er, Senge ist das einzige, was ihr dafür kriegen könnt. Der Zöllner läßt sich eine Flasche Brause geben. Am Glas kleben noch die Fusseln des Handtuchs. Er trinkt, setzt das Glas ab und bittet um ein Stück Eis, und der Bursche wirft ihm ein Stück Eis ins Glas und glotzt ihn feindselig an, als ob er nun ruiniert sei oder so. Der Zöllner schiebt die Mütze ins Genick. Er wendet das Gesicht ab und trinkt und sieht hinaus auf den Fjord, in dessen Mitte die Grenze verläuft. Draußen dümpeln Segelboote in der Flaute. Die »Albatros«, ein altmodischer Vergnügungsdampfer, den sie für Betriebsausflüge aufgemöbelt haben, kommt mit Besoffenen von den Inseln zurück. Der Zöllner gießt den Rest der Brause ins Glas. Es zischt und kocht um den Eiswürfel, und als er das

Glas ansetzt, prickelt es auf der Oberlippe. Aus einem Strandkorb hängen ein paar Mädchenbeine, lange braune Ständer, die wohl jemand vergessen hat. Wie geht das Geschäft, fragt der Zöllner, und der Bursche am Stand sagt: Belämmert, und kämmt sich ausdauernd über seinem Würstchenkessel.

Der Zöllner bezahlt die Brause und sagt kein Wort zum Abschied. Er schwingt sich aufs Fahrrad. Ein Bus mit vierundzwanzig Krankenschwestern kommt auf ihn zu, die Krankenschwestern winken und johlen und brüllen ihm etwas nach. Er erkennt sein Spiegelbild auf der langsam vorbeirollenden Metall- und Glaswand des Busses. Es stinkt nach Fischen und Benzin. Auf einer Mauer sind Fischkästen gestapelt, sie trocknen in der Sonne. Breitbeinig, mit großen Schweißflecken unter den Achselhöhlen, sitzt eine Frau allein im warmen Sand, glotzt auf den Fjord und ißt einen Korb leer. Unten am Wasser, im feuchten Sand, gräbt ein Angler nach Sandwürmern. Ein Frauenstrumpf hängt an einem trockenen Ast, die ganze Ferse des Strumpfes ist durchgeblutet. Der junge Zöllner fährt die Strandpromenade zuende, steigt ab, schiebt sein Fahrrad gebeugt einen mit ausgewachsenen Buchen bewaldeten Berg hinauf. Das ist der kürzeste Weg. Er könnte auch durch den Fischereihafen, an den Schienen entlang, die Buchenallee hinauf, an der Kiesgrube vorbei zum Zollgebäude. Das Zollgebäude, von miesen Dienstbaracken umgeben, liegt auf der Kuppe des Berges; davor ist ein Fahrradständer für zwölf Fahrräder und eine Fahnenstange. Von den Fenstern im ersten Stock kann man auf den versauten Strand hinuntersehen, auf den dunklen Fjord und die bewaldeten Inseln, wo sich die Betriebsausflügler mit zollfreiem Alkohol vollsaufen. Aus Kiel, aus Hamburg, sogar aus Hannover kommen sie herauf, um sich hier vollzusaufen. Sechs Baracken stehen um das Hauptgebäude herum. Für alle genügt eine Fahnenstange.

Der junge Zöllner hebt sein Fahrrad in den Ständer, blockiert das Hinterrad und geht über den leeren, sandigen Platz zu seiner Baracke, um sich zum Dienst zu melden. Im trüben Korridor, der an den Gang eines uralten Schiffes erinnert, trifft er Reinhart, der mit ihm zusammen die Prüfung bestanden hat und der sich, wie er, zum Dienst melden will. Der junge Zöllner fragt Reinhart: Wie geht's dem Lütten? Reinharts einziger Sohn hat ein Metallputzmittel getrunken und liegt im Krankenhaus. Etwas besser, sagt Reinhart.

Sie gehen ins Büro. Alex hat Aufsicht. Gott sei Dank soll der alte Hund bald einen Tritt bekommen und in Pension geschickt werden. Das Büro ist ein langgestreckter Raum mit niedriger Decke; ein schwarzer Kanonenofen steht da, ein Besucherstuhl, zwei Hocker, an einer Wand haben sie eine Spindreihe aufgehängt. Alex raucht nicht, trinkt und hustet nicht. Er redet vorsichtig. Die dringenden Fragen stellt er mit den Augen. Keiner hat ihn je fluchen hören, und wenn er seinen Kaffee aus dicker Porzellantasse trinkt, spreizt er fein den kleinen Finger weg. Er lebt mit seiner Schwester zusammen und läßt sich von ihr die Stullen schmieren. Solange er noch hier herumsitzt mit seinen blankgewetzten Hosen, ist er Manteuffels Vertreter. Manteuffel selbst hockt zum Glück im Hauptgebäude, der kann jeden verrückt machen mit seiner Leidenschaft für sogenannte innere und äußere Sauberkeit und ähnliche Scherze.

Der junge Zöllner grüßt Alex, tritt an ein Schlüsselbrett und nimmt den Schlüssel zu seinem Spind. Er schließt sein Spind auf, das noch nicht vollgestopft ist wie die Spinde der älteren Zöllner, die darin warme Schals, Tabak und sogar Hustensaft aufheben. Er langt tief hinein, taucht fast mit der rechten Schulter ins Spind und schnappt sich das verkratzte Lederetui mit dem Fernglas. Er zieht das Etui am Riemen heraus; das Etui fällt, schlägt gegen seinen Schenkel, er fängt es mit dem Riemen auf. Der junge Zöllner kehrt Alex den Rücken zu und öffnet das Etui. Das Etui ist leer. Hastig durchsucht er das Spind, tastet und klopft es ab, aber außer ein paar Merkblättern und ähnlichem Mist ist nichts drin. Das Fernglas ist weg.

Alex hat schon gehört, wie er mit der flachen Hand das Spind abklopfte. Jetzt äugt er erstaunt zu dem jungen Zöllner herüber. Ist was, fragt er, und noch einmal: Suchst du was? Der junge Zöllner schüttelt den Kopf. Vorsichtig schließt er das leere Etui, hebt den Riemen über den Kopf, läßt das Etui vor seiner Brust baumeln. Alles in Ordnung, sagt er und schließt langsam das Spind ab und hängt den Schlüssel ans Brett. Das Etui ist sehr leicht. Es hüpft vor seiner Brust. Er legt eine Hand darauf und drückt es nach unten. Aus den Augenwinkeln sieht er zu Reinhart hinüber, der immer noch vor seinem Spind steht. Reinhart hat sein überscharfes Fernglas vor der Brust hängen und liest eines der kleingedruckten Merkblätter, die jedem auf die Nerven gehen.

Der junge Zöllner geht zum Schreibtisch, wartet schweigend, bis Alex die Kopien der Anforderungsliste gelocht und abgeheftet hat, dann sagt er: Ich nehm den Strand bis zur Mole und das

Grenzstück im Wald. Wie gestern. Während er spricht, hält er das leere Etui fest. Alex nickt, ohne aufzusehen. Er radiert. Er radiert mit weichen Fingern und pustet die dreckigen Gummikrümel so über den Tisch, daß sie in den Papierkorb fallen. Ich hab's verstanden, sagt Alex und dreht sich nach Reinhart um, der mit dem Merkblatt nicht fertig wird. Du nimmst die Bucht, sagt er zu Reinhart, und sagt auch: Hier ist noch was für dich, worauf Reinhart nur grunzt und lesend näher kommt.

Die Hand auf dem zerschrammten Etui, verläßt der junge Zöllner mit einem Kopfnicken seine Dienststelle. Auf dem Korridor lauscht er einen Augenblick und hat wohl das Gefühl, daß sie auch drinnen lauschen, darum latscht er aus der Baracke. Er geht langsam über den leeren, sandigen Platz zum Fahrradständer. Bevor er sein Fahrrad heraushebt, grüßt ihn so ein vergnügter, rotwangiger Kerl, der immer auftritt wie unter Festbeleuchtung. Manteuffel kreuzt immer auf, wenn man ihn nicht braucht. Wieder eingelebt, Tabert, fragt er, und der junge Zöllner erschrickt und sagt nur: Ja. Manteuffel ist damit zufrieden. Er hat's eilig wie immer und rudert zur Materialbaracke rüber. Wenn der mal einen Flecken im Anzug hat, ist er für jede Arbeit ungeeignet.

Die Wipfel der Buchen regen sich, ein leichter Wind ist aufgekommen; über den Fjord gehen jetzt gemächlich Segelboote. Wolken sind nicht in Sicht. Der junge Zöllner fährt die Buchenallee hinab. Familien wandern zum Strand runter, um ihn noch mehr zu versauen. Eine magere Göre, die sich einen Sandeimer auf den Kopf gestülpt hat, versperrt ihm mit ausgestreckten Armen den Weg. Er reißt das Fahrrad herum, legt einen Zahn zu und kreuzt die Schienen.

Auf der Ringstraße ist kein Verkehr. Er strampelt im Schatten sehr alter Kastanien. Über manche Balkons haben sie gestreifte Markisen gespannt, darunter sitzen Frauen im Unterrock und Männer mit offenen Hemden. Vor einem Neubau bremst er. Er läßt das Fahrrad am Rinnstein stehen, läuft ins Haus und klingelt mehrmals hintereinander bei Tabert. Eine junge, schwarzhaarige Frau öffnet ihm. Sie erschrickt. Er schiebt sie zur Seite, schließt die Tür und hört sie fragen: Um Gottes willen, was ist passiert? Der junge Zöllner reißt das Etui auf, hält es ihr hin und sagt: Da! Siehst du was? Mein Dienstglas – es ist weg. Vor vierzehn Tagen die Pistole: heute das Glas. Die Frau geht langsam rückwärts zu einem Stuhl. Sie braucht sich nicht umzusehen, bevor sie sich setzt, denn alle Entfernungen in der Wohnung sind instinktiv vermessen. Mein Gott, sagt sie, das hat uns grade noch gefehlt. Sie wollen mich fertigmachen, sagt er, irgend jemand will mich fertigmachen. Du mußt es melden, sagt sie, und dann: Warum hast du es nicht gleich gemeldet? Der junge Zöllner steckt sich eine Zigarette an, schmeißt das Streichholz durchs Fenster und überzeugt sich, daß das Dienstfahrrad noch am Rinnstein steht. Melden, sagt er, bei Manteuffel einen Diebstahl melden? Der macht doch mich dafür verantwortlich, daß sie mir etwas geklaut haben. Als persönliche Beleidigung sieht der es an, wenn man einen Diebstahl meldet, weil das seine verdammte innere und äußere Sauberkeit bedroht. Denk nur an die Pistole! Manteuffel glaubt noch heute, daß ich sie selbst verscheuert habe. Einen Diebstahl begehen oder melden – für ihn ist das die gleiche Sache. Aber wie, fragt die Frau, wie konnte das nur passieren? Ganz einfach, sagt der Zöllner, das Fernglas war im Spind, und der Schlüssel zum Spind hing am Brett. Es muß einer von uns gewesen sein. Mein Gott, sagt sie, und dir muß es passieren, ausgerechnet dir. Warum kann das nicht Reinhart passieren, oder Bungert oder diesem widerlichen Pischmikat, der nicht mal richtig deutsch kann? Wenn ich's melde, sagt er, hab' ich alle gegen mich. Ich kann's mir einfach nicht leisten. Zuerst die Dienstpistole und jetzt das Fernglas: alles in vierzehn Tagen. Und wenn wir ein Glas kaufen, sagt sie. Frag mal, was so'n Ding kostet, sagt er, und wovon willst du es bezahlen? Das ist noch nie dagewesen: in vierzehn Tagen zwei solche Sachen; die glauben mir doch nicht. Aber wir müssen doch etwas tun, sagt die Frau, und der Zöllner darauf: Ich hab' Dienst, ich darf gar nicht hier aufkreuzen.

Er reibt die Glut von der Zigarette. Er legt die halbe Zigarette auf den Radioapparat und latscht ohne ein weiteres Wort raus und schwingt sich auf sein Stahlroß. Die Frau lüftet die Gardine und starrt ihm nach, wie er davonfährt: steif die Ringstraße runter und dann um die Ecke zum Gehölz. Er öffnet den Kragen. Vor seiner Brust baumelt das leere Etui. Der Riemen schneidet nicht wie sonst in den Nacken. Am Eingang zum Gehölz ist ein Parkplatz, darauf steht eine Erfrischungsbude, die Frau Puhl gehört. Wer hier seine Brause trinkt, bekommt glatt ihre Lebensgeschichte aufgetischt. Jedem Kunden quatscht Frau Puhl die Ohren voll mit ihrer Lebensgeschichte, in der die Kantine einer Marineartillerie-Schule den größten Raum einnimmt. Sie hat einfach nicht alle beisammen.

Der junge Zöllner fährt auf dem Hauptweg durchs Gehölz,

das in der Saison ein richtiger Saustall ist. Wenn die Sommergäste nicht am Strand rumlungern, kommen sie hier herauf, um sich zu lagern und so weiter. Wo die lagern, da kann man gleich die Städtische Müllabfuhr hinschicken. Eine Schar von Gören, der zwei Nonnen mit weißen Hauben vorsegeln, kommt ihm entgegen. Die Gören winken ihm zu. Eine Nonne ruft: Das ist ein Zollbeamter, Kinder; er hütet unsere Grenze. Sonst ist im Gehölz nicht viel los heute. Die meisten zieht's zum Strand.

Hinter dem Gehölz geht's bergab, über eine Brücke, an einem schattigen Fluß entlang in den Wald, wo die Grenze verläuft. Ein paar Kerle in Manchesterhosen, mit Gummistiefeln an den krummen Beinen – bei dieser Hitze Gummistiefel! – lassen ihre Motorsägen kreischen und pfeifen. Sie säubern Stämme vom Astwerk. Sie verständigen sich durch Zeichen, langsame Zeichen, wie alte Paviane sie geben. Der junge Zöllner steigt ab und bietet ihnen einen Gruß an, doch keiner der Paviane antwortet. Er schiebt das Fahrrad einen schmalen Pfad entlang, aus dem sich gedrungene Wurzeln heben. Hier kann niemand fahren. Der Pfad führt zur Grenze und an der unscheinbaren Grenze entlang, die nur durch einen mistigen Graben vorgestellt wird.

In einer Schonung schlägt ein Köter an: das ist Hasso. Er heißt nun mal so. Hasso läuft an langer Leine, die Bungert in der Hand hält, Bungert zwängt sich aus der Schonung und grinst und läßt den jungen Zöllner herankommen. Er hat sein Glas vor der Brust hängen. Er stiert auf seine Armbanduhr und fragt: War was unterwegs? Im Büro, sagt der junge Zöllner, ich kam nicht gleich weg. Das Fernglas, das Bungert offen vor der Brust hängen hat, könnte sein Glas sein. Er hat es nicht gekennzeichnet, aber an der Mittelschraube könnte er es wiedererkennen. Wir haben einen Wink von drüben bekommen, sagt Bungert. Sprit, fragt der junge Zöllner, und Bungert darauf: Transistorgeräte – vielleicht versuchen sie's in unserm Abschnitt. Drüben warten sie auch schon – durchs Glas kannst du sie erkennen. Hasso schnüffelt und schnuppert an dem jungen Zöllner herum, manchmal schnappt er sich jaulend ins Fell und beißt da Flöhe tot. Angenehm hört es sich nicht an, wenn der Köter seine gelben Hauer gegeneinander bewegt und sabbernd das Fell durchkämmt. Ich hab' außerdem den Strand bis zur Mole, sagt der junge Zöllner. Gut, sagt Bungert, ich schieb' jetzt ab. Er wischt sich mit dem Taschentuch über Stirn und Nacken, klopft seine Uniform ab und verkürzt die Leine. Er tippt grüßend an die Mütze und zerrt den Köter, der wie blödsinnig zu scharren anfängt, zum buckligen Pfad.

Der junge Zöllner lehnt das Fahrrad an einen Baum. Er öffnet das Etui und untersucht es, aber außer dem grauen, ledernen Putzlappen ist da nichts zu finden. Er steckt den Putzlappen in seine Rocktasche und beginnt, das Etui mit Sand zu füllen. Es ist warmer, lockerer Sand, den er neben dem Pfad zusammenkratzt. Er wiegt das Etui auf ausgestreckter Hand, schließt es und hängt es sich um. Er latscht die Grenze ab bis zum Hünengrab und spürt bei jedem Schritt das Gewicht des Etuis.

An der Grenze ist nichts los heute, die Kollegen von drüben lassen sich nicht blicken. Der Himmel ist immer noch wolkenlos. Im Unterholz knistert die Hitze. Er steigt auf das Hünengrab hinauf und blickt über die Waldlichtung nach drüben. Er raucht eine Zigarette, knipst sie aus und steckt die lange Kippe in die Schachtel zurück. Eine Dampfsirene dröhnt gedämpft vom Fjord herauf. Über die Waldlichtung drüben schiebt ein Kerl eine Schubkarre. Der junge Zöllner klettert vom Hünengrab runter, schiebt das Fahrrad zum Hauptweg, sitzt auf und fährt zur Chaussee und dann weiter zum Hafen.

Im kleinen Hafen hat die »Albatros« mit den Betriebsausflüglern festgemacht. Fast alle, die von Bord gehen, schwanken. Zwei Burschen schleifen eine besoffene Alte über den Laufsteg, alle drei haben blöde Papierhüte auf. Ein junges Mädchen steht spreizbeinig mit leicht eingeknickten Knien an der Reling und übergibt sich. Wie aus einer Röhre schießt das Erbrochene aus ihrem Mund und platscht in das stille, sonnüberglänzte Hafenbecken. Irgendwo auf dem altmodischen Dampfer wird immer noch gesungen. Ein Wurstmaxe empfiehlt den besoffenen Ausflüglern brüllend seine Würstchen.

An der Mole liegt eine feine Segelyacht. Der junge Zöllner tippelt da raus und bleibt über der Yacht stehen. Eine schwere Frau in Shorts, mit stark geäderten Schenkeln, liegt schlaff und tot auf geblümten Kissen. Sie ist barfuß. Sie hat zwei verwachsene Zehen. Neben ihr auf der Heckbank liegen Zigaretten, und da liegt in einem hellbraunen Etui ein Fernglas. Er lehnt das Fahrrad an einen Poller. Das Fahrrad fällt um, und die tote blonde Frau erwacht von dem Lärm und lächelt, ganz bedusselt von der Sonne. Sie können hier nicht über Nacht liegenbleiben, sagt er. Keine Sorge, sagt sie, wir gehn bald raus: mein Sohn holt nur Obst und Sonnenöl. Sie langt nach der Zigarettenpackung, öffnet sie, reicht sie ihm hinauf, doch er lehnt ab. Er hockt sich auf der Steintreppe hin und gibt ihr Feuer. Das Fernglas könnte das gleiche Format haben wie sein Glas, vielleicht auch die gleiche Schärfe. Trinken dürfen Sie wohl auch nicht, sagt die Frau. Nein, sagt er, trinken nicht. Aber eine Aufnahme, sagt die Frau, darf ich Sie bitten, eine Aufnahme von mir zu machen? Sie brauchen nur den Auslöser runterzudrücken. Von mir aus, sagt er.

Sie turnt schwerfällig in die Kajüte runter. Wie sie das aushält mit dem hochgepreßten Busen und den kneifenden Shorts. Ihre Haut ist griesig. Man hat nichts davon, sie sich gründlich anzusehen. Unten nimmt sie einen Schluck aus einer Flasche und wischt mit dem Handrücken über den breiten Mund. Sie schnappt sich einen Kamm, kämmt das stumpfe Haar, dann kommt sie mit ihrem Photoapparat zurück. Er knipst sie vor dem Mast, er knipst sie zur Sicherheit an der Pinne und mit verschränkten Armen vor dem Rettungsring. Danach legt sie los mit »ganz herzlichem Dank« und so weiter. Der junge Zöllner winkt ab und murmelt etwas. Ein gutes Glas haben Sie, sagt er. Keine Ahnung, sagt sie, das Glas gehört meinem Sohn. Er nimmt das hellbraune Etui von der Heckbank und fragt: Darf ich mal? Sie bringt ihre träge Masse in Ruhestellung. Klar, sagt sie.

Er hebt das Glas an die Augen, stellt die Trennschärfe ein, blickt über den Fjord hinaus bis zu den kahlen Inseln, von denen die Ruderboote der Angler ins tiefere Wasser hinausstreben. Weit draußen tauchen die grauen Aufbauten eines Minensuchers auf. Langsam schwenkt er über den Fjord zum Strand. Segelboote ziehen vorbei. Er erkennt den Kopf eines Schwimmers. Parallel zum Strand fahren ein paar von diesen elenden Motorbooten. Hinter einer Strandburg tauchen Köpfe auf, wie Seehunde aus einer Welle. Im Schutz seines Korbes zieht ein silberhaariger Sommergast seine Badehose aus. Er hat hängende Hüften, einen hängenden Hintern. Die Buden und Stände sind von Gören und jungen Leuten belagert. Überall am Wasser stehen brüllende Kinder. Kinder können einem den ganzen Urlaub versauen, weil sie sich entweder den Fuß aufschneiden oder auf die Toilette geschleppt werden wollen oder weil ihnen eines der blöden Gummitiere wegschwimmt. Vor dem Fischgeschäft hält die Karre von der Räucherei. Bungert verläßt das Geschäft.

Ein sehr gutes Glas, sagt der junge Zöllner. Das will ich meinen, sagt ein arroganter Bursche mit Seglermütze, der hinter ihm aufgekreuzt ist. Die Frau rappelt sich wieder auf. Sie nennt den riesigen Burschen »Liebling«. Sie sagt: Hast du auch Sonnenöl, Liebling, worauf der Liebling freundlich grunzt und mit seiner wasserdichten Einkaufstasche an Bord springt. Ich hab' sogar Notraketen, sagt er, drüben in der Werft bekommt man alles, neu oder gebraucht, im Magazin. Wir dürfen hier nicht liegenbleiben an der Mole, sagt sie, und der junge Zöllner legt das Glas auf die Heckbank und sagt: Festmachen schon; nur über Nacht können Sie hier nicht liegenbleiben. Er grüßt, packt sein Fahrrad, dreht es herum und latscht zum Hafen zurück.

Im Bauch der »Albatros« singen immer noch besoffene Betriebsausflügler. Neben dem Laufsteg findet eine dieser verrückten Abschiedsszenen statt: mehr als achtzig Ausflügler sagen sich da gegenseitig auf Wiedersehn. Ein Kerl im Regenmantel hat einen Hustenanfall, doch das hindert ihn nicht, andern die Flosse zu drücken. Zu den öffentlichen Toiletten ist eine endlose Prozession unterwegs. Vor dem Eingang warten die Leute in Viererreihe. Der junge Zöllner überquert die Schienen. Er geht am Haus der Hafenverwaltung vorbei. Das Haus ist ziemlich verdreckt und runtergekommen. Auf dem Fensterbrett liegen tote Fliegen. Die Gardinen sind nicht nur mies, sondern auch zerrissen. Er sieht erst gar nicht hinein, er geht zu den Schuppen hinüber und von dort an einer leeren Slipanlage vorbei zur Werft.

Ein Arbeiter kriegt nicht mal sein Maul auf, als der Zöllner ihn nach dem Magazin fragt. Nur mit seinem Kopf macht er eine sparsame Bewegung in eine bestimmte Richtung. Das genügt auch. Hinter Hügeln von Ventilen, Kolben und Rohren und all dem ausgedienten Mist liegt das Magazin. Es ist eine ziemlich große Bude mit zwei Stockwerken und einem Teerpappendach. Neben dem Eingang hängt ein Verbotsschild, darunter ist eine Klingel. Der Zöllner drückt den Klingelknopf. Drinnen rasselt und tobt ein elektrischer Klöppel, daß man am liebsten abhauen möchte. Wie Alarm hört sich das an, gleich wird die Hafenpolizei erscheinen und ohne Anruf schießen, und so weiter.

Endlich kommt der Verwalter. Es ist ein befehlsgewohnter Alter in fleckigem Tuchmantel, mit ausgetretenen Schuhen an den Füßen und stark behaarten Händen. Komm rein, sagt er zum Zöllner und zieht ihn in die Bude und schließt hinter ihm die Tür ab. Sie steigen eine luftige Treppe hinauf. Sie gehen in ein behelfsmäßiges Kontor mit Oberlicht. Der Verwalter packt einen gelben Ordner mit Listen weg. Er setzt sich und nimmt einen Schluck aus einer Blechtasse. Womit kann ich dem Zoll dienen? fragt er. Eine Hängematte, sagt der Zöllner, ich bin auf der Suche nach einer billigen Hängematte. Kann gebraucht sein. Tut mir leid, sagt der Verwalter, die letzten Hängematten hab' ich ans Kinderheim verkauft. Ich denke, bei euch kann man alles kriegen, sagt der Zöllner, vom Mast bis zur Schraube. In vierzehn Tagen krieg' ich wieder Hängematten, sagt der Verwalter, wenn's weiter nichts ist. Der junge Zöllner nickt, geht zur Tür, dreht sich noch mal um und fragt ruhig: Und ein Glas? Ein gebrauchtes Fernglas? Du hast doch eins, sagt der Verwalter. Ich suche es nicht für mich, sagt der Zöllner.

Der Verwalter dreht sich weg, geht zu einem Regal und hebt einen Karton heraus. Er stellt den Karton auf den Tisch. Oben drauf liegen Lappen und ölverschmierte Arbeitshandschuhe. Suchend kramt er alles zur Seite, hebt eine kleine Steuerbordpositionslaterne heraus, zuletzt bringt er ein zusammengeschlagenes Handtuch zum Vorschein. Er schlägt es auseinander und hält dem jungen Zöllner ein Glas hin und sagt: Hundertfünfzig, und du hast es. Es ist ein sehr gutes Glas. Ich hab's gerade reinbekommen. Der Zöllner nimmt das Glas. Er bewegt es im Gelenk. Er sieht auf die Mittelschraube und erkennt, daß die mattgraue Schutzfarbe da zur Hälfte weggekratzt ist. Seine Hand beginnt zu zittern. Es ist sein Fernglas. Wenn du es mal prüfen willst, sagt der Verwalter. Wer beliefert euch mit so guter Ware, fragt der Zöllner. Geschäftsgeheimnis, sagt der Verwalter, und dann: Weil du es bist, hundertdreißig. Ich weiß nicht, sagt der Zöllner, ich muß es mir noch mal überlegen. So was geht schnell weg, sagt der Verwalter, und der Zöllner gibt das Glas zurück und sagt: Ich komm' wieder, ich muß nur mal ausrechnen, wo ich den Zaster einspare. Aber von mir aus: es ist so gut wie gekauft. Der Verwalter wickelt das Glas in das Handtuch, legt es in den Karton und stellt den Karton ins Regal. Zurücklegen kann ich es nicht, sagt er. Ich beeil' mich, sagt der junge Zöllner. Er gibt durch ein Handzeichen zu verstehen, daß er den Weg hinaus allein findet. Er steigt die Treppe hinab und schließt die Tür auf. Draußen packt er sein Fahrrad mit einer Hand in der Mitte der Lenkstange. Der stumme Arbeiter glotzt ihm lange nach, wie er davongeht zum Hafen und in Richtung Strandpromenade.

Das Fjord-Café ist von Halbstarken besetzt. An den Tischen im kleinen überwachsenen Vorgarten ist kein Platz mehr frei. In

Badehosen und Bikinis hocken die Halbstarken da herum und können sich glatt den ganzen Nachmittag an einer Brause festhalten. Aus den Lautsprechern in den Linden singt Lemmy Baboo. Die Halbstarken geraten regelrecht in Trance, wenn Lemmy singt. Jetzt kann man am besten ihre Haltungsschäden studieren. Einige Burschen tragen Schnürsenkelschlipse um den nackten Hals. Die Mädchen haben klobige falsche Ringe an den Fingern. Der junge Zöllner geht vorbei. Er hört, wie jemand sagt: Da geht 'ne grüne Gurke. Er könnte stehenbleiben, in den Vorgarten gehen, sich den Satz wiederholen lassen und, wenn er wollte, einem Burschen mit Hängeschultern die Fresse polieren. Er latscht vorüber. Er blickt auf den Fjord hinaus, in dessen Mitte hier die Grenze verläuft. Ein Zollkutter von drüben patrouilliert mit kleiner Fahrt ins offene Wasser hinaus. Es ist hier nicht sehr viel los.

Plötzlich bleibt er stehn. Aus dem Fischgeschäft kommt eine junge, schwarzhaarige Frau. Sie schleppt eine volle Einkaufstasche. Sie trägt ein dünnes rotes Kleid und Sandalen an den nackten Füßen. Offenbar ist sie noch nicht fertig mit ihren Einkäufen, sie ist nie fertig mit ihren Einkäufen. Dicht vor den Schaufenstern geht sie die Promenade entlang. Im Vorübergehen prüft sie die Auslagen, begrabbelt da einen Blumenkohl, untersucht Pfirsiche auf dunkle Stellen. Der junge Zöllner folgt ihr vorsichtig. Er weiß, daß sie jetzt Puddingpulver, jetzt Marmelade, jetzt Brot, jetzt Käse kauft. An einem pilzförmigen Stand trinkt sie eine Tasse Kaffee. Mit ihrem Kopfschütteln hat sie es abgelehnt, Kuchen zu essen. Sie zahlt hastig. Dann geht sie zum Schaufenster eines Optikers. Sie setzt die Einkaufstasche ab. Sie sieht sich die ausgestellten Ferngläser an.

Der Zöllner lehnt sein Fahrrad an einen Baum, geht von hinten an sie heran, sie sieht ihn im Spiegelbild der Scheibe und dreht sich schnell um. Sie lächelt, als ob er sie ertappt hätte, und sagt nichts weiter als: Ich bin gerade beim Einkaufen. Er zieht sie um das Eckfenster. Er beobachtet die Strandpromenade, dann sagt er: Wir müssen aufpassen, im Dienst haben die das nicht gern. Ich habe Bungert getroffen, sagt sie, und er: Ich weiß, wo mein Glas ist. Ich hab' es gerade in der Hand gehabt. Hast du es wieder, fragt sie erstaunt. Nein, sagt er, aber ich weiß, wo es ist. Man hat es mir angeboten, für hundertdreißig Mark. Dein Glas? Mein Glas, sagt er und steckt sich eine Zigarette an. Drüben in der Werft, sagt er, der Verwalter in der Werft hat es mir angeboten. Und von wem hat er's, fragt sie.

Wenn ich das wüßte, sagt er, wenn ich das wüßte, wären wir weiter. Aber es muß einer von uns gewesen sein. Das kannst du doch melden, sagt sie, du kannst es Manteuffel persönlich melden. Er schüttelt den Kopf. Er sagt: Es ist nichts bewiesen damit. Willst du es dann vielleicht zurückkaufen, fragt sie, dein eigenes Glas zurückkaufen? Ich muß es tun, sagt er, ich hab' so eine Ahnung, als ob ich es tun muß. Es ist furchtbar, sagt sie, und er, schon unterwegs zu seinem Fahrrad: Es kann heute später werden, warte nicht auf mich. Er winkt der Frau zu, und die Frau winkt zurück und geht langsam hinter ihm her.

Der junge Zöllner fährt wieder zurück durch den Hafen zur Werft. Wer ihn von weitem fahren sieht, könnte denken, der hat seinen Dienst hinter sich oder muß Verstärkung holen oder so etwas.

Auf dem unübersichtlichen Gelände der Werft, zwischen rostigen Kesseln und zerschlagenen Aufbauten steigt er ab, duckt sich und schüttet den Sand aus seinem Etui. Er reinigt das Etui mit dem Taschentuch; dann fährt er zum Magazin und drückt den Klingelknopf, der in beiden Stockwerken Alarm auslöst. Er sieht sich um. Der stumme Arbeiter ist verschwunden, vielleicht haben sie ihn als Galionsfigur an einen Bug geleimt. Fern am Wasser fährt ein Kran entlang. Der Kranführer brüllt und regt sich auf, um zwei Seeleute von den Schienen zu jagen. Der Himmel bewölkt sich. Bald wird die Sonne fort sein. Der Zöllner klingelt noch einmal, und jetzt hört er den Schritt des Verwalters auf der Treppe, jetzt auf dem Gang. Der Verwalter öffnet die Tür. Er bleibt im Eingang stehen. Ich möchte das Glas, sagt der Zöllner, ich bin zurückgekommen, weil ich es kaufen möchte. Der Verwalter schnalzt bedauernd mit der Zunge. Es ist weg, sagt er, ich hab's eben verkauft. Das kann nicht sein, sagt der Zöllner, und der Verwalter darauf: Wenn ich's dir sage: vor zehn Minuten ging das Ding weg. Einer von euch hat's gekauft, wenn du's genau wissen willst. Von uns? fragt der Zöllner, wie sah er aus? Ich merk' mir keine Gesichter, sagt der Verwalter, er war jung, das ist alles, was ich dir sagen kann. Der Verwalter zuckt die Achseln. Hängematten in vierzehn Tagen, sagt er. Ja, sagt der Zöllner, ist gut.

Die Tür schließt sich vor ihm, und er murmelt etwas gegen die Tür und bleibt länger stehen als üblich. Er steckt sich eine Zigarette an. Er öffnet das leere Etui vor seiner Brust und schließt es wieder. Die »Albatros« läuft mit nüchternen Betriebsausflüglern zu ihrer letzten Tagestour aus. An Bord stehen ein paar Kerle mit Ferngläsern und glotzen auf zwanzig Meter die Zurückbleibenden an. Drüben vor den Hotels halten einige Busse. Die Leute, die aussteigen, schleppen sich gleich zu den Kneipen und Freßlokalen, in denen man das ganze Zeug aus dem Fjord vorgesetzt kriegt: Sprotten, Muscheln, Dorsche und Aale. Wenn man sieht, wie die Leute da von den Bussen reinströmen, weiß man, wovon die Kneipen leben, die dicht an dicht stehen mit ihren hochtrabenden Namen. Fjordblick heißen sie oder Fjordkeller und eine nennt sich sogar Fjordtröpfchen. Viele von denen, die mit den Bussen herkommen, kriegen den Fjord selbst überhaupt nicht zu sehn. Zu Hause wissen sie nur noch, wieviel sie gesoffen haben.

Der junge Zöllner streift am Spalier der Kneipen entlang. Er fährt zur Chaussee, die den Wald durchschneidet. Er hält an der gleichen Stelle, an der er immer absitzt. Staubige Autos rollen in Kolonnen vorbei. In vielen sitzen Burschen mit nackten Oberkörpern. Verschwitzte Frauen hocken spreizbeinig auf den Beifahrersitzen und stieren auf die flimmernde Chaussee. Einige der mistigen Autos tragen an der Kühlerhaube Rentiergeweihe, bei andern sind die Scheinwerfer mit Birkenzweigen verdeckt. Auf den meisten Rücksitzen liegen erhitzte Gören, die sich im Schlaf besabbern. Es ist nicht leicht, über die Chaussee zu kommen, keiner hält an.

Drüben im Wald, hinter der Schonung, wird es stiller. Die Paviane mit ihren Motorsägen haben Feierabend gemacht oder Kaffeepause, vielleicht sind sie auch auf den Zweigen weggeturnt. Auf einer Lichtung sitzen ein Langer und eine träge Breite im Badeanzug. Der Lange saugt sich am Gebiß des Mädchens fest, das den Kopf nach hinten geworfen hat wie unter einem Würgegriff; gleich wird der Nackenwirbel brechen. Der Zöllner sieht weg, blickt auf den Boden, als ob er den genauen Verlauf der Grenze bestimmen müßte. Auf der andern Seite ist nichts los. Nur einmal winkt ihm ein Kollege von drüben zu, mustert ihn durchs Glas, winkt noch einmal und schiebt ab. Heute kontrolliert ihn niemand. Die Transistorgeräte sind längst drüben – wenn nicht, werden sie nächste Woche rübergebracht.

Er geht weiter auf dem Pfad neben der Grenze bis zum kleinen Waldsee. Er wirft eine Kippe in den stinkenden See. Auf der andern Seite des Sees steht Pischmikat und grinst. Sie gehen aufeinander zu. Sie geben sich die Hand. Pischmikats Frau ist seit zwei Jahren in der Klapsmühle, weil sie aus jedem unbewachten Kinderwagen Säuglinge klaute. Der hat es schon gehabt, daß er nach dem Dienst vier unbekannte Säuglinge im Schlafzimmer fand. Er besucht seine Frau und bringt ihr Obstkuchen und Saft, weil sie immer Durst hat.

Hast du Reinhart gesehen, fragt er. Reinhart ist vorbeigesaust hier, als ob sie wären hinter ihm her. Nein, sagt der junge Zöllner, ich hab' ihn nicht gesehn. Hat nur gelacht und ist gerannt, und weg war er, sagt Pischmikat. Er hat doch die Bucht heute, sagt der junge Zöllner, und Pischmikat darauf: Mir hat er keine Auskunft gegeben, nur vorbeigerannt ist er. Nahm er dich nicht mit? Er ist jung wie du, ist Anfänger wie du: da möchte man vieles allein machen. Sie setzen sich ans Ufer des kleinen, stinkenden Sees. Das Wasser ist dunkel und brühwarm. Sie tauschen Zigaretten aus und sitzen und beobachten schweigend die Grenze. Plötzlich sagt Pischmikat: Was will der Alex nur von dir? Warum will er dich fertigmachen? Ich weiß es nicht, sagt der junge Zöllner, vielleicht weil ich den Diebstahl der Pistole gleich gemeldet hab', ohne mit ihm darüber zu reden. Er hat was gegen dich, sagt Pischmikat. Ja, sagt der junge Zöllner, ja, ich weiß. Solltest nach Feierabend ein Bier mit ihm trinken, sagt Pischmikat. Kann sein, sagt der junge Zöllner, ich werd' ihn mal einladen. Sie sitzen eine Weile schweigend nebeneinander, dann stehen sie schweigend, ohne Verabredung, auf, nicken sich zu und gehen in verschiedene Richtungen davon.

Der junge Zöllner geht weiter an der Grenze entlang bis zum verlassenen Gehöft. Hier endet sein Bezirk. Das Gehöft ist fensterlos, in den Mauern geplatzt, die nackten Räume werden als Toilette benutzt. Bei Regen kann man sich hier unterstellen. Er umrundet das Gehöft, steht und lauscht in den verwilderten Garten, alles ist still. Er sieht auf die Armbanduhr. Ruhig beobachtet er ein rechteckiges Feld und den Rand einer Schonung. Es wird dämmrig. Jenseits der Grenze kläfft ein Köter, ein anderer anwortet ihm aus großer Entfernung. Der junge Zöllner kehrt zu seinem Fahrrad zurück und schiebt es zu einem breiten, sandigen Waldweg, der von der Grenze wegführt.

Der Weg ist zerfahren von den Rädern der Holz-Lastwagen. An den Seiten liegen gefällt Stämme, bereit zum Abtransport. Das Geländer einer Brücke, die über einen mageren Bach führt, ist eingedrückt. Kühl ist der Sand und feucht auf dem Weg unter den Bäumen. An Fahren ist nicht zu denken. Bis zur Kreuzung muß er das Fahrrad schieben, bis zur alten gepflasterten Chaussee. Jetzt geht's bergab, an verdreckten Fabrikhöfen vorbei. An allen Mauern hängen Fruchtsaft-Plakate. Die Fjord-Zeitung macht Reklame für sich. Man kriegt schon genug von dieser Gegend auf der kurzen Fahrt von der Kreuzung bis zur Unterführung. Arbeiterinnen pfeifen hinter ihm her, sie tragen sehr enge Röcke, man kann darunter die dreieckigen Slips erkennen, deren Gummizug in den Oberschenkel schneidet.

Er fährt durch die Unterführung, an der Endstation der Straßenbahn vorbei und, ohne den Freihafen zu berühren, die Buchenallee hinauf. Im Zollgebäude oben auf dem Berg brennen die ersten Lichter. Auch in einigen Dienstbaracken sind Lichter aufgeflammt. Der junge Zöllner steigt ab, blickt hinab in die Kiesgrube. Auf dem Grund stehen zwei Lastwagen. Sie stehen sich mit laufenden Motoren und brennenden Scheinwerfern gegenüber, als würden sie gleich aneinandergeraten. Vor einer Bude stehen ein paar Kerle und rauchen. Aus dem Zollgebäude ist Radiomusik zu hören, nein, nicht aus dem Zollgebäude, sondern aus dem Buchenwald. Tagsüber haben die Sommergäste den Strand versaut, jetzt müssen sie im Wald Krach machen. Gott sei Dank wird es bald Herbst.

Der Innendienst hat schon Feierabend gemacht. Über den sandigen Platz latschen zwei Frauen vom Reinemach-Kommando; sie machen einen Heidenlärm und fuchteln mit den Armen. Vor dem Abschied fällt ihnen am meisten ein: eine halbe Stunde brauchen sie, um endlich loszukommen voneinander. Am Rande des Platzes flammen die großen Bogenlampen auf. Der Zöllner sitzt auf. Er fährt das letzte Stück bis zur Baracke und lehnt sein Fahrrad gegen die Wand. Er geht den trüben Korridor entlang, in einem Raum wird telefoniert. Er öffnet die Tür zum Büro. Alex sitzt gebeugt und leise schnaufend über einem Stapel blauer Mappen, die er mit Skriptol beschriftet. Auf seiner Aktenmappe liegt fein zusammengefaltet Butterbrotpapier – vermutlich ist er die ganze Dienstzeit mit dem gleichen Bogen ausgekommen. Der junge Zöllner angelt sich das Dienstbuch, grüßt Alex, läßt sich an einer Ecke des Schreibtisches nieder. Alex sieht ihn gleichgültig an, schnappt sich die blauen Mappen und steht auf. Ich geh' mal zum Hauptgebäude rüber, sagt er. Ist gut, sagt der junge Zöllner. Alex schlurft mit seinen beschrifteten Mappen raus. Der Zöllner macht seine Eintragung. Er schließt das Dienstbuch und legt es in eine Schublade.

Dann tritt er an das Schlüsselbrett, hebt den Schlüssel zu seinem Spind ab. Er öffnet sein Spind. Langsam hebt er den

Riemen über seinen Kopf und nimmt das leere Etui in die Hand. Er schiebt sein Etui tief in das Spind hinein und blickt sich schnell um: draußen schlurft Alex unter dem Licht der Bogenlampen zum Hauptgebäude hinauf. Das Schlüsselbrett ist nur zwei Schritte entfernt. Jeder Haken hat seine Nummer. Er hebt den Schlüssel Nummer 5 ab und öffnet Reinharts Spind. Vorn liegt ein Stapel von blödsinnigen Merkblättern, daneben das Etui mit dem Fernglas. Auf dem Gang draußen ist es still, im Nebenzimmer telefoniert Michelsen immer noch. Der junge Zöllner öffnet Reinharts Etui, holt das Glas heraus, sieht auf die Mittelschraube und erkennt, daß die mattgraue Schutzfarbe zur Hälfte weggekratzt ist. Es ist sein Glas. Er wirft das leere Etui in Reinharts Spind, schließt ab und hängt den Schlüssel ans Brett. Dann steckt er sein Glas in sein Etui und schiebt das Etui tief in den Spind hinein und schließt ab. Er zieht die metallene Klammer von seiner Hose und drückt die Klammer in der Hand zusammen. Auf einer Karte gegenüber der Tür verfolgt er noch einmal die Wege, die er heute gemacht hat.

Michelsen von nebenan kommt herein und puhlt sich am Ohrläppchen; er fragt: Ist Alex nicht hier? Im Hauptgebäude, sagt der junge Zöllner und begleitet Michelsen hinaus. Sie gehen schweigend den Gang entlang, draußen geben sie sich die Hand. Sie trennen sich. Unten am Fjord sind die Kneipen erleuchtet. Alle sind bevölkert von Sommergästen, die sich zur Nacht vollsaufen. Die Kneipenwirte brauchen sich jedenfalls nicht selbst anzupumpen. Die ganze Strandpromenade wimmelt von vergnügten Sommergästen, die unter Johlen und Pfeifen zu einem Lokal hinschieben, dort, wo im Freien getanzt wird. Der junge Zöllner fährt nach Hause, führt das Rad in den zugigen Flur und blockiert es am Eingang zum Keller. Er hat die Erlaubnis des Hauswirts. Er klingelt ein einziges Mal bei Tabert, bevor er die Tür selbst aufschließt und sie hinter sich zufallen läßt. Vor der Garderobe zieht er seine Jacke aus und hängt sie über einen Drahtbügel. Dann geht er ins Wohnzimmer. Am kleinen Tisch vor dem Radio sitzen Reinhart und seine Frau; beide trinken Bier. Endlich, sagt die Frau, wir warten schon eine halbe Stunde auf dich. Sie steht auf, holt ein Glas und eine Flasche Bier und schenkt ihm ein. Er setzt sich ohne ein Wort. Reinhart hat dir etwas zu erzählen, sagt die Frau, etwas, was dich sehr interessiert. Der junge Zöllner antwortet nicht. Auch Reinhart wurde etwas gestohlen, sagt die Frau, aber er hat es wieder zurück. Ich mußte einfach zu dir kommen, sagt Reinhart, ich hoffe, du hast nichts dagegen. Reinhart hat einen Verdacht, sagt die Frau. Der junge Zöllner nimmt eine halbe Zigarette vom Radio und steckt sie sich an. Er öffnet sein Hemd über der Brust. Wir finden ihn, sagt Reinhart, wir kriegen ihn bestimmt. Der kann sich auf was gefaßt machen. Reinhart hat das Schloß an seinem Spind präpariert, sagt die Frau. Der junge Zöllner steht auf, geht zum offenen Fenster und sieht auf die Kastanien hinab. Die Farbe ist blau und rot, sagt die Frau, die bleibt drei Tage an den Fingern, man kann sie nicht abwaschen. Wer es auch sein wird, sagt Reinhart, ich frag' erst gar nicht, ich erledige es selbst. Wir werden alles rauskriegen, sagt die Frau. Der junge Zöllner hebt seine Hand vorsichtig über dem Fensterbrett. Erstaunt sieht er auf seine Fingerkuppen. Jetzt werden wir alles erfahren, sagt die Frau, und der junge Zöllner, ohne sich umzudrehen: Hoffentlich.

1966

Die Mannschaft

Für Heinz Perleberg

Wie wir davonzogen im Rückspiel: zweizunull, dann fünfzu-
zwei, und schließlich siebenzudrei bei Halbzeit; da schien alles
schon gelaufen, alles entschieden und erreicht zu sein, und wir
gingen mit dem Gefühl in die Kabinen, daß das Hinspiel in
Bodelsbach, das wir mit einem Tor Unterschied verloren hatten, keine Erinnerung mehr wert war, jedenfalls keinen zu belasten brauchte; und welch einen Anteil ich daran hatte, ließen sie
mich in der Halbzeit spüren, als sie mir zunickten, über den
Hinterkopf wischten oder im Vorbeigehen anerkennend auf
den Rücken klatschten; sogar Plessen, unser wortkarger Trainer, nickte mir zu. Offenbar beglückwünschte er sich selbst
dazu, daß er mich nach langer Zeit – und vielleicht nur, weil es
um die Teilnahme am Europa-Pokal ging – wieder aufgestellt
hatte.

Keiner von uns bedauerte, daß für das Rückspiel gegen Bodelsbach Klaus Körner aufgestellt wurde, jedenfalls bis zur Halbzeit
nicht, denn daß wir mit siebenzudrei führten, hatten wir nicht
zuletzt seinem Spiel und den vier Toren zu verdanken, die er
mit seinen Fallwürfen erzielte; und als wir in die Kabinen gingen, dachte niemand mehr an die Behutsamkeit, mit der Plessen
uns darauf vorbereitet hatte, daß er für dies entscheidende Spiel
Klaus Körner aufstellen wollte, ihn, der achtzehnmal in der
Ländermannschaft gespielt hatte, der unser bester Mann war
und den Plessen dennoch monatelang pausieren ließ, einfach
weil Klaus unberechenbar war und für sich mehr beanspruchte
als jeder andere Spieler in der Mannschaft.

Wir hätten das Hinspiel nicht zu verlieren brauchen, wenn sie
mich schon damals aufgestellt hätten in Bodelsbach, in diesem
entlegenen Nest mit sechs-, allenfalls siebenhundert Einwoh-
nern, die nur für ihre berühmte Vierfruchtmarmelade und ihre
zumindest hierzulande nicht weniger berühmte Handballmann-
schaft zu leben scheinen – wenn die ein Heimspiel bestreiten,
lassen sich vor Begeisterung sogar die Kranken an den Spielfeld-
rand tragen, und ihre zahlreichen Kinderwagen segeln ausnahmslos unter den grünweißen Vereinswimpeln von Bodels-

bach – doch diese Mannschaft, die so viele Favoriten auflaufen ließ, hat ihre erkennbaren Schwächen, und Günther Plessen gab mir zu, daß wir es nicht verstanden, diese Schwächen auszunutzen, und daß wir schon das Hinspiel gewonnen hätten, wenn ich dabei gewesen wäre.

Auch wenn keiner von uns zunächst bedauert hatte, daß Klaus Körner für das Rückspiel aufgestellt wurde – bei einigen von uns löste diese Entscheidung zwangsläufige Erinnerungen an alte Spiele aus – München, Lyon, vor allem Zagreb –, Erinnerungen an einen eigensinnigen und unaufhaltsamen Mitspieler, dessen Begeisterung ansteckend wirkte, solange die Chancen gleich verteilt waren, der aber dann, wenn wir im Rückstand oder sogar im hoffnungslosen Rückstand lagen, alle Abmachungen verletzte, sich zu unbeherrschten Aktionen verleiten ließ und so schroff gegen die Regeln verstieß, daß sie ihn mehrmals hinausstellten.

Wir hätten zur Halbzeit noch höher führen können als siebenzudrei, aber ich hatte Plessen versprochen, nicht das ganze Spiel über mich laufen zu lassen, ich sollte vor allem Hartwig einsetzen, ihn, der den Senkwurf aus spitzem Winkel beherrscht wie kein anderer, doch aus Bescheidenheit oder Solidarität zu lange zögert; und es gelang mir auch, ihn so anzuspielen, daß er zwei musterhafte Tore warf: schräg stieg der Ball über den herausgelaufenen Torwart, schien in der Luft zu stoppen und senkte sich so sanft und berechnet ins Netz, daß sogar der Bodelsbacher Torwart klatschte, während Hartwig auf mich zulief und Danke, Klaus, sagte, danke, und gleich verlegen unter dem Beifall der Zuschauer zurücklief.

Als Plessen uns in der Pause um sich versammelte, war keiner so erschöpft wie Klaus Körner, der sich gleich auf die Bank unter den Kleiderhaken fallen ließ und das Sprudelwasser nicht dazu benutzte, seinen Mund auszuspülen, sondern die ganze Flasche austrank, ohne abzusetzen, und kaum zuhörte, was Plessen uns an taktischen Ermahnungen mitzugeben hatte. Obwohl er vier Tore geworfen hatte, schien es ihm an Training, in jedem Fall an Kondition zu fehlen, er pumpte und pumpte, wandte sein schweißglänzendes Gesicht dem geöffneten Fenster zu, wobei er die Beine wegspreizte und die Schultern zurückbog, und wer ihn so sah, fragte sich unwillkürlich, ob Klaus die zweite Halbzeit würde durchhalten können. Wirst du durchhalten, fragte ihn Plessen, bevor wir auf das Spielfeld zurückkehrten, und er darauf, lässig aufwachsend aus seiner Bankecke, ein Athlet, den sie für alles hätten werben lassen können: Klar, Günther, was denn sonst.

Wie deutlich ihre Sorge aufstieg, wie ihre Aufmerksamkeit für mich wuchs, das bekam ich schon zu spüren, als ich mich bei der Lagebesprechung auf die Bank setzte und mein Trikot, das schwarz war vor Schweiß – aber wann wäre es anders gewesen –, nicht gegen das frische tauschen wollte, das Hartwig mir hinhielt. Ihre skeptischen, abfragenden Blicke streiften mich, als ich dort saß – auf nichts weiter aus, als mich zu entspannen, zu lockern; doch da ich so lange weder mit der Mannschaft trainiert noch gespielt hatte, glaubten sie wohl, mir ihre Anteilnahme zeigen zu müssen oder doch ihre Besorgnis. Und als wir dann zurückkehrten auf das Spielfeld, stubsten, beklopften, ermunterten sie mich durch schnelle Berührungen, und auf ihren Gesichtern erkannte ich nicht nur das Einverständnis mit meinem bisherigen Spiel, sondern auch die Bereitschaft, über alles hinwegzusehn, was in einigen vergangenen Spielen geschehen sein mochte; ja, und ich spürte auch ihre Freude, daß ich wieder dabei war, und den Wunsch, mich bei den Begegnungen um den Europa-Pokal wieder dabeizuhaben.

Beifall empfing uns, als wir zur zweiten Halbzeit erschienen; den stärksten Beifall erhielt Klaus Körner, als er die ausverkaufte Halle betrat; es war eine neue Halle, die mit dem Spiel gegen Bodelsbach eingeweiht wurde, und unter den mehr als zweitausend Zuschauern waren einige hundert, die hinter unserm Tor Sprechchöre bildeten und Bodelsbach anfeuerten. Es hatte fast den Anschein, als hätten sie die Hälfte ihrer Einwohner zum Spiel ihrer Mannschaft beordert, und einer von ihnen, vielleicht der Bürgermeister oder der Direktor der Marmeladenfabrik, trat als Einpeitscher auf und gab die Zeichen zu lautstarkem Einsatz. Und die Halle dröhnte, sie bebte und dröhnte, sobald Bodelsbach zu stürmen begann.

Den hatten sie sicher in der Pause verabredet, diesen Überraschungsangriff gleich nach dem Anwurf: Ole Zesch, ihr bester Spieler, war durch, flog auf den Kreis zu und setzte zum Wurf an; da konnte Hartwig nur die Notbremse ziehn und durchstecken, worauf der bullige, kurzhalsige Verteidiger von Bodelsbach in den Kreis fiel und sich überschlug; doch den Siebenmeter schoß er selbst – nicht einmal listig oder angetäuscht, sondern mit so unbarmherziger Wucht, daß Werner bei uns im Tor zwar den Ball mit den Fingerspitzen berührte, aber ihn nicht halten konnte. Die Wucht des Schusses schien ihn selbst in sein Tor hineinzuschleudern. Enttäuscht angelte er sich den Ball und drosch ihn zur Mitte, mir in die Arme, und ich wartete, bis die andern Spieler zurückgelaufen waren, und in dieser Zeit hörte ich den triumphierenden Bodelsbacher Sprechchor, der zum nächsten Tor aufforderte, hörte aber auch zum ersten Mal den Sprechchor unserer Leute, die nichts anderes taten, als meinen Namen zu skandieren: Kör-ner, Kör-ner; das stieg auf wie ein Brausen und begleitete und trug mich, solange ich den Ball hielt.

Anscheinend rechnete sich Bodelsbach eine Chance aus, nun, wo wir nur noch siebenzuvier führten; auch die Zuschauer ergriff gleich nach dem Überraschungsangriff eine unerwartete Spannung: in Sprechchören gaben sie zu erkennen, wer ihre Hoffnungen trug und was sie eingelöst sehen wollten. Bodelsbach forderte Tore; unsere Leute antworteten mit dem Namen von Klaus Körner, und so, wie sie diesen Namen artikulierten, lagen darin grollende Warnung und Selbstzuspruch. Und Klaus, der zur Halbzeit so erschöpft gewirkt hatte, zog den Ball an in jeder Haltung, in jeder Stellung. Der Ball suchte ihn. Der Ball klebte an seinen Fingerspitzen. Der Ball tanzte auf seinem Unterarm. Kreiseln konnte der Ball, wenn er kreiseln sollte. Der Ball sprang und stieg und versteckte sich, er bot sich an und foppte den Gegner, so, wie Klaus es wollte. Es gab Beifall im offenen Spiel, wenn wir vor dem Schutzkreis der Bodelsbacher zu wirbeln anfingen, wenn wir sie stehen und zusehen ließen, wie der Ball von einem Spieler zum andern wandern konnte, kurz, lang, kurz, doch der Beifall steigerte sich noch, wenn Klaus zum Schuß ansetzte: hoch stieg er auf, schnellte empor über die erhobenen Arme der gegnerischen Abwehr, die Hand mit dem Ball zuckte zurück, aber anstatt zu werfen, täuschte er nur an, klemmte sich mit energischer Drehung durch die Verteidigung und ließ sich in den Kreis fallen. Und im Fallen schoß er.

Wenn sie nicht bei Halbzeit den Torwart ausgewechselt hätten, wäre unser Vorsprung vielleicht auf sechs Tore angewachsen, aber dieser schmächtige, ernste Junge, der weder Genugtuung noch Freude verriet, der jedem Schuß entgegenflog und so den Winkel verkürzte, hielt einfach alles, und nach meinem zweiten Fallwurf, den er im Flug zur Ecke ablenkte, ging ein Raunen der Bewunderung durch die Halle, ehe der Beifall begann. Er maß mich nicht nur mit seinen Blicken, er schien unweigerlich vorauszusehen, was ich vorhatte, und er war da und verhinderte eine höhere Führung. Auch Hartwig mit seinen Senkwürfen konnte ihn nicht überlisten: Hebbi Prengel, den Reservetorwart von Bodelsbach, der als Einwieger in ihrer verdammten, berühmten Marmeladefabrik arbeitete.

Zuerst sah es so aus, als könnte Hebbi Prengel, den sie nach der Pause ins Tor stellten, obwohl er noch nie an einem entscheidenden Spiel teilgenommen hatte, Klaus mattsetzen oder blockieren, einfach nur durch die vollkommene Art, mit der er sich auf ihn einstellte. Ein geheimer Mechanismus schien sie zu verbinden, eine Beziehung, die bewirkte, daß der Torwart eine äußerst gespannte Ruhe gewann und sich duckte, sobald Klaus den Ball führte, und er drehte sich mit in winzigen Schritten, mit einer Bereitschaft, die viel zu früh begonnen zu haben schien, unwillkürlich alarmiert, unwillkürlich herausgefordert durch die Gefahr, die von Klaus ausging. Wie sie sich erkundeten! Wie sie einander studierten! Niemand hätte voraussagen können, wohin der Ball fliegen würde, den Klaus mit schmalem Pokergesicht abfeuerte: Hebbi Prengel wußte es, ahnte es, hatte die Flugbahn schon berechnet, stand in Erwartung da. Es war jedenfalls sein Verdienst, daß Bodelsbach in diesen Minuten bis auf siebenzusechs herankam – den Siebenmeterball, der gegen uns verhängt wurde, halte ich allerdings immer noch für umstritten.

Sie trampelten, sie klatschten, ihre Sprechchöre trugen untereinander ein besonderes Spiel aus. Die Halle zitterte. Ich riskierte einen Alleingang, nachdem Hartwig mich durch schnellen Positionswechsel freigespielt hatte, stieg so hoch ich konnte, sah in das Gesicht des Torwarts, der mich in leichter Grätschstellung, mit nicht ganz ausgestreckten Armen erwartete, und diesmal wußte ich, daß ich ihn bezwingen würde, noch bevor ich geschossen hatte. Mitten im Sprung schoß ich einen Aufsetzer, der zwischen Hebbi Prengels Beinen hindurch ins Tor sprang: es stand nicht nur achtzusechs, dieses Tor schien einen Stau oder eine schon erfolgte Resignation aufzuheben, es war ein Zeichen, ein Appell, und wie sehr wir es nötig gehabt hatten, bewiesen sie mir, als sie alle auf mich zuliefen – und sogar Werner aus seinem Tor herauskam – um mir die Hand zu drücken, mich zu tätscheln oder in die Seite zu knuffen. Ich ließ diese Gratulation nicht nur über mich ergehen; jetzt forderte ich sie zu einem Zwischenspurt auf: Ran, Jungens, nun aber ran.

Nachdem Klaus uns durch einen Alleingang wieder mit zwei Toren in Führung gebracht hatte, geriet Bodelsbach unter zunehmenden Druck; wir schnürten sie vor ihrem Tor ein, wehrten ihre planlosen Angriffe ab und zwangen sie, mit Haken und Ösen zu verteidigen; jedenfalls waren wir einem Tor näher als sie einem Anschlußtreffer. Unser Spiel lief, und Klaus war das Zentrum: er zog an, er lenkte und verteilte, er rochierte blitzschnell am Kreis und zeigte mit Hartwig ein Paßspiel, das rhythmischen Beifall herausforderte. Und dann – es soll der Augenblick gewesen sein, der alles weitere begründete – war Klaus durch, war fast allein vor dem Tor, nur Ole Zesch hatte er noch zu überwinden, den kurzhalsigen Verteidiger von Bodelsbach, der ihn geduckt annahm. Obwohl wir alle Klaus beobachteten, bemerkte niemand mehr als dies: er war durch, wollte Ole Zesch durch einen Trick täuschen, das mißlang, und dann hob er sich nach zwei energischen Sprungschritten, stieg hoch auf, in vollkommener Streckung und weit über dem gegnerischen Spieler, der den zum Wurf ausholenden Arm nicht mehr behindern, am unvermeidlichen Torschuß nichts ändern konnte – zumindest hatte es den Anschein –, doch noch vor dem Wurf flog sein Kopf zurück, sein Mund sprang auf, sein Körper krümmte sich, und gekrümmt landete er und blieb in der Hocke am Boden. Er stöhnte. Er preßte eine Hand auf seine Magengrube. Ole Zesch hielt ihn leicht fest. Der Schiedsrichter gab keinen Strafwurf. Als Plessen auf das Spielfeld lief, sein flatterndes Jackett mit den klimpernden Schlüsseln in den Taschen ruckhaft nach vorn zerrend, dachte er wie mancher von uns an die alte Sehnenverletzung von Klaus.

Wenn schon nicht Hartwig – der Schiedsrichter muß es doch gesehen haben: er stand daneben, als ich vor Zesch hochstieg, wurfbereit, er muß doch bemerkt haben, was geschah. Hebbi Prengel hatte sich zu weit vorgewagt, ich brauchte ihn nur zu überwerfen, und es wäre ein sicheres Tor geworden, aber dann geschah, was keiner sah und keiner mir bis heute abkaufen will: knapp vor dem bulligen Verteidiger sprang ich aus vollem Lauf hoch, setzte, sozusagen über ihm hängend, zum Wurf an, da stieß er mir den Ellbogen aus scharfer Drehung so heftig in den Unterleib, daß ich zu Boden ging. Es war kein unbeweisbarer Schlag. Ich mußte zu Boden, und Plessen und die andern, die zu mir gelaufen kamen, tippten natürlich sofort auf meine alte Sehnenverletzung; das Foul hatte keiner von ihnen wahrgenommen. Deshalb verstand auch keiner von ihnen, daß ich die Hand ausschlug oder übersah, die Ole Zesch mir hinhielt. Wir beide wußten, was geschehen war, und er war weniger über meine Weigerung verblüfft, seine Hand anzunehmen, als der lärmende Bodelsbacher Anhang, der mich auszupfeifen versuchte, während ich die Arme hochriß, um Luft zu bekommen.

Klaus Körner war angeschlagen, in jedem Fall verletzt, nachdem er kurz vor dem Schuß zu Boden mußte; dennoch hätte er die Hand nehmen müssen, die Ole Zesch ihm hinhielt. Wie unsicher sie wurden, wie offensichtlich sie ihm ihre Sympathien entzogen, als er darauf verzichtete, die Entschuldigung eines gegnerischen Spielers anzunehmen! Sogar ihre Bewunderung für ihn schien abzukühlen. Vielleicht hätte Plessen ihn zu dieser Zeit aus dem Spiel winken und auswechseln sollen, denn daß Klaus etwas abbekommen hatte, war nicht mehr zu übersehen: ungenauer wurde sein Zuspiel, seine Schnelligkeit ließ nach, und vor dem Kreis verlor er sein Selbstvertrauen. Nicht mehr äußerstes Risiko, sondern Sicherheit bezeichnete sein Spiel, und dies nicht allein: gelegentlich machte er den Eindruck eines Spielers, der lustlos sein pflichtschuldiges Pensum leistet.

Der Schmerz hörte nicht auf, so ein ziehender Schmerz im Unterleib, ein Krampf, der einsetzte, sobald ich einen Sprungschritt machte, und ich überlegte, ob ich das Spielfeld nicht verlassen sollte. Doch Plessen gab mir kein Zeichen. Und schließlich spielte ich mich auch wieder ein, wenngleich ich mehr zurückhing und das Spiel von hinten aufbaute. Ich mußte erst den Schmerz loswerden, um zum Endspurt aufzufordern. Es lag an mir, daß wir eine Schwächeperiode hatten – trotzdem spielten wir für Hartwig zwei Chancen aus dem Lehrbuch heraus; er scheiterte an Hebbi Prengel, der mit Hohlkreuz und ausgebreiteten Armen dem Ball entgegenflog und ihn über das Tor lenkte. Bodelsbach kam in dieser Zeit nur einmal zum

Schuß, wieder durch Ole Zesch, der den Ball so erbarmungslos schleuderte, daß sich das Leder im Tor zwischen Latte und Netz festklemmte.

Das Spiel wurde härter, auf beiden Seiten gab es einen Siebenmeter, doch die Torhüter sorgten für ein unverändertes Resultat. Wir nahmen Klaus manches ab in der Verteidigung, und nach einer Weile sah es so aus, als hätte er sich von seiner Verletzung erholt: er stürmte wieder, er riskierte einen Torwurf, und im Zurücklaufen entwarf er mit Hartwig und Walter Purschell einen neuen Spielzug. Wieviel von ihm ausging, wieviel sich von seinem Spiel und von seinem Einsatz sogleich auf die Mannschaft übertrug! Nun, da ihm nichts mehr zu schaffen machte, zog er sie wieder mit, servierte und dirigierte, und wir ließen das Spiel fast ausschließlich über ihn laufen, weil von Klaus die größte Gefahr ausging. Er hätte es nicht nötig gehabt, jeden einzelnen zum Endspurt aufzufordern; sein Spiel enthielt Aufforderung genug.

Dann, als der Schmerz sich legte, fast vergessen war, gab ich jedem einzelnen von uns das Signal zum Endspurt, nachdem Plessen mir seinerseits das verabredete Zeichen gegeben hatte. Obwohl wir nur mit einem Tor Vorsprung führten, waren wir unserer Sache sicher. Wir verwiesen sie auf ihre Hälfte. Wir belagerten sie. Wir durchschauten jeden Entlastungsangriff und verhinderten ihn bereits in der Entstehung. Ja, wir machten sie zu Statisten, zeigten ihnen sozusagen, daß Vierfruchtmarmelade zu wenig ist, und wie sehr sie in der Klemme waren, konnte man an Hebbi Prengel, dem Einwieger, erkennen: er tänzelte, steppte vor und zurück, er warnte seine Leute, wies sie auf Lücken hin. Und wir in diesem Augenblick: ich weiß noch die schnell gezeigten Genugtuungen, die hingeklatschten Ermunterungen, die Zuversicht weiß ich noch und die lässigen Berührungen, mit denen mir die Mannschaft zu verstehen gab, daß sie einverstanden war mit meinem Spiel. Endlich flankte Hartwig von der Ecke herein, ich riskierte einen Drehschuß, der gegen den Pfosten sprang und zu Hartwig zurück, so daß wir im Ballbesitz blieben.

Wir spielten so überlegen, daß das nächste Tor, das unsern Vorsprung vergrößert hätte, in der Luft lag, und als Klaus seinen Drehschuß probierte, sahen wir schon den Ball im Netz.

Der Ball prallte jedoch vom Pfosten ab, Hartwig konnte sich ihn angeln, und wir liefen etwas zurück, um einen neuen Angriff aufzubauen. Wir wirbelten vor dem Kreis, ließen die Bodelsbacher immer wieder leerlaufen, und auf einmal setzte Klaus energisch zum Wurf an. Woher nahm er nur die Kraft, um so aufzusteigen? Er schnellte empor, reckte sich weit über alle hinaus – die Momentaufnahmen, die ihn so in der Luft, in dieser Streckung zeigen, lassen einfach nicht annehmen, daß allein seine Sprungkraft ihn so hinaufgetragen hat – und holte aus wie beim ersten Mal. Und wie beim ersten Mal hatte er nur einen Verteidiger vor sich, der, so schien es zumindest, die unaufhaltsame Aktion nicht mehr würde vereiteln können. Ole Zesch, der Klaus allenfalls bis zur Schulter reichte, hatte nichts mehr zu bestellen. Weder der Schiedsrichter noch einer von uns erkannte mehr als dies: Klaus setzte zum Wurf an, schrie auf, seine Hand ließ den Ball fallen, und aus dem Sprung stürzte er auf Ole Zesch, der ihn auffing, hielt, dann auf den Boden gleiten ließ, wo Klaus sich krümmte und stöhnend die Knie anzog. Nur dies Bild kann zugegeben werden: der Verteidiger in geduckter Bereitschaft, zwar nicht mit ausgebreiteten Armen, aber doch mit gespreizten, Stand suchenden Beinen; und der Angriffsspieler, nah, und zugleich hoch über ihm, den Arm zum Wurf ausgestreckt. Etwas anderes hat keiner von uns in Erinnerung.

Wie konnte auch das unbemerkt bleiben, wie konnte vor allem der Schiedsrichter übersehen, was geschah, als ich, wie beim ersten Mal, vor Ole Zesch hochstieg, um über ihn hinwegzuwerfen? Hebbi Prengel im Tor stand zu weit vorn, in der kurzen Ecke, ich sah das, ich hätte ihn gewiß geschlagen. Als ich mich mit einem Sprung über die Verteidigung erhob, dachte ich nicht daran, daß es wieder Ole Zesch war, der das letzte Hindernis bildete, ich nahm nichts mehr wahr als die lange Ecke im Tor und den doppelten Brustring des gegnerischen Spielers, und ich sah den Ball schon im oberen rechten Eck, mit diesem unfehlbaren Instinkt, der uns in einer Sekunde erlaubt, ein Resultat vorwegzunehmen. Berührte ich ihn im Sprung? Ole Zesch stand unmittelbar vor mir, er konnte also auf kurzem Raum handeln, jedenfalls ohne weithergeholte und erkennbare Gesten. Eine Drehung genügte, eine gewaltsame Drehung, aus der er mir den Ellenbogen wieder in den Körper stieß. Er traf mein Geschlecht, und der Schmerz überwältigte mich mitten im Sprung, so daß ich auf ihn stürzte. Der Schmerz riß mich von den Beinen. Nachdem Plessen und der Schiedsrichter mir geholfen hatten, hochzukommen, konnte ich immer noch nicht aufrecht gehen; gegen diesen Schmerz konnte ich den Körper nicht strecken.

Der Schiedsrichter unterbrach das Spiel, bis Klaus wieder auf den Beinen war, und danach gab es – was der Bodelsbacher Anhang mit Beifall quittierte – keinen Strafwurf, sondern nur einen Schiedsrichterball. Wenn es einen Siebenmeter gegeben hätte: wir hätten ihn ausgeführt, selbstverständlich, jedoch ohne den Grund erkannt zu haben; denn ebenso wie der Schiedsrichter hatte keiner von uns eine Regelwidrigkeit entdecken können. Niemand protestierte gegen diese Entscheidung, niemand außer Klaus: gekrümmt, mit verzerrtem Gesicht, verfolgte er den Schiedsrichter, stellte ihn an unserem Schutzkreis, beschwerte sich und forderte ihn auf, seine Entscheidung zu korrigieren. Ob er nichts gesehen habe? Ob er unparteiisch sei? Ob er nicht besser einem Hebammen-Wettkampf pfeifen wolle? Der Schiedsrichter ermahnte ihn.

Sie nahmen wohl alle an, daß es meine alte Sehnenverletzung war, die sich bemerkbar machte; deshalb mißbilligten sie meine Forderungen an den Schiedsrichter. Aber ich mußte ihm sein Versäumnis beibringen; nun, da es zum zweiten Mal geschehen war, mußte ich ihn darauf hinweisen, was geschehen war – selbst auf die Gefahr hin, daß er mich ermahnte. Und er ermahnte mich prompt – im gleichen Augenblick, in dem Bodelsbach den Ausgleich erzielte. Achtzuacht stand es; Plessen gab mir ein Zeichen, das Spielfeld zu verlassen, jetzt wollte er mich austauschen, doch ich übersah die Aufforderung. Obwohl ich nicht mithalten konnte: für ein Angriffsspiel wollte ich noch dabei sein, zurückhängend, weit zurückhängend, um Hartwig zu bedienen; einen Angriff wollte ich nur noch mitmachen, um dann freiwillig vom Feld zu gehn.

Warum ging Klaus nicht auf die Reservebank, obwohl Plessen ihn mehrmals dazu aufforderte? Humpelnd, eine Hand auf seinen Unterleib gepreßt, bewegte er sich auf Rechtsaußen, stolperte mit, fing jedoch sicher und hart, als er angespielt wurde und paßte, was wohl keiner ihm zugetraut hatte, sehr genau, vor allem unvermutet zu Hartwig hinüber, der kurz vor dem Kreis bereitstand. Hartwig fing, doch Ole Zesch schlug ihm den Ball aus der Hand, und es gab Freiwurf. Wir waren noch unschlüssig, wer den Freiwurf ausführen sollte, da hatte Klaus schon den Ball in der Hand.

Ich angelte mir den Ball und wartete auf den Pfiff des Schiedsrichters, geduckt – denn der Schmerz erlaubte es mir immer noch nicht, mich aufzurichten – und aus den Augenwinkeln die Positionen unserer Spieler erkundend. In diesem Augenblick hatte ich mich noch nicht entschieden, wem ich den Ball zuspielen würde. Wenige Schritte vor mir, ruhig, spreizbeinig, den Kopf in die Schultern eingezogen, erwartete Ole Zesch den Pfiff, seine Finger machten vorsorgliche Greifbewegungen, als wolle er sie für eine besondere Aktion lockern. Dann kam der Pfiff, und ich legte alle meine Kraft in den Wurf. Der Ball traf Ole Zesch im Gesicht, mit hellem Dröhnen. Ich sah, wie sein Kopf zurückgeschleudert wurde, wie er die Hände vor das Gesicht riß und gebückt auf seinen Tormann zulief, wobei er sich um sich selbst drehte.

Wen würde Klaus anspielen, so fragten wir uns, als er darauf bestand, den Freiwurf auszuführen; keiner empfing ein Signal, also mußte jeder von uns damit rechnen. Es war vier Minuten vor dem Ende des Spiels, und bei Gleichstand. Wer weiß, vielleicht beweist gerade dies, daß er keinem von uns signalisierte, auf sein Abspiel gefaßt zu sein, daß er etwas vorhatte von Anbeginn, eine unangemessene Vergeltung, oder daß er sich eine Genugtuung verschaffen wollte, die keinem nützte, am wenigsten ihm selbst. Wie er sich sammelte zum Wurf! Wie Verbitterung ihm half, zusätzliche Kraft zu finden! Er stand nur wenige Schritte vor Ole Zesch, und aus dieser Nähe traf er ihn mitten ins Gesicht. Es war nicht der Anhang von Bodelsbach allein, der, nach einer Pause der Fassungslosigkeit, Klaus mit Pfiffen und Zischen bedachte und dann mit wildem Beifall, als der Schiedsrichter auf ihn zulief und zu einer Geste erstarrte, die seine Entscheidung ausdrückte: Feldverweis. Vier Minuten vor Schluß wurde Klaus des Feldes verwiesen, wir sahen ihm nicht nach.

Diesmal, ja, bei meinem Freiwurf glaubte der Schiedsrichter ein Foul entdeckt zu haben, er schoß auf mich zu, erstarrte, sein ausgestreckter Arm, sein überlanger Zeigefinger wiesen zur Reservebank, vielleicht auch gleich zum Ausgang. Ich blickte zu unseren Leuten: warum umringten, bedrängten sie ihn nicht? Warum nahmen sie ihn nicht in die Zange und setzten ihn unter Druck, seine Entscheidung zu widerrufen? Warum standen sie so mutlos und kopfhängerisch da, bei einem Feldverweis, vier Minuten vor Schluß? Wie konnten sie einverstanden sein mit dieser Entscheidung? Ich sah auf den Schiedsrichter, der immer noch Wegweiser spielte, starr und unnachgiebig. Ich ging vom Platz, ging durch ein Spalier der Mutlosigkeit und später der Empörung, als ich den Gang zwischen den Bodelsbacher Anhängern passierte.

Als Klaus vom Platz ging, in Richtung zur Reservebank, forderte Plessen ihn nicht auf, sich zu setzen. Unser Trainer schien ihn nicht wahrzunehmen, und nach kurzem Zögern ging Klaus, eine Hand auf seinen Unterleib gepreßt, ohne Eile oder Betroffenheit – eher mit einem Ausdruck zager Geringschätzung – den Tribünengang hinauf zu den Kabinen. Er wandte sich nicht ein einziges Mal um, zu uns, zum Spielfeld, wo der Schiedsrichter aus seiner Starre erwachte und mit einem Pfiff das Spiel weitergehen ließ. Im Davongehen sah er nicht so aus, als hätte er Lust, sich vor uns zu rechtfertigen.

Ich ging in die Kabine und zog mich an, und ich war noch nicht fertig, als dunkler Beifall und ein Trampeln und Hämmern in der Halle ein neues Resultat verkündeten: Bodelsbach, mit einem Mann mehr auf dem Feld, war in Führung gegangen. Ich wußte, daß es zwischen uns nichts zu sagen gab, später, nach dem Spiel: Plessen hätte geschwiegen, und alle aus der Mannschaft hätten geschwiegen; vielleicht hätten sie es fertigbekommen, in meiner Gegenwart über das Spiel zu sprechen, ohne mich zu erwähnen, jedenfalls hätten sie mir auf ihre Art zu verstehen gegeben, wieviel der Mannschaft an mir lag. Warum sollte ich da bis zum Ende des Spiels warten?

1969

Die Augenbinde

Der Korrektor unterbrach das Spiel. Er schob die Karten zusammen, warf sie auf den Fenstertisch und wischte sich langsam über die Augen, hob dann sein Gesicht und blickte durch das Abteilfenster in die Dunkelheit draußen. Das war erst Wandsbek, sagte einer der beiden anderen, worauf der Korrektor die Karten wieder aufnahm, sie mit dem Daumen zum Fächer auseinanderdrückte und schweigend ausspielte. Nach zwei Stichen, die er abgeben mußte, schob er abermals die Karten zusammen, ließ sie leicht klatschend gegen das Fenster fallen und sagte: Es steht in keinem Buch, ich hab' überall nachgeschlagen. Du bist am Ausspielen, sagte einer der beiden anderen, ein alter Mann mit Stahlbrille. Es war einfach nicht zu finden, sagte der Korrektor. Fang nicht wieder an, sagte der Mann mit der Stahlbrille, ich hab's grad vergessen. Also spielen wir oder spielen wir nicht, sagte der Rothaarige.

Sie spielten weiter. Sie spielten schweigend wie an jedem Abend, wenn sie im letzten Vorortzug saßen, der Hamburg verließ, jeder erfüllt von seiner Müdigkeit und dem Wunsch, auf der Heimfahrt nicht sich selbst überlassen zu sein. Zwanzig oder sogar dreißig Jahre hatten sie sich so nach Hause gespielt, nicht gleichgültig, aber auch nicht erregt, drei Männer aus der geduldigen Gemeinschaft der Pendler, die sich beinahe zwangsläufig gefunden hatten und die sich nun in einer Art instinktivem Einverständnis immer wieder fanden, immer im vorletzten Abteil, das sie mit knappem Gruß betraten und auch wieder verließen.

Sie spielten lautlos, keinem schien daran gelegen, auch nur ein einziges Wort über Gewinn oder Verlust zu verlieren, und dann war es wieder der Korrektor, der das Spiel unterbrach. Man muß es doch herausbekommen, sagte er, man muß doch wohl erfahren können, wie sich Tekhila schreibt.

Ich gebe, sagte der Rothaarige.

Warum mußt du das wissen, sagte der Mann mit der Stahlbrille. Manches möchte man herausbekommen, sagte der Korrektor. Wozu?

Man sollte nicht alles lassen, wie es ist.

Heb ab, sagte der Rothaarige und verteilte.

Morgen erscheint die Sache, sagte der Korrektor. Tekhila

wird viermal genannt in der Geschichte, und jedesmal wird es anders geschrieben.

Ich höre, sagte der Rothaarige.

Ist das ein Dorf, fragte der Mann mit der Stahlbrille und steckte seine Karten zusammen. Tekhila heißt ein Dorf in einer Geschichte, sagte der Korrektor.

Wer hat mehr als zwanzig? fragte der Rothaarige.

Sie sahen in ihre Karten, keiner konnte mehr als zwanzig entdecken, und dem Rothaarigen gehörte das Spiel. Der Regen sprühte gegen das Abteilfenster. Der Zug fuhr langsamer jetzt, bremste neben einem leeren, schlecht beleuchteten Bahnsteig; sie hörten Türen zufallen und dann hastige Schritte auf Steinfliesen. Als der Zug wieder anfuhr, war der Korrektor an der Reihe, zu geben, und der Mann mit der Stahlbrille fragte: Warum ausgerechnet Tekhila?

Ich weiß nicht, sagte der Korrektor und hob das graue, unrasierte Gesicht.

Kennst du Tekhila?

Nein.

Zieht's dich dorthin?

Nein.

Was also?

Sie sind blind, sagte der Korrektor, in Tekhila sind alle blind: sie werden blind geboren und wachsen heran und heiraten und sterben blind. Es ist eine alte arabische Augenkrankheit.

Spielt die Geschichte in Marokko, fragte der Mann mit der Stahlbrille. Nein, sagte der Korrektor, ich weiß nicht. Er ließ seine Karten achtlos auf dem Fenstertisch liegen und wischte sich über die Augen, während die anderen ihr Blatt betrachteten und es gleichzeitig zusammenschoben, resigniert, abwinkend.

Der dicke Hund ist bei dir, sagte der Rothaarige.

Sie heißt ›Die Augenbinde‹, sagte der Korrektor.

Wer?

Die Geschichte, die Geschichte da in Tekhila. Es ist eine alte lederne Augenbinde, die der Bürgermeister aufbewahrt.

Für wen, fragte der Mann mit der Stahlbrille und legte seine Karten ebenfalls auf den Fenstertisch. Ich weiß nicht, sagte der Korrektor, vielleicht für jeden in Tekhila. Es ist ein kleines Dorf auf einer Ebene, wenig Schatten, ein Fluß mit lehmtrübem Wasser geht da vorbei, und die Leute, die blinden Einwohner von Tekhila, arbeiten auf ihren Feldern.

Beginnt so die Geschichte, fragte der Mann mit der Stahlbrille.

Nein, sagte der Korrektor, die Geschichte beginnt anders. Sie beginnt im Haus des Bürgermeisters. Der Bürgermeister nimmt eine lederne Augenbinde vom Haken. Es ist dunkles, fleckiges Leder und staubig, und der Bürgermeister wischt die Binde an seiner Hose sauber. Er poliert sie mit seinen Fingerspitzen, und dann verläßt er das Haus. Vor seinem Haus sitzt ein Korbflechter bei der Arbeit. Der Bürgermeister hält ihm die Augenbinde hin, läßt ihn das kühle Leder betasten; der Korbflechter springt erschrocken auf und folgt dem Bürgermeister, sie gehen gemeinsam über den Platz und die krustige Straße hinab zu den Feldern, und überall, wo sie einem Mann begegnen, bleiben sie stehen, der Bürgermeister hält ihm stumm die lederne Augenbinde hin, läßt ihn erschrecken.

Und jeder folgt ihm, sagte der Rothaarige.

Ja, jeder, der die Augenbinde betastet, erschrickt und folgt dem Bürgermeister, sagte der Korrektor. Sie unterbrechen ihre Arbeit oder ihr Nichtstun. Sie fragen nicht. Sie folgen ihm einfach, und der Bürgermeister selbst sagt kein einziges Wort, während er die Männer von Tekhila sammelt oder auf sich verpflichtet, indem er ihnen die Augenbinde hinhält, und zuletzt hat er alle Männer des Dorfes hinter sich.

Und so beginnt die Geschichte, fragte der Mann mit der Stahlbrille. So ähnlich, sagte der Korrektor, morgen steht sie in unserem Blatt. Morgen kannst du sie nachlesen. Tekhila wird viermal genannt und jedesmal anders geschrieben.

Und der Kerl mit der Augenbinde, fragte der Rothaarige.

Wer?

Der Bürgermeister und alle, die er hinter sich hat – wo ziehen die hin?

Zur Schule, sagte der Korrektor. Es ist Mittag, ich glaube Mittag, und sie ziehen schweigend zur Schule und umstellen das Gebäude. Sie fassen sich bei den Händen und bilden einen Ring. Sie stehen lauschend da, sie erproben hier und da die Festigkeit des Ringes. Ihre Bereitschaft, ihre stumme Verständigung, die Schnelligkeit, mit der sie das Schulgebäude umstellen – alles scheint darauf hinzudeuten, daß dies nicht zum ersten Mal geschieht. Ruhig stehen sie in der Sonne, und dann löst sich der Bürgermeister aus dem Ring und geht auf das Gebäude zu. Er klopft. Der blinde Lehrer von Tekhila öffnet, und der Bürgermeister läßt ihn die lederne Augenbinde betasten. Der Lehrer bittet ihn ins Haus. Er weiß, daß das Haus umstellt ist. Er fragt: »Wer?«, und der Bürgermeister sagt: »Dein Sohn.« Der Lehrer sagt: »Das glaubt ihr doch selbst nicht«, und der Bürgermeister darauf: »Wir haben Beweise.« Sie reden leise auf dem Flur, einer versucht den anderen zu überzeugen oder zu überlisten. Der Bürgermeister verlangt den Sohn des Lehrers zu sprechen. Der Lehrer bietet unaufhörlich Garantien für seinen Sohn an.

Was hat er angestellt, der Sohn, fragte der Mann mit der Stahlbrille.

Mir kannst du dieses Nest schenken, sagte der Rothaarige.

Während die beiden reden, sagte der Korrektor, erscheint der Sohn plötzlich, nein, er ist schon da, er steht oben und hört den Männern zu, und auf einmal sagt er zu seinem Vater: »Es stimmt. Du weißt es nicht, aber es ist geschehen. Seit dem Unglück damals, als unser Boot kenterte und wir gegen die Felsen trieben – seit diesem Tag kann ich sehen.«

Steht das so in der Geschichte, fragte der Mann mit der Stahlbrille.

Nein, sagte der Korrektor, aber so ähnlich oder vielleicht doch so. Beide Männer befehlen dem Sohn, herabzukommen; er weigert sich, er bleibt oben auf der Treppe stehen, und da er zu wissen scheint, was ihn erwartet, sagt er zum Bürgermeister: »Ja, ich kann seit acht Wochen sehen, damit ihr das nur wißt, und seit acht Wochen kenne ich Tekhila.« Er fordert sie auf, zu ihm heraufzukommen. Er lädt sie höhnisch ein, ihn zu fangen. Der Lehrer bespricht sich leise mit dem Bürgermeister, und dann steigen beide zum Jungen hinauf, der mühelos vor ihnen flieht und der, während er flieht, ihnen ein Angebot macht.

Was für ein Angebot, fragte der Rothaarige.

Morgen könnt ihr's nachlesen, sagte der Korrektor. Der Junge will ihnen die Möglichkeiten von Tekhila zeigen, er will ihnen helfen, noch mehr herauszuholen für sich. Vor ihnen zurückweichend, erzählt er, was er in acht Wochen entdeckt hat.

Und das interessiert sie nicht, sagte der Rothaarige.

Sie verstehen ihn nicht, sagte der Korrektor.

Das ist einzusehen, sagte der Rothaarige und ließ seine Karten schnurrend über den Daumen laufen.

Jedenfalls treiben sie den Jungen nach oben, sagte der Korrektor, er flieht gemächlich vor ihnen her, und sie folgen ihm schweigend und dicht nebeneinander; sie treiben oder drücken ihn vor sich her, der Junge öffnet das Bodenfenster – nein, das ist unwahrscheinlich: er öffnet ein Fenster, klettert hinaus, hängt mit gestrecktem Körper da und läßt sich dann fallen. Der Fall, der Aufschlag wird von den anderen gehört, sie scheinen darauf gewartet zu haben. Sie nehmen sich sehr fest bei den Händen. Sie rücken zusammen. Wie sie da stehen! Mit lauschenden Gesichtern, gekrümmt, einen Fuß vorgestemmt, als müßten sie einen Ansturm auffangen. So stehen sie da, während der Junge sich mit schmerzendem Knöchel erhebt. Er entdeckt den Ring, der ihn und das Haus umgibt. Er blickt den Kreis der lauschenden Gesichter entlang, sucht sich zu erinnern: wie heißt der, wer ist dieser, wo ist die schwächste Stelle. Dann duckt er sich, läuft an, sie hören ihn kommen und verstärken unwillkürlich den Griff. Der Junge wirft sich gegen den Ring. Der Ring gibt nach und fängt ihn auf und umschließt ihn: er steckt drin wie ein Fisch in der Reuse. Sie nehmen ihn in ihre Mitte, halten ihn fest, bis der Bürgermeister dazukommt.

Mit der ledernen Augenbinde, sagte der Mann mit der Stahlbrille.

Mit der Augenbinde, sagte der Korrektor. Aber sie legen ihm die Augenbinde noch nicht an; sie führen oder schleppen ihn durchs Dorf, durch Tekhila. Sie zögern nicht. Sie wissen, was geschieht. Alles kommt dir vor wie eine Wiederholung. Jedenfalls bringen sie ihn raus zu dem alten Schöpfwerk draußen vor den Feldern.

Da beraten sie, sagte der Rothaarige.

Nein, sagte der Korrektor, sie beraten nicht. In der Geschichte beraten sie überhaupt nicht. Der Bürgermeister ruft nur einen Mann auf. Es ist ein Mann, von dem du sofort weißt, der hat einschlägige Erfahrungen. Dieser Mann hat eine gedrehte Schnur in der Tasche. Er bindet den Jungen am Balken des Schöpfrades fest; dann legt er ihm die lederne Augenbinde an, und während er das tut, merkst du, daß sie das gleiche mit ihm selbst gemacht haben, vor langer Zeit.

Steht der Junge allein am Balken, fragte der Mann mit der Stahlbrille.

Ein Maultier, sagte der Korrektor, am anderen Ende des Balkens ist ein Maultier festgebunden. Die Männer von Tekhila warten, bis alles getan ist. Das Maultier zieht an, der Junge geht mit, Runde für Runde.

Wie lange, fragte der Rothaarige, wie lange wird er die Augenbinde tragen?

Solange es nötig ist, sagte der Korrektor.

Vielleicht müssen sie es so machen in Tekhila, sagte der Mann mit der Stahlbrille.

Ja, sagte der Korrektor, vielleicht müssen sie es.

Ich werd' es nachlesen.

Viermal wird Tekhila genannt, und jedesmal schreibt es sich anders.

Das sieht dem Nest ähnlich.

Ja, das sieht ihm ähnlich; ich hab' überall nachgeschlagen, ich konnte nichts finden.

Überhaupt nichts?, fragte der Mann mit der Stahlbrille.

Doch, sagte der Korrektor, ein paar Namen, die sich so ähnlich anhören wie Tekhila.

Der Rothaarige steckte die Karten ein, blickte durchs Abteilfenster und nahm seine Aktentasche aus dem Gepäcknetz. Es lohnt sich wohl nicht mehr zu geben, sagte er.

Nein, sagte der Korrektor, es lohnt nicht mehr.

1966

Wir sind noch nicht einmal mit dem Stubenreinigen fertig, wir beide von der Vernehmung, da erscheint sein Adjutant. Der Adjutant läßt sich von Erich Meldung machen, hört genau zu, viel genauer und sorgenvoller als sonst, mustert uns mit skeptischer Neugierde, auch mit Mißtrauen, gibt sich mit unserer Vorderansicht nicht zufrieden und umrundet uns, sehr langsam umrundet er uns und prüft uns auch von hinten, so daß Erich und mir bald klar ist: das wird kein gewöhnlicher Tag. So lange hat sich sein Adjutant noch nie mit uns beschäftigt.

Die langsamen Bewegungen, die Aufmerksamkeit, das spikkende Mißtrauen sagen uns gleich: der hat was auf dem Herzen, und daß wir uns nicht täuschen, beweist er uns durch die Art, wie er unser Werkzeug durchmustert, auf das wir mitunter zurückgreifen müssen. Schweigend, mit gesenktem Gesicht geht er zum Streckbrett hinüber, betrachtet nachdenklich Wippe und Nagelbank, begrüßt stumm Schläuche, Stricke und elektrische Kabel, schenkt auch den Klemmen und Ledergürteln sein Interesse, die sich in einwandfreier Disziplin anbieten. Der Adjutant sagt kein einziges Wort, er nickt nicht einmal. Steif bewegt er sich, zögernd, er ist bedrückt. Wir erwarten etwas von ihm, erwarten sogar etwas Bestimmtes – nennen wir es ruhig Anerkennung; die hat Erich durchaus verdient für den erfolgreichen Bügeltisch, den er selbst entwickelt hat. Aber sein Adjutant mustert und prüft nur alles, wobei er sich augenscheinlich vor Berührungen hütet, und dann geht er wieder stumm hinaus.

Wir blicken uns an, wir lösen uns aus der Spannung und wollen gerade mit der Deutung des Besuchs beginnen, als sein Stabschef erscheint. Auch der Stabschef läßt sich von Erich Meldung machen; auch der Stabschef betrachtet uns genauer und sorgenvoller als sonst, geht um uns herum, läßt sich hinten erklären, was wir ihm vorne schuldig bleiben; zuletzt befiehlt er uns, die Hände zu heben. Wir heben die Hände. Der Stabschef dreht die Innenflächen nach oben, er beginnt zu lesen. Die Lektüre gibt die nötigen Auskünfte, er lächelt vorsichtig, sein Mißtrauen scheint teilweise widerlegt. Der Stabschef hat unsere Hände mit Gewinn gelesen. Er drückt sie sacht nach unten und sieht sich um, vielleicht wird er ein anerkennendes Wort für den Bügeltisch übrig haben, den Erich entwickelt hat. Der Stabschef wendet sich unentschlossen unserem Werkzeug zu, als der Bursche des Oberbefehlshabers mit zwei Wolldecken, einer Flasche Cognac und Zigaretten erscheint. Der Bursche zwinkert uns zu, für sein Zwinkern ist er bekannt. Achtsam legt er die Wolldecken auf das Streckbrett, stellt den Cognac auf die Wippe, legt die Zigaretten gut sichtbar daneben. Erich sieht ihn verwirrt an, und man weiß, was er fragen möchte, aber nicht zu fragen wagt. Der Bursche ordnet seine Uniform und stellt sich so neben der Tür auf, daß man vor lauter Erwartung nur noch die Tür anstarrt, es bleibt einem nichts anderes übrig.

Wir blicken auf die Tür. Der Stabschef hat, im Gegensatz zum Adjutanten, unser Werkzeug flüchtig, vielleicht gedankenlos betastet; jetzt kommt er näher und blickt ebenfalls auf die Tür. Uns braucht keiner mehr zu sagen, mit wessen Besuch wir zu rechnen haben.

Auf einmal seufzt der Stabschef; auch wenn es unwahrscheinlich klingt: er seufzt und zuckt die Achseln und gibt Erich durch eine Geste zu verstehen, daß ihn etwas bedrückt. Es ist ihm anzusehen, daß er Erich mit seiner Sorge bekannt machen möchte, aber einstweilen noch nach dem Ton sucht, in dem das geschehen könnte. Der Stabschef sucht nach einer angemessenen Form des Anvertrauens. Er spürt Widerstände. Dann sagt er, was wir schon wissen; nach einem Seitenblick auf den Burschen des Oberbefehlshabers sagt er, daß der Oberbefehlshaber selbst hier gleich erscheinen wird, wir möchten uns darauf vorbereiten. Wir starren auf die Tür: der Oberbefehlshaber ist noch nie bei uns im Vernehmungszimmer gewesen, er ist uns nur aus Zeitungen und Wochenschauen bekannt, allerdings so gut, daß wir ihn mühelos wiedererkennen können. Sein Stabschef nickt bedenklich. Er gibt uns bekannt, daß der Oberbefehlshaber in besonderer Angelegenheit erscheinen werde: zu Hause, also ziemlich weit weg, sagt der Stabschef, habe man sich erregt über die Mittel, die bei der Vernehmung von Gefangenen angewendet werden. Es herrscht dort hinten sogar Empörung, sagt der Stabschef. Es werden, sagt der Stabschef, Unterschriften gesammelt, mit denen gegen die Methoden der Gefangenenvernehmung demnächst protestiert werden wird. Der Stabschef schweigt einen Augenblick, sein Schweigen enthält keinen Vorwurf, er betrachtet von nahe seinen Handrücken. Dann spricht er leise auf seinen Handrücken hinab. Er sagt: Der Oberbefehlshaber will alle Kritiker zu Hause selbst widerlegen, er will sie persönlich ins Unrecht setzen. Zum Beweis, daß die Mittel, die bei der Gefangenenvernehmung angewandt werden, erträglich und zumutbar sind, wird er hier erscheinen und, so sagt der Stabschef, diese Mittel an sich selbst ausprobieren lassen. Der Oberbefehlshaber will sich zur Probe unter normalen Bedingungen vernehmen lassen und damit allen beweisen, daß die Vernehmungen erforderlich und zu erdulden sind. Es soll so etwas wie ein Beispiel werden, sagt der Stabschef, ein humanes Experiment.

Nachdenklich geht er zur Wippe, hebt die Cognacflasche hoch, liest das Etikett und hat gegen die Marke nichts einzuwenden. Er gibt Erich den Befehl, Schaufel und Besen wegzuräumen. Er streichelt die Wolldecken, die der Bursche hereingebracht hat. Es interessiert ihn nicht, ob wir auch etwas zum Plan des Oberbefehlshabers zu sagen haben. Während Erich Besen und Schaufel in ein Spind schließt, kann man schwarze Schweißflecken unter seinen Achseln bemerken, und es fällt auf, daß seine Hände zittern. Erich leckt wiederholt über seinen Daumen, wie immer, wenn er erregt ist, er poliert den Daumen an der Hüfte. Erichs schwerer, würfelförmiger Kopf beginnt in langsamem Rhythmus zu nicken.

Plötzlich reißt der Bursche die Tür auf, er muß den Schritt seines Herrn früher hören können als andere. Starr steht er da und hält die Tür auf; auch wir stehen starr da, der Stabschef salutiert. Der Oberbefehlshaber geht, wie man ihn in der Wochenschau hat gehen sehen, er gleicht den Photographien, die die Zeitungen täglich von ihm veröffentlichen. Müde kommt er herein, lustlos, ein kleiner, ausgezehrter Mann, sein Gesicht ist fleckig, die dunklen Augen liegen tief. Mit seinen Niederlagen hat er sich die Sympathien der Opposition erworben, durch seine Siege hat er schon zu Lebzeiten das Lesebuch erreicht. Wie eng sein Brustkasten ist! Die Schultern sind schmal, der Hals sehnig, unter dem Uniformhemd kann man die Nackenwirbel erkennen. Zerstreut hebt er eine kleine trockene Hand grüßend an die Mütze. Er geht quer durch das Vernehmungszimmer, wendet sich ruckhaft um, blickt gleichgültig auf seinen Adjutanten und einen Mann in Zivil, die ihm gefolgt sind. Der Oberbefehlshaber ist nur mit Khakihemd und Tuchhose bekleidet, er trägt leichte Stoffschuhe und einen einzigen, ins Gelbliche spielenden Orden. Er nimmt die Mütze ab. Er schließt die Augen; dann wendet er sich an Erich und möchte von ihm wissen, ob er unterrichtet und bereit ist.

Erich lächelt gequält, er weiß etwas und weiß nichts, er hat da etwas gehört, was er nicht glauben kann, denn das, was man von ihm verlangt, könnte man vielleicht von andern verlangen, und so weiter. Erich erklärt, daß er der Aufgabe nicht gewachsen ist. Erich gibt sich Mühe, hilflos zu erscheinen, überfordert, ungeeignet. Erich bekennt, daß er nicht der Mann sei, um eine Probe-Vernehmung durchzuführen, noch dazu bei seinem eigenen Oberbefehlshaber. Er sehe den Grund ein, sagt Erich, das schon, aber in diesem Falle bringe er auch nicht mehr fertig.

Der Oberbefehlshaber läßt sich von seinem Burschen ein Cognacglas füllen, trinkt, öffnet sein Hemd über der Brust und steht schweigend und erwartungsvoll da. Erich poliert seinen Daumen an der Hüfte. Der Adjutant, der Stabschef und der Zivilist treten ans Fenster, lehnen sich an und sind Publikum. Ich habe den Eindruck, daß alle Erfahrungen, die Erich mir voraus hat, unnütz geworden sind. Der Oberbefehlshaber steht nur stumm da, nein, das trifft nicht zu – einmal sagt er etwas, er sagt zu sich selbst: Ich brauche den Beweis, also fangen wir an. Erich sieht sich ratlos um, von überall her treffen ihn ruhige auffordernde Blicke. Seine Verlegenheit macht ihn beweglich, er windet sich, wirft den Kopf hin und her, greift in die Luft. Es geht nicht, sagt Erich niedergeschlagen, ich kann es nicht; denn wonach soll ich forschen?

Der Oberbefehlshaber nickt, er kann diese erhebliche Verlegenheit einsehen, und er entscheidet: die Vernehmung soll der Umgruppierung der Streitkräfte im westlichen Bergland gelten. Erich tritt einen Schritt zurück, einen Schritt, der Ratlosigkeit und Weigerung ausdrücken soll, worauf der Stabschef die Worte des Oberbefehlshabers langsam wiederholt. Fangt endlich an, sagt der Adjutant; der Zivilist sagt nichts.

Auf einmal blickt Erich den Oberbefehlshaber an, lange, viel zu lange, wie mir scheint, sie prüfen, sie erkunden einander mit Blicken, und dann gibt Erich mir einen Wink, und ich weiß, was der Wink bedeutet: ich biete dem Oberbefehlshaber eine Zigarette an und gebe ihm Feuer. Der Oberbefehlshaber lächelt nicht, er raucht hastig, als ob er Zigaretten lange entbehrt hätte. Erich bittet den Oberbefehlshaber gehorsamst, sich auf einen ganz gewöhnlichen Stuhl setzen zu wollen, dieser Aufforderung wird nicht entsprochen, weil sie nicht glaubhaft klingt, und Erich muß die Aufforderung wiederholen, schlichter, nachdrücklicher. Er sagt einfach: Setzen Sie sich hier hin. Der Stabschef möchte wissen, ob Erich bei den Vernehmungen die Gefangenen duzt oder siezt, er duzt sie selbstverständlich, er sagt:

Wenn man sich so nahe ist, bleibt es nicht aus, daß man aufs Du kommt. Dann machen Sie's doch wie gewöhnlich, sagt der Stabschef; doch Erich schüttelt bekümmert den Kopf und gibt mir einen zweiten Wink, worauf ich, ganz gewohnheitsgemäß, dem Oberbefehlshaber die angerauchte Zigarette fortnehme. Das gefällt dem Adjutanten. Der Adjutant zeigt sich belustigt, er tippt dem Zivilisten auf den Unterarm. Erich überlegt, langsam zieht er den Kopf in die Schultern ein, er überlegt sorgfältig, und dann lacht er auf, reißt mit verzerrtem Gesicht seine Arme hoch und läßt sie kraftlos herabfallen: Erich, die reine Hilflosigkeit.

Da erhebt sich der Oberbefehlshaber von dem Stuhl, den Erich ihm angewiesen hat, sagt nichts, fordert und befiehlt nichts, sondern steht nur, der Oberbefehlshaber, klein und ausgezehrt da und zwingt Erich stumm in den Blick seiner tiefliegenden Augen, und auf einmal ruft Erich, vermutlich zu seiner eigenen Überraschung: Setzen, setz dich hin! Der Oberbefehlshaber setzt sich. Er schlägt die kurzen Beine übereinander. Er weist ein Cognacglas zurück, das ihm von der Seite seines Burschen her zuschwebt, und sieht gefaßt Erich entgegen, der sich ihm geduckt, vielleicht sogar bedeutungsvoll nähert. Also wollen wir uns mal unterhalten, sagt Erich und tritt hinter den Oberbefehlshaber mit verschränkten Armen.

Der Zivilist zieht ein Notizbuch aus der Tasche, hebt einen Bleistift und rückt ein wenig vom Adjutanten ab, der sich immer noch belustigt zeigt, der hier wohl erleben möchte, was Chaplin mit seinem Spazierstock vollbringt. Ich sehe nur auf Erich, der mir jetzt zunickt, der mir durch sein Nicken befiehlt, dicht vor den Oberbefehlshaber hinzutreten: das ist mein Platz. Ich und der Oberbefehlshaber schweigen uns an. Erich stellt von hinten die Fragen. Doch zuerst äußert er sich allgemein, er stellt fest: Für Sie ist jetzt alles vorbei, mein Junge, der Kampf, die Angst, der ganze Mist – alles vorbei. Sie leben, sagt Erich, und dafür sollte man dankbar sein. Uns, mein Junge, kannst du deine Dankbarkeit beweisen, indem du uns sagst, was du weißt.

Ich beobachte forschend den Oberbefehlshaber, er hält die Augen geschlossen, er ist eingeschlafen, nein, er lauscht nur mit geschlossenen Augen, während Erich, tief über ihn gebeugt, kameradschaftlich rät: Erleichtern Sie sich, erzähl uns, was du von den Umgruppierungen weißt, mein Junge, dort im Westen, im Bergland, wo wir dich erwischten. Sie selbst wurden doch einem neuen Regiment zugeteilt. Welche Nummer hat dieses Regiment? Der Oberbefehlshaber schweigt. So geht es allen, sagt Erich, vor lauter Freude verlieren sie am Anfang immer das Gedächtnis, aber wir werden es wiederfinden, wir haben es oft wiedergefunden. Man muß sich nur konzentrieren.

Erich gibt mir einen Wink, ich bitte den Oberbefehlshaber, sich zu erheben. Ich geleite ihn zur Wippe hinüber. Ich bitte ihn, in der Wippe Platz zu nehmen, was er wortlos tut. Im Hintergrund, am Fenster, seufzt einer, das ist der Stabschef. Ich binde den Oberbefehlshaber höflich, zu seiner eigenen Sicherheit, auf der Wippe fest, und auf ein Zeichen von Erich mache ich ihn darauf aufmerksam, daß er den rechten Zeigefinger heben soll, wenn es ihm zu ungemütlich wird. Die nun folgende Übung, sagt Erich zum Zivilisten, dient der Konzentration und der Erinnerung, und danach packt er den Oberbefehlshaber an den schmächtigen Schultern, drückt ihn nach hinten, hält ihn so in gewagter Rücklage, bittet tatsächlich hörbar um Verzeihung und läßt den an die Wippe gefesselten Oberbefehlshaber los, die Wippe schlägt nach vorn, sie fällt der Wand zu, der Oberbefehlshaber sieht die Wand auf sich zufallen und reißt das Gesicht zur Seite, erprobt auch ruckartig den Spielraum der Glieder in den Fesseln, doch er schlägt nicht gegen die Wand, denn zehn Zentimeter vorher endet der Schwung der Wippe. Und jetzt geht es hin und her, vor und zurück, in berechnetem Rhythmus, in kalkuliertem Schwung: wer auf die Wippe gefesselt ist, hat unwillkürlich das Gefühl, daß er der Wand immer näher kommt, daß er, wenn nicht jetzt, so doch das nächste Mal mit dem Gesicht gegen die Wand geschlagen wird. Der Oberbefehlshaber reißt jedesmal das Gesicht zur Seite. Er protestiert nicht. Sein rechter Zeigefinger hebt sich nicht.

Erich stellt einen Fuß auf die Wippe, hält die Wippe in Schwung. Er fragt: Erinnerst du dich? Fällt dir jetzt die Nummer des Regiments ein? Nicht? Immer noch nicht? Aber vielleicht kennst du andere Nummern, mein Junge? Entschuldigung, sagt Erich erschrocken und wendet sich zum Fenster um, doch vom Fenster ermuntert man ihn, in der begonnenen Weise fortzufahren; nur der Zivilist hat, wie erwartet, eine Frage. Der Zivilist möchte wissen, ob jeder Gefangene, der zur Vernehmung gebracht wird, die Möglichkeit erhält, durch ein Heben des rechten Zeigefingers die Befragung zu unterbrechen. Erich überläßt es mir, zu antworten, und ich sage deutlich: Ja, und dann binde ich auf ein Zeichen den Oberbefehlshaber von der Wippe los.

Er taumelt, der leichte, schmächtige Mann ist nicht ganz da, will ich mal sagen; sein Körper zittert, er stöhnt leise. Sein Bursche segelt schon wieder mit einem Cognacglas heran. Der Adjutant hält ihn zurück. Der Adjutant kippt den Cognac selbst runter – zerstreut allerdings, das muß betont werden. Erich selbst verhindert, daß der Oberbefehlshaber eine Zigarette erhält. Erich hat längst die Klemmen in der Hand. Er arbeitet jetzt wie gewöhnlich, mit kurzem Schnaufen. Die Klemmen schnappen nach den mageren Handgelenken des Oberbefehlshabers und halten ihn stehend unter der Brause fest, es ist die Gedächtnisbrause. Welche Regimenter, fragt Erich und stößt dem Oberbefehlshaber aufmunternd in den Rücken. Welche Streitkräfte werden umgruppiert? Mit welchem Ziel? Der Oberbefehlshaber kann sich an nichts erinnern, ihm ist alles entfallen, und deshalb drehe ich die Brause auf, weil ich weiß, daß Erich mir gleich ein Zeichen dazu geben wird.

Der Oberbefehlshaber ist naß. Das Tuch seiner Uniform schwärzt sich, es klebt an seinem Körper. Der magere Körper windet sich. Der Oberbefehlshaber gleicht einem traurigen Vogel im Regen. Wie erwartet, erkundigt sich der Zivilist nach der Temperatur des Wassers, die Auskunft stimmt ihn zufrieden, er nimmt eine bedächtige Eintragung vor. Um das Gedächtnis des Oberbefehlshabers zu erweichen, laß ich es noch mehrmals kurz niederregnen, doch ohne Erfolg: obwohl Erich mit der flachen Seite eines Lineals die Fragen skandiert, erhält er keine Antwort.

Ich weiß, daß Erich gleich schreien wird, und tatsächlich: er schreit, schreit den Oberbefehlshaber an, schüttelt ihn, so daß ich schon anfange, mir Sorgen zu machen, und vom Fenster her höre ich den Stabschef auch schon rufen: Na, na, na; da lenkt Erich zum Glück wieder ein, lächelt und weist triumphierend auf den rechten Zeigefinger des Oberbefehlshabers, der sich nicht erhoben hat, nicht um Beendigung bittet. Los, sagt Erich, komm raus, nenn mir die Nummer des Regiments, warum willst du sie für dich behalten, du schadest dir nur.

Ich weiß, daß jetzt die Sache mit der Zigarette und dem Schlauch kommen wird, doch als ich die Zigarette anstecke, gibt Erich mir ein energisches Zeichen, er schüttelt mitleidig den Kopf über mich und befreit den Oberbefehlshaber aus den Klemmen.

Erich schubst den Oberbefehlshaber zum Streckbrett hinüber. Ich zwinge den schmächtigen, durchnäßten Mann nieder. Ich binde ihn mit Kabelschnüren auf dem Streckbrett fest –

klein genug ist er, es läßt sich allerhand an ihm strecken. Sein Gesicht ist verschlossen, die Lippen zittern. Er liegt ohne Protest da. Ich lausche auf seinen Atem und zweifle nicht, daß es Erich gelingen wird, alles von ihm zu erfahren: wir werden über die Umgruppierungen der Streitkräfte im westlichen Bergland Bescheid wissen, bevor die einzelnen Kommandeure etwas davon hören.

Erich dreht das Rad, die hölzernen Blöcke gleiten in den Lagerungen. Der kleine Körper in dem nassen Zeug strafft sich. Die Lippen des Oberbefehlshabers springen auf. Auch das, sagt Erich zum Fenster, dient nur dazu, die Erinnerung freizulegen. Gespannt beobachten wir, wie der gebundene Körper sich streckt, wie er sich aufbäumt und fällt und schließlich auf den gleichbleibenden Zug nur noch mit einem Stöhnen antwortet. Wir brauchen nicht auf den rechten Zeigefinger zu achten – das besorgt der Stabschef am Fenster –, wir können uns konzentriert der Vernehmung widmen. Ich will Erich den Ledergürtel reichen, doch er verwarnt mich durch einen Blick, und ich hänge den Gürtel wieder an den Haken. Ich beuge mich tief über den Oberbefehlshaber. Er ist bei gutem Bewußtsein. Erich beginnt mit seiner flüsternden Vernehmung, zieht die Drehung an, fragt, dreht abermals und fragt weiter – so lange, bis der Oberbefehlshaber aufschreit und sich auf die Lippen beißt; den Zeigefinger hebt er nicht. Nur die Nummer deines Regiments, sagt Erich, dann hört alles auf, nur die kleine, bescheidene Nummer. Erzähl uns, was du weißt, sagt Erich und zieht an; da hätte manch einer zu sprechen begonnen bei so vielen Drehungen. Der Oberbefehlshaber schweigt. Er hält den Schmerz aus und schweigt.

Wir können die Unruhe verstehen, die sich am Fenster bemerkbar macht, wir können auch den Wunsch des Burschen einsehen, der unaufhörlich versucht, sich seinem Oberbefehlshaber mit einem gefüllten Cognacglas zu nähern, doch da es eine normale Probe sein soll, können wir die regelmäßige Stärkung durch Cognac nicht zulassen. Der Zivilist schreibt jetzt hastig, er tarnt sich mit Gleichgültigkeit. Der Adjutant raucht, nur der Stabschef scheint zu leiden. Ich blicke bewundernd auf Erich und frage mich: Wie kann er so ruhig bleiben bei aller Erfolglosigkeit? Setzt er, so frage ich mich, seine ganze Hoffnung auf den Bügeltisch, auf dem, im rechten Augenblick, alle gesprächig wurden? Bisher ist es noch keinem gelungen, auf dem Bügeltisch stumm zu bleiben. Ich meine, hier entdeckten auf einmal alle ihr Gedächtnis. Will Erich es bis zum Bügeltisch kommen lassen?

Erich gibt mir ein Zeichen, ich binde den Oberbefehlshaber los, stelle ihn auf die Füße und muß ihn auffangen und halten, muß ihn, dessen Leichtigkeit mich überrascht, auf den Arm nehmen und hinübertragen auf den Bügeltisch, den Erich selbst entwickelt hat. Wieder binde ich den Oberbefehlshaber fest und mache ihn darauf aufmerksam, daß er, wie jeder vor ihm, die Möglichkeit hat, durch das Heben des rechten Zeigefingers die Vernehmung augenblicklich auszusetzen. Ich versichere mich, ob er verstanden hat. Er hat verstanden, denn er nickt schwach. Er hat die Augen geschlossen und bibbert unter der Kälte eines für ihn neuen Schmerzes.

Erich duckt sich. Erich schreit auf einmal los, daß ich selbst erschrecke. Die Nummer, schreit er, ich will die Nummer deines Regiments hören. Der Oberbefehlshaber schweigt. Erich nimmt das vorgewärmte Bügeleisen aus der Halterung, hebt es hoch über den schmächtigen Körper und zwingt den Oberbefehlshaber, das Bügeleisen anzublicken. Erich macht die Wärmeprobe, indem er mit zwei angefeuchteten Fingerkuppen leicht gegen das Eisen tippt und sich eine zischende Bestätigung geben läßt, dann senkt er langsam das Bügeleisen, berührt leicht einen Schenkel, läßt Dampf aufsteigen und sagt: Trocknen, wir werden dich ganz trockenbügeln, denn mit nasser Uniform können wir dich nicht entlassen. Erich arbeitet weiter. Der Oberbefehlshaber schlägt mit den Absätzen, seine Schultern zucken. Er unterdrückt den Atem. Er will etwas sagen, jetzt, jetzt will er etwas sagen, nein, er schluckt nur, spannt seine Halsmuskeln, er scharrt mit den Händen rasend auf dem Tisch, aber den Zeigefinger, den Zeigefinger hebt er nicht.

Dann bemerke ich, wie er die Augen öffnet und Erich ansieht, nicht befehlend oder auffordernd, sondern eher skeptisch und auch mit Geringschätzung, und Erich zögert, Erich erscheint hilflos und überfordert: er stellt das Bügeleisen in die Halterung zurück. Er schüttelt entmutigt den Kopf. Er kann nicht verstehen, was passiert ist, und müde befiehlt er mir, den Oberbefehlshaber aus seiner Lage zu befreien.

Ich binde ihn los, setze ihn auf die Füße und überlasse es ihm selbst, sein Gleichgewicht zu finden, während der Adjutant und der Stabschef sich gehorsamst erlauben, dem Oberbefehlshaber zur bestandenen Probe zu gratulieren – sie gratulieren ihm tatsächlich. Der Bursche nähert sich mit Cognacglas und Zigaretten und legt dem Oberbefehlshaber eine Wolldecke über die zitternden Schultern. Erich sitzt fassungslos auf einem Stuhl und poliert seinen Daumen in der Hüfte. Ja, sagt der Oberbefehlshaber auf Befragen zum Zivilisten, ja, die Schmerzen sind zumutbar: das hoffe ich gezeigt zu haben.

Ich klopfe wie immer an die Tür des Sanitätszimmers, klopfe nur aus Gewohnheit, und wie immer erscheint der rothaarige Sani mit Fingerschiene und Verband. Er hat nichts als Schiene und Verband bei sich, stutzt beim Eintreten, will wieder hinaus, doch ich deute auf den Oberbefehlshaber, und der Sani tritt zu ihm und versucht ohne ein Wort, den rechten Zeigefinger zu schienen. Man kann schon verstehen, daß der Zivilist da erstaunt fragt: Was machen Sie da? Und dem Sani kann man es nicht übelnehmen, wenn er gewohnheitsgemäß erklärt: Den rechten Zeigefinger schienen. Es ist alles in Ordnung, sagt der Oberbefehlshaber, alles ist heil: unsere Kritiker haben eine Antwort erhalten.

Jetzt allerdings könnte der Sani etwas weniger erstaunt dastehen.

1966

Nein, nichts zu essen, Christine, nur einen Schnaps und sonst nichts. Wo er ist? In seiner Pension, ich habe ihn selbst zurückgebracht, nachdem alles vorüber war; unser Gerichtsarzt hat ihm eine Beruhigungsspritze gegeben, die half nicht, er hat während der ganzen Fahrt gezittert, der alte Mann. Wie meinst du? Sicher, er wird sich beruhigen, aber morgen wird alles von neuem beginnen, du kennst doch Vater, er wird seinen Freispruch anfechten, er wird wieder in mein Büro kommen und mir immer neue Kataloge seiner Vergehen anschleppen, er wird wieder die ganze Staatsanwaltschaft wild machen und sie zu überzeugen versuchen, daß er angeklagt werden muß. Anklage! Das einzige, wofür er noch lebt: angeklagt zu werden: Wegen unterlassener Hilfeleistung, wegen strafbarer Mitwisserschaft oder einfach, weil er im Krieg war. Du weißt ja, daß er sich da zum Künstler entwickelt hat, es ist ihm gelungen, aus seinem Leben eine einzige Kette von Verfehlungen zu machen; man darf einen alten Amtsarzt nicht unterschätzen, auch wenn er mitunter leicht gestört wirkt. Süchtig, ja; wie andere Bierkrüge sammeln oder Bilder, so sammelt er eben Gründe zur Anklage, zur Selbstanklage.

Der Plan? Du meinst unseren Plan? Natürlich haben wir ihn ausgeführt, so, wie Olaf, Günter und ich alles entworfen hatten; auf die Dauer kann ich's meinen Kollegen nicht zumuten, sich mit den eingebildeten Vergehen von Vater zu beschäftigen, deshalb entwarfen wir ja den Plan, und wir alle glaubten, daß er nicht schlecht war. Und zuerst – gib mir noch einen Schnaps – verlief es ja auch ganz zufriedenstellend. Danke.

Du hättest ihn sehen müssen – Vater, wie er zu seinem Prozeß erschien: vergnügt, in Schwarz, eine Aster im Knopfloch, stell dir vor, ich kann mir nicht helfen, aber er sah aus wie ein alter Hochzeiter, einer von der miesen Sorte, der bereit ist, jedes Zwinkern zu erwidern. Wie er über den Platz kam! Wie er den Stock schwang und leicht gegen die Masten der Lampen schlug! Vielleicht pfiff er sogar, ich weiß es nicht, jedenfalls, wir beobachteten ihn vom Fenster und hatten das Gefühl, einen glücklichen Mann zu sehen, der zu seinem Prozeß eilt.

Verdacht? Nein, Christine, er hatte keinen Verdacht, er glaubte, daß die angesetzte Verhandlung gegen ihn der Lohn für seine Hartnäckigkeit war, mit der er die Anklage gegen sich selbst betrieben hatte. Er hat bis zuletzt nicht gemerkt, daß es eine Scheinverhandlung war, mit der wir ihn endgültig von seiner Sucht heilen wollten, von seinen krankhaften Selbstbezichtigungen, mit denen er allen auf die Nerven ging. Wir wollten ihn los sein, darum hatten wir den Plan im Büro entwickelt, darum hatten wir uns verabredet, Olaf, Dieter und Günter spielten mir zuliebe mit, na, du kennst sie ja; sie wollten mir helfen. Und sie waren ebenso entgeistert wie ich, als sie Vaters Heiterkeit bemerkten und später die ausgelassene Genugtuung, als er oben auf der Treppe Adam Kuhl begrüßte.

Wer das ist? Er ist auch in Marggrabowa geboren, wie Vater, sie kennen sich seit ihrer Jugend. Kuhl ist bei der Post gewesen, jetzt trat er als Belastungszeuge auf. Stell dir vor, Vater hatte ihn nicht nur aufgestöbert, sondern auch seiner Erinnerung aufgeholfen; um seinen Prozeß zu bekommen, hat er für den Belastungszeugen gleich selbst gesorgt. Wir sahen, daß er Adam Kuhl bei der Begrüßung etwas schenkte; seine Gesten, die ganze Art, wie er den Mann behandelte, der gegen ihn zeugen sollte, verrieten Dankbarkeit. Er nahm ihn vorsichtig beim Arm, und so, wie sie ins Justizgebäude gingen, mit gesenktem Gesicht, eng nebeneinander und lächelnd, hätte man sie für Komplizen halten können, die sich etwas vorgenommen haben. Eben, auch wir waren zuversichtlich.

Du meinst, wo die Verhandlung stattfand? Nicht mal im Saal, wir nahmen einfach das große Untersuchungszimmer, da fiel es nicht so auf, daß kein Publikum anwesend war, aber Vater war so begeistert, daß ihm nichts fehlte. Er hatte seinen Prozeß, und du hättest den Eifer sehen sollen, mit dem er den Stuhl des Angeklagten besetzte, und den noch größeren Eifer, mit dem er Olafs Fragen zur Person beantwortete. Olaf hatte die Anklage übernommen, ich machte den Beisitzer, Dieter gab den Richter ab, Günter spielte den Pflichtverteidiger. Solch einen Angeklagten wie Vater hat die ganze Staatsanwaltschaft noch nicht erlebt. Auf jede Frage zur Person gab er mindestens drei Antworten, nicht nur bereitwillig, sondern besessen von dem Wunsch, dem Gericht ein Bild seiner selbst zu liefern, und schon hier spürtest du, wie methodisch er darauf aus war, sich bloßzustellen. Alles, jede Auskunft, färbte er sozusagen zur Selbstanklage ein. Nein, Christine, er klagte sich nicht an, weil er auf mildernde Umstände aus war; ich hatte vom ersten Augenblick an das Gefühl, daß er verurteilt werden wollte. Du hättest dabei sein müssen, wie er seine berufliche Laufbahn schilderte: also, seine Doktorarbeit hat ihm ein Kollege geschrieben, von der Albertina hat man ihn verwiesen, weil er als älteres Semester einen verbotenen Eingriff vornahm, durch eine Denunziation seines Vorgängers ist es ihm überhaupt gelungen, Amtsarzt zu werden. So begann er.

Ob das die Wahrheit ist? Ja, Christine, ich fürchte, das ist die Wahrheit. Zuerst, weißt du, als er in dieser Art anfing, sich zu bezichtigen, als er so dastand und sich drehte und sich um Glaubwürdigkeit bemühte, da warfen wir uns natürlich Blicke zu, belustigt: Also so läuft der Hase. Aber wir sahen bald ein, daß wir uns täuschten und daß alles, was er gegen sich vorbrachte, mehr oder weniger der Wahrheit entsprach. Mehr oder weniger: damit meine ich, daß es seiner subjektiven Wahrheit entsprach. Die Freude, mit der er sich in Verruf brachte! Die Ungeduld, mit der er dem Gericht seine Verfehlungen anbot! Wenn Olaf sprach, schüttelte Vater den Kopf oder gab durch abwehrende Handbewegungen zu verstehen, daß er mit seinem Ankläger nicht einverstanden war: er fühlte sich nicht genug bloßgestellt, nicht ausreichend gebrandmarkt, und manchmal ging es einfach mit ihm durch, er sprang auf, nahm das Wort und verstärkte und erweiterte nicht nur die Anklage, sondern machte dem Gericht Vorwürfe. Warum? Weil nicht schon früher Anklage gegen ihn erhoben wurde; er glaubte, daß die Gründe, die er im Laufe der Zeit dem Gericht zur Kenntnis gab, allesamt zur Anklage ausgereicht hätten.

Du hast recht, Christine, in dem Katalog, den er uns anschleppte, waren beachtliche Verfehlungen, aber die waren so universal, trafen auf so viele zu, daß wir sie nicht berücksichtigten. Was sollten wir machen? Er wollte zum Beispiel dafür verurteilt werden, weil er im Krieg war und beschwören konnte, daß durch seine Mitwirkung zwei oder drei Soldaten getötet wurden, feindliche Soldaten. Welch ein Recht sollten wir da anwenden? Wir taten's mit Befehlsnotstand ab. Ja, das trifft zu: diesmal hatten wir uns etwas Konkretes, Überschaubares ausgesucht, eine Sache, die er uns zuletzt aufgetischt hatte und die wir deshalb verfolgen wollten, weil es ihm gelungen war, einen Belastungszeugen beizubringen. Eben Adam Kuhl.

Von mir aus noch ein Glas, aber nicht ganz voll. Danke. Also stell dir vor, das große Untersuchungszimmer, Vater eifrig und glücklich auf dem Stuhl des Angeklagten, rechts von ihm Adam Kuhl in einer angenommenen Zeugenbank, vor ihnen das

Scheingericht – wobei ich dir sagen muß, daß es ihn überhaupt nicht störte, mich als Beisitzer vorzufinden. Das nahm ich auch an: ihm genügte der Staatsanwalt. Und dann also, nach der Vernehmung zur Person, die Anklage. Vater nickte heftig – und zustimmend –, als Olaf ihn beschuldigte, den damaligen Machthabern in die Hände gearbeitet zu haben; und er sah fordernd auf Adam Kuhl, um ihn zur Bestätigung der Anklage zu ermuntern. – Wart doch ab, Christine. Olaf erinnerte an die letzten Wochen des Krieges, als alles verloren war, als alles erkennbar verloren war, da gab es nur eins, sich und andere zu retten – allerdings nicht für die, deren Macht zu Ende ging. Sie verlangten eine letzte Erhebung, einen letzten Widerstand, ein letztes Aufgebot – zu diesem letzten Aufgebot sollte auch Adam Kuhl gehören, sie nannten das Volkssturm. Aber Adam Kuhl wollte nicht, er sah nicht ein, daß er noch in letzter Minute etwas riskieren sollte, und um nicht geholt zu werden, simulierte er. Was? Das will ich dir sagen: er gab vor, daß sich sein Sehvermögen von Tag zu Tag verschlechtere, er habe nicht nur Schwierigkeiten, gab er vor, Leute zu unterscheiden, sondern überhaupt zu erkennen, deshalb bitte er, vom letzten Aufgebot befreit zu werden.

Der Simulant wurde zum Arzt geschickt, zum Amtsarzt, der sollte die Krankheit bestätigen. – Eben, Christine, das sollte man annehmen, zumal Vater einer der letzten Ärzte bei uns war, alle anderen waren fort. So erschien jedenfalls Adam Kuhl bei Vater, und der untersuchte ihn und gab vor, zu glauben, was Kuhl ihm auftischte; doch er tat es nur, um dem Simulanten den Argwohn zu nehmen. Ich wollte, daß er sich in Sicherheit wiege, sagte Vater vor unserem Gericht, einfach, weil ich ihn so am ehesten überführen konnte. – Wie bitte? Nicht so ungeduldig.

Zuerst mußt du dir die Szene vorstellen. Kuhl, der Belastungszeuge, versucht alles zu verharmlosen; er sagt, es hätte alles viel schlimmer kommen können, oder: Hauptsache, das Ende war gut, worauf der Angeklagte ärgerlich wird und den Zeugen ermahnt, die Vorgänge nicht zu bagatellisieren. Der Angeklagte fordert den Zeugen gewissermaßen auf, ihn angemessen zu belasten, und der alte Kuhl gibt traurig zu, daß Vater allerhand mit ihm anstellte: er entzündete ein Streichholz vor den Augen des Simulanten, ließ ihn – ein sicherer Test – durch einen niedrigen Türrahmen gehen; er stellte ihm jedenfalls mehrere Fallen, und schließlich schaffte er es, Adam Kuhl zu überführen: Vater beobachtete ihn, wie er seine Rente abholte und das Geld nachzählte. Kuhl sagte vor unserem Gericht: Zum Schluß, da hat der Herr Doktor mich durchschaut und hat mich gemeldet, was er ja hat tun müssen. Und Vater, aufspringend: Ich hätte den Zeugen decken können. Ich tat es nicht. Ich überführte ihn und lieferte ihn aus; sie schickten ihn in eine Strafeinheit, nachdem sie ihn zunächst zum Tode verurteilt hatten.

Du hättest sehen sollen, Christine, wie der Angeklagte den Zeugen zu seinen Ungunsten berichtigte. Kuhl sagte tatsächlich einmal, der Herr Doktor habe ja nur seine Pflicht getan. Das reizte Vater so sehr, daß er Adam Kuhl in scharfen Worten klarmachte, welche größere Pflicht er verletzt habe, als er die von ihm verlangte so blind erfüllte. Nein, für Adam Kuhl ging es nicht rasch vorüber, seine Einheit geriet in Gefangenschaft, und er selbst hat über vier Jahre in einem Lager am Eismeer gesessen; die Herzkrankheit, die er von dort mitbrachte, ist nicht simuliert. Vater übernahm die Verantwortung für alles, was sein Belastungszeuge durchlitten hatte. Er erklärte sich schuldig im Sinne der Anklage und bat, verurteilt zu werden – wobei er das Gericht aufforderte, bei seinem Schuldspruch auch die anderen Vergehen zu berücksichtigen. Du hast recht: Vater übertraf jeden Staatsanwalt, und auf die Versuche Günters, ihn zu verteidigen, reagierte er nicht nur mit Unwillen, sondern auch mit Zwischenrufen. So etwas hast du noch nicht erlebt, wie der seinen Verteidiger widerlegte! Vater mußte mehrmals ermahnt werden. Wirklich, es war keine gespielte Feindseligkeit, mit der er Günter manchmal ansah. Das ist das richtige Wort: unbarmherzig; er kämpfte unbarmherzig um eine ihm angemessene Strafe, von der er glaubte, daß sie ihm rechtmäßig zukomme. Je bedenklicher es für ihn wurde, je schwerwiegender sein Fall erschien, desto größer wurde seine Genugtuung.

Ja, Christine, dann zog sich also das Gericht zur Beratung zurück, wir gingen in ein Nebenzimmer, rauchten, beobachteten Vater und Adam Kuhl, die ans Fenster traten und sich flüsternd unterhielten: offensichtlich machte Vater da seinem Hauptbelastungszeugen Vorwürfe. Wir brauchten uns nicht zu beraten. Wir hatten ihm seinen Prozeß gegeben, wir hatten ihn – zumindest nahmen wir das an – glücklich gemacht.

Das Urteil? Du bist genau so ungeduldig wie Vater, auch er konnte das Urteil nicht erwarten, du hättest sehen sollen, wie er aufsprang von seinem Stuhl, als das Gericht einzog, begierig auf den Spruch, den er verdient zu haben glaubte. Er bog sich sozusagen heran und verharrte starr und erwartungsvoll, bis wir uns setzten und Dieter aufstand, das Urteil zu verkündigen. Nein, es war nicht formuliert. Dieter hatte sich nur ein paar Stichworte aufgeschrieben während der Verhandlung, das genügte ihm. Hoffnungsvoll blickte Vater auf Adam Kuhl, dann auf Dieter, er schien so sicher, daß seine Schuld ein für allemal festgestellt worden war und daß das Gericht sie ihm nun bestätigen werde.

Dieter ist für die Folgen nicht verantwortlich, gewiß nicht, er hat den Spruch überzeugend begründet, ich wunderte mich sogar darüber, wie weit er ausholte; er schilderte noch einmal die Lage am Ende des Krieges, erwähnte die Ausnahmegesetze, das Kriegsrecht, und mußte bekennen, daß in solch einer Zeit Simulantentum geahndet werden mußte. Da horchte Vater schon auf, da machte er schon seine abwehrenden Handbewegungen. Und als Dieter Vaters Verhalten zwar nicht belobigte, aber so darstellte, daß man Verständnis für ihn aufbringen mußte, da kam er nah an den Richtertisch heran und protestierte leise. Was meinst du? Eben, als dann der Freispruch erfolgte, geriet Vater außer Fassung. Er, dessen Haltung du immer so bewundert hast, er nahm Dieters Hände und beschwor ihn, sein Urteil gerecht zu begründen. Dieter hatte festgestellt, daß Vater in der damaligen Zeit das Unrechtsbewußtsein gefehlt hat, deshalb müsse das Gericht auf Freispruch erkennen, mangels Beweises natürlich.

Und dieser Adam Kuhl? Als der Freispruch erfolgte, ging er tatsächlich zu Vater und gratulierte ihm. Weißt du, was er sagte: Nu, sehn Se, Herr Doktor, das hab' ich doch immer gemeint, und jetzt können wir Freunde bleiben. Vater? Der übersah Kuhls Hand, der hörte offenbar nicht einmal den Glückwunsch. Vater fiel auf die Knie. Er bat das Gericht, das Urteil neu zu formulieren. Ich sah, daß er Mühe hatte beim Atmen, außerdem war er so erregt, daß ich unsern Gerichtsarzt rief; er gab ihm eine Beruhigungsspritze. Ich sagte doch schon, ich selbst habe ihn in die Pension gebracht.

Es hat geklingelt? Mach nicht auf, vielleicht ist er das schon, vielleicht bringt er neues Material gegen sich. Wie meinst du? Was denn sonst? Wir müssen ihn freisprechen; ich fürchte – selbst wenn Olaf, Dieter und Günter das alles noch einmal spielen wollen –, ich fürchte, Christine, wir müssen ihn auch beim nächsten Mal freisprechen.

1970

Einstein überquert die Elbe bei Hamburg
Geschichte in drei Sätzen

Dies hier ist eine Photographie zum Lesen, zum Suchen und Wiederfinden jedenfalls, denn so ein Weitwinkel beläßt es nicht bei wenigen Worten, der macht dem Auge redselige Angebote – was noch gar nichts heißen soll; aber man wundert sich doch über die gutmütige, erzählbereite Elbe, die im Vordergrund an Ketten hängende Anlegepontons vorzeigt, zerschrammt und zersplittert unter den Stößen eiserner Bordwände; weiter dann, wo das Wasser schwarz vorbeidrängt, einfach alles zuläßt, was schwimmen kann: Festmacherboote, Getreideheber, Schlepper, Schuten, Tanker und kombinierte Frachtschiffe, die, mit Frohsinn bewimpelt, auf einwandfreiem Kollisionskurs liegen – zumindest sieht es so aus – und die nach einer prachtvollen Massenkollision wohl noch einmal gerammt werden sollen von einem grünweißen, betagten, dennoch rostfreien Elbdampfer, einem Fährschiff, um genauer zu sein, dessen deutliche Schaumspur sowohl der Elbe als auch der ganzen Photographie eine glimmende Diagonale verschafft, eine halb ausgeführte Diagonale natürlich, die aber schon ausreicht, daß man sich nicht in die Flaggen verguckt, nicht in Masten und die im Dauerspagat hängenden Ladebäume, ja nicht einmal in die mennigrote Wand des Schwimmdocks, das vor den Helligen einer Werft verankert ist und, einen widerspruchslosen Hintergrund bildend, der Elbe ihre tatsächliche Breite bestreitet; vielmehr überredet uns die Schaumspur, das grünweiße, ziemlich hochbordige Fährschiff als Mittelpunkt dieses sommerlichen Hafenporträts anzusehen, das, bei leicht schwefligem Licht aufgenommen, einfach die alltägliche Wahrheit des Stroms belegen soll – wozu ja nicht nur Rauchfahnen und Wind gehören, sondern auch drängende, in jedem Fall planvolle Bewegungen all der Boote, Prähme und Schiffe, unter denen, wie gesagt, die Fähre sich besonders hervortut durch ihre Farbe, durch den riskanten Kurs und, wenn man genauer hinsieht, durch die auf dem Achterdeck versammelten Personen, die bereits auf den ersten Blick zu erkennen geben, daß sie etwas verbindet: Beziehungen oder Absichten, vielleicht unerwünschte Verhältnisse; zumindest muß man sich etwas denken bei der deutlichen Besorgnis des Kapitäns, der, seinen Oberkörper sacht über die Brücken-Nock gewinkelt,

den Kurs eines langsam mahlenden Schleppzugs abschätzt und
ihn mit dem eigenen Kurs in Verbindung bringt, womöglich
schon einen Schnittpunkt ermittelt und auch das fällige Manöver erwägt – nicht zuletzt deshalb, weil man ihm einmal in einer
Seeamtsverhandlung, als es darum ging, die Schuldfrage bei einer Kollision zu ermitteln, vorgeworfen hatte, das fällige Aus-
weichmanöver zu spät angeordnet zu haben –, doch das muß
man wohl hinzusehen, während von dem großen, kahlen, zum
Niedergang hinstürzenden Mann sorglos behauptet werden
kann, daß er flieht, daß er sich augenscheinlich von einem Uniformierten absetzen möchte, der schon die behördliche Hand
nach ihm ausstreckt, hier, auf dem grünweißen, die Elbe verbis-
sen kreuzenden Fährschiff, das jedem Verfolgten, wenn er sich
nicht mit dem Strom anbiedert, dem Strom vertrauend über
Bord springt, zur Falle werden muß – was allerdings der große,
kahle Mann, der sich eine zu enge Jacke angepellt hat und der
seine Hosen gern um eine Handbreit länger herauslassen
könnte, vergessen zu haben scheint: denn er hetzt, von seiner
Angst getrieben, über das Achterdeck zum Niedergang, vorbei
an dem träge dasitzenden Paar, das nicht einmal die Köpfe hebt,
nicht das geringste Interesse zeigt für Ludi Leibold, der hier,
wenn nicht gestellt, so doch aussichtsreich verfolgt wird – nicht
wegen Diebstahls, sondern wegen Mißbrauchs von Barkassen,
die er heimlich losbindet und, wenn sie ihm seine Eignung zum
Kapitän ausreichend bewiesen haben, einfach auf Grund setzt –,
aber das mangelnde Interesse wird glaubwürdig, wenn man
festgestellt hat, daß die Frau, die da verkrampft und spreizbeinig neben einem Mann sitzt, nicht nur schwanger, sondern
hochschwanger ist und sich ziemlich sicher auf dem Weg zu
Klinik befindet, in Begleitung eines Mannes, der einen hilflosen
und niedergeschlagenen Eindruck macht, womöglich weil er
selbst während der Überfahrt auf einer Fähre zur Welt gekommen ist und sich nun überlegt, was er tun soll, wenn die Frau
auf der Fähre niederkommt wie einst seine Mutter – diese Frau,
auf der die winkligen Schatten der Reling liegen und der nichts
bleibt, als verkrampft zu lauschen und einzusehen, daß jeder
Widerspruch hier nutzlos ist, einfach weil alles einem derben
und feuchten Zwang unterliegt, einer unleidlichen Gesetzmäßigkeit, die von einem bestimmten Augenblick an stumpfsinn-
ige Befehlsgewalt übernimmt; jedenfalls wird man das auf der
grünweißen Fähre so lange annehmen, bis man den gekrümmten abseits sitzenden Mann entdeckt hat, den Alten unter dem

Schlapphut, dem sein dichtes Grauhaar auf die Schulter fällt und der sich auf der Suche nach Wärme tief in seinen Mantel zurückgezogen hat, wo er an seinem kurzstieligen Pfeifchen qualmt und die Schultern hebt wie in ironischem Zweifel über einen Einfall; doch entscheidender als diese Einzelheiten ist das Eingeständnis, daß man diesen Alten irgendwoher kennt, von anderen Photographien, aus dem Film, vielleicht vom Hörensagen, und zwar kennt man nicht nur das Gesicht, sondern auch einige Ansichten, die diesem Original zugeschrieben werden, vor allem bestimmte Unsicherheiten in unseren Wahrnehmungen und Aussagen – und weil jetzt, auch wenn es überrascht, erklärt werden muß, daß der einzelgängerische Passagier tatsächlich Albert Einstein ist, der hier auf einem gewöhnlichen Fährschiff die Elbe bei Hamburg überquert, muß man auch schon die Folgen seiner Anwesenheit zur Kenntnis nehmen.

Ich kann mir nicht helfen: der Alte, gekrümmt, mit Unscheinbarkeit getarnt, läßt sich immer weniger übersehen, immer weniger vergessen, ja, jetzt spürst du, wieviel schon von ihm ausgeht und wieviel auf ihn bezogen ist, hier, auf der schräg kreuzenden Fähre – sogar die über ihm hängenden Möwen scheinen Signale von ihm zu erhalten, Zeichen, die ihnen das vielbewunderte Hochziehen und Abstreichen unmöglich machen, und auf einmal zieht sich die mennigrote Wand des Docks zurück, also die Begrenzung; das Treibende im Strom – leuchtendes Kistenholz, Flaschen, Plastikbecher, Latten – fängt sich in einem Kreisel, zwei kurze, dekorative Rauchfahnen gehorchen nicht mehr dem Wind, aber was dich noch mehr erstaunt, das ist der Kapitän in der Brücken-Nock, der nicht mehr besorgt, sondern nur noch ratlos, ratlos und verblüfft dasteht und aus dem Kurs des langsam mahlenden Schleppzugs und dem eigenen Kurs offenbar nichts mehr ermitteln kann, denn obwohl jeder die Kollision voraussagen möchte, ist sie auf einmal fraglich geworden: beide Fahrzeuge, der Schleppzug und die Fähre, halten zwar ihren Kurs ein, doch sie kommen sich nicht näher trotz unterschiedlicher Geschwindigkeit, vielleicht weil beide, obwohl zu selbständiger Bewegung fähig, von einer anderen wirksamen Bewegung ergriffen werden, einer Strömung, die für immer verhindern wird, daß sich der Bug der Fähre schneidend in der Bordwand der Schute festsetzt, ja, du hast angesichts des gekrümmten Alten das Gefühl, daß weder die Fähre noch all die Barkassen, Tanker, Schlepper Meter über dem Grund gutmachen, denn wie sich die mennigrote Wand des Docks zurückgezogen hat, so ziehen sich auch die Ufer zurück und machen nicht nur jede pünktliche, sondern jede Ankunft überhaupt fraglich, was den Alten mit dem eisengrauen Haar allerdings nicht zu kümmern scheint, ihn vielmehr nur mit behaglicher und zustimmender Ironie erfüllt, weil die plötzliche, gewinnlose Bewegung im Hafen ihn nicht beunruhigt und weil ihm nichts Ähnliches bevorsteht wie dem Kapitän, der heute nachmittag zum zweiten Versöhnungstermin erscheinen soll und auch vorhat, hinzugehn, in der Bereitschaft, seiner Frau halbwegs zu vergeben – wenn auch unter der Bedingung, daß sie künftig darauf verzichtet, die Lebensmittel bei seinem einarmigen und noch unverheirateten Bruder zu kaufen –, doch da die Möwen wie an Drähten hängen, die Ufer zurückweichen, die Bewegungen zu nichts führen als zu einem, man muß es schon sagen: erregten Stillstand, der jede ordentliche Erwartung zweifelhaft werden läßt, stellt der Kapitän der Fähre sich unwillkürlich den wartenden Richter und seine wartende Frau vor, erwägt, was sie erwägen werden, wenn er ausbleibt, wenn er später einmal den sonderbaren Grund seiner Abwesenheit nennen wird – wir hatten an diesem Tag keine Chance, das Ufer zu erreichen –, und dabei merkt er, daß er schon auf einer unerklärlichen Unruhe schwimmt, denn alles, was er sich für den Abend nach dem Versöhnungstermin vorgenommen hat, wird ja nun unglaubwürdig; aber noch ist es nicht so weit: auf dem Wasser gibt es für jede Lage ein Manöver, das für Veränderung sorgt; deshalb wird er jetzt das Kommando zu einem Manöver geben, beispielsweise »Halbe Fahrt – Ruder hart Steuerbord«, und das in der Absicht, am geduldig mahlenden Schleppzug achtern vorbeizukommen, und über die Brücken-Nock gelehnt, wird er die sichtbare Wirkung des Manövers erwarten, stehen, warten und danach den Rudergänger zum zweiten Mal fragen, ob das Kommando auch weitergegeben wurde zu dem verdammten Penner in der Maschine unten, der, wie wir mittlerweile wissen, das Notwendige längst getan hat und es dennoch nicht vermochte, den Kapitän sorgloser zu machen, der nun zurückblickt auf die glimmende Diagonale des Kielwassers und dabei den alten, verhüllten Mann streift und nicht stutzt, obwohl das Gesicht ihm bekannt vorkommt – denn jetzt ist er nur noch mit seinem Staunen beschäftigt, jetzt, wo ihm auch ein Blick zurück bestätigt, daß auf diesem Strom nur das Licht hinfährt, nicht aber die kreuzenden, die auslaufenden und einkommenden Schiffe, denen es offenbar unmöglich gemacht worden ist, die Positionen zueinander zu verändern – was natürlich nicht ohne Folgen für den Hafen sein wird, der als schnell gilt und als pünktlich und in dem man bereit ist, Garantien für Ankunftszeiten zu übernehmen; und bei dieser Entdeckung wundert man sich nicht mehr darüber, daß Ludi Leibold, der Schrecken der Barkassen, der, seinen Verfolger ziehend, schon zum zweiten Mal in seinen gelben Rohlederstiefeln über das Achterdeck hetzt, immer noch nicht gestellt ist, ja, sogar den Eindruck macht, daß er gelassener flieht, auf eine Kraft oder ein Gesetz vertrauend, die ihm eine langwährende und deshalb unentschiedene Flucht verheißen, denn ein Mann in seiner Lage würde wohl kaum auf die Idee kommen, während des Laufs aus einem Pappbecher brühheißen Kaffee zu trinken, den er vermutlich im Vorüberhasten vom Kantinentisch riß – worauf seinem von der Allgemeinheit bezahlten Verfolger nichts Besseres einfiel, als Geste und Handlung zu wiederholen, so daß auch er jetzt mit einem Pappbecher in der Hand erscheint, was doch nur heißen kann, daß auch er sich auf Dauer einrichtet: und während du schon mit Namen nennen kannst, was hier außer Kraft gesetzt ist, stellst du dir vor, daß dies Spiel älter und älter wird und daß auch der Fliehende und sein Verfolger älter werden unter hämmernden Schritten, denn so wie es der Fähre nicht gelingt, den Strom zu überqueren, so gelingt es auch dem Uniformierten nicht, Ludi Leibold zu erreichen, und da vorauszusehen ist, daß keiner nachgeben wird, wird die Flucht in die Wochen oder sogar Monate kommen, unterhalten von einem unwiderstehlichen Mechanismus, der vielleicht bewirken wird, daß auch Unerhörtes geschieht: ohne den Abstand zu verringern, wird man zum Beispiel Labskaus essen, man wird sich duschen, rasieren, eine Zigarette anstecken, man wird auch nacheinander die kühle, gefliese Toilette des Fährdampfers aufsuchen; doch ebenso selbstverständlich wird man danach wieder seine Rollen aufnehmen, wird fliehen, wird verfolgen, und das alles ohne Resultat oder sogar die Aussicht auf ein Resultat, nur dem Gesetz gehorchend, das der Alte in dem zu weiten Mantel über das Schiff und alle Bewegungen und Erwartungen auf ihm verhängt hat – das stumme Paar, das zur Klinik unterwegs ist, nicht ausgenommen, denn auch der Mann und seine hochschwangere Frau haben sich verändert, und wenn nicht dies, so stellen sie doch auf einmal Erleichterungen fest, was dazu führt, daß sich zunächst die Art ihres Dasitzens ändert und daß sie ihr Schweigen aufgeben, jetzt, wo Ludi Leibold und sein Verfolger zum zweiten Mal an ihnen vorbeihasten: sie stoßen sich an, tauschen einen Blick und sehen den beiden Männern nach, mit amüsiertem Interesse, als könnte es ihnen nicht gelingen, den Vorgang ernst zu nehmen, und nun, da sie sich einander wieder zuwenden, erscheint der Mann nicht mehr hilflos und niedergeschlagen; auch die Frau scheint nicht mehr verkrampft zu lauschen, denn auf ihrem Gesicht liegt nun der Ausdruck einer hoffnungsvollen Spannung, der möglicherweise dadurch entstanden ist, daß nicht nur die Wehen aufgehört haben, sondern auch die spürbaren Bewegungen in ihrem Bauch, ja, sie hat in diesem Augenblick das Gefühl, daß es viel zu früh ist, zur Klinik hinüberzufahren, daß sie sich verrechnet hat in der Zeit – auch wenn es ihr nicht gelingt, den Fehler zu entdecken –, und leise, damit der Alte sie nicht hört, beginnt sie auf ihren Mann einzureden, fordert ihn auf, mit ihr zusammen die Zeit nachzurechnen, woran der Mann jedoch gar nicht mehr interessiert ist, einfach weil er nicht wissen will, warum es ihm plötzlich soviel besser geht, nun, da sich alles zum zweiten Mal als falscher Alarm herausgestellt hat – und statt sich zu erinnern, brennt er sich seine Pfeife an, saugt unter scharfen Platzgeräuschen seiner Lippen, schickt kurze Wölkchen hoch wie der regungslos sitzende Alte und beobachtet erstaunt, daß beider Tabakwolken sich zu vereinigen versuchen, was ihnen auch beinahe gelingt; vor allem aber erkennt er, daß die Wand des Docks nicht unvermeidlich aufwächst und das Ufer nicht zwangsläufig näher rückt, obwohl die Fähre offensichtlich Fahrt macht und die Strecke längst zurückgelegt sein müßte, doch das reicht anscheinend nicht aus zur Beunruhigung, im Gegenteil: lächelnd stellt er sich vor, daß die Frau neben ihm einstweilen nicht niederkommt, nicht berechenbar zumindest, und daß die Schwangerschaft dauern wird durch Monate und Jahre, vielleicht viele Jahre, jedenfalls faßt er bei seiner begründeten Abneigung gegen Kinder die Möglichkeit ins Auge, daß der kleine Koffer, der die Sachen für die Klinik enthält, achtundzwanzig Jahre gepackt bleibt – was für ihn selbst gleichbedeutend damit ist, daß er achtundzwanzig Jahre verschont bleibt von allem –, bis dann, vielleicht an einem kühlen Sommerabend, ein kleiner, bärtiger, gewiß vernünftiger Herr geboren wird, der kein Aufhebens macht und sich als zwar anhänglicher, aber auch selbstbewußter Hausgenosse herausstellt, ein achtundzwanzigjähriges Geschöpf, das den verdutzten Eltern intensive Kindesliebe anbietet und dafür nichts anderes fordert, als daß man ihm erlaubt, die verschiedenen Uhren im Haus zu zerschlagen, womit er gleich zu erkennen gibt, welch ein eigentümliches Verhältnis er zur Zeit hat, und da er das nicht für sich behalten will, stößt der Mann die Frau an und sagt: Stell dir mal vor, wenn uns das passiert –, und noch während seines Entwurfs einer unerhört verzögerten Geburt unterbricht ihn die Frau, hebt den Koffer auf den Schoß, als ob sie aufstehen und gehen möchte, und sagt leise, damit der Alte nichts aufschnappt: leicht, mir ist auf einmal ganz leicht; mal nur nicht den Teufel an die Wand.

Ich muß zugeben: auch diese unvermutete Schwebe, in die alles geraten ist – deine grünweiße Fähre, die unterschiedlichen Passagiere, der Strom und was auf ihm hinfährt –, kann eine Erlösung sein, eine Lossprechung von Gewohnheiten, und gerade fragst du dich, wie lange sie denn dauern könnte, da bewegt sich der Alte mit dem eisengrauen Haar, steht auf, fröstelt, stellt für sich fest, daß der sehr lange Mantel immer noch nicht lang genug ist, und gekrümmt, niedergezogen von Jahren oder Einsichten, geht er zum Niedergang, vorbei an dem beklommen schweigenden Paar, das ihn nun erkennt oder wiedererkennt, woran er jedoch gewohnt ist, denn er erwidert keinen Blick, dreht sich vor dem Niedergang um und steigt behutsam, mit den Füßen nach den Stufen tastend, zum unteren Deck hinab, bleibt dort allerdings nicht stehen, sondern geht auf eine weiße, mit Vorreibern gesicherte Eisentür zu, öffnet die Tür, von der du nicht weißt, wohin sie führt, und schließt sie von innen, energisch, wie endgültig; dennoch dauert es eine Weile, bis die Frau ihren Blick von der Tür löst und fragt: War das nicht … ? – und keine Antwort erhält, weil ihr Mann sich wegduckt vor einer Möwe, die tadellos angewinkelt aus der Höhe stürzt und dann einen scharfen, kühlen Luftzug fühlbar werden läßt, und auch danach keine Zeit findet, die Frage zu beantworten, weil der Kapitän ein erregtes Kommando gegeben hat, das die Fähre nach Steuerbord krängen, sie aus ihrem alten Kurs ausscheren läßt, wodurch er wahrscheinlich eine Kollision vermieden hat, obwohl weder er noch das Paar vollkommen sicher sind, denn über die Nock, über die Reling gebeugt beobachten sie, wie der Schleppzug dicht unter dem Bug der Fähre stromaufwärts mahlt – so nah, daß man hinabspringen könnte auf die Hügel aus tonfarbiger Baggererde, die in den Schuten liegen –, während die Fähre fast beidreht und nach den notwendigen, ziem-

lich verstümmelten Flüchen und Warnungen langsam Fahrt auf-
nimmt, schneller wird, auf den dunklen Anlegesteg zuhält, wo
jetzt Leute aus dem Warteraum treten, unter anderem ein einar-
miger Mann, anscheinend der Bruder des Kapitäns, der ausgerechnet eine Überfahrt benutzen will, um über die Frau zu
sprechen, die sie beide mehr oder weniger lieben, jedenfalls läßt
sich voraussehen, daß es auf der Brücke zu einer Auseinandersetzung kommen wird, deren Folgen durchaus erwogen oder
durchgespielt werden können; doch leider wissen wir immer
mehr als die, die von uns abhängen, deshalb sollte der Ausschnitt genügen, den das Paar auf dem Achterdeck übersieht,
der Ausschnitt des unteren Decks, der einen am Boden liegenden Ludi Leibold zeigt, das Gesicht auf einer Nietenspur, mit
den Füßen zuckend, und neben ihm kniend der öffentliche Verfolger, der mit einer gebräuchlichen Fessel hantiert, der ein
Handgelenk des Barkassenschrecks schon bezwungen hat und
nun versucht, auch das zweite an die Kette zu legen, was ihm
durch kräftigeren Druck auch gelingen wird, wonach er ihm, da
der Anlegesteg immer mehr heranwächst, nur noch einzuschär-
fen braucht, daß jeder Fluchtversuch sinnlos und jedes unnötige
Aufsehen zu vermeiden sei, besonders wenn sie von Bord gehn
und durch die wartenden Leute auf dem hängenden Anlegesteg,
der gleich knirschen und aufseufzen wird unter dem Stoß der
eisernen Bordwand und der, auch wenn Fender dazwischen
liegen, ein paar neue Schrammen abbekommt; doch noch bevor
die unvermeidliche Erschütterung durch das Schiff geht, während die Möwen die Verfolgung aufgeben und abstreichen,
während schon Leinen klargemacht werden, während der Laufsteg herangeholt wird, setzt die Frau auf dem Achterdeck den
Koffer ab, horcht, ergreift das Handgelenk ihres Mannes, der
nicht von Ludi Leibold und seinem erfolgreichen Verfolger
wegfindet, und sagt: Es ist soweit, und sagt noch einmal, da ihr
Mann sie nicht verstanden zu haben scheint: Es geht los, ich
spüre, es geht los, worauf er nur in rechtmäßiger Hilflosigkeit
feststellen kann: Aber wir haben doch noch keinen Boden unter
den Füßen, was der Frau allem Anschein nach gleichgültig ist,
denn sie steht auf, wankt aufs knappe Brückendeck – es soll also
auf dem Brückendeck und nicht auf dem Achterdeck geschehen
– und läßt sich dort nieder in dem Augenblick, in dem die Fähre
festmacht und über den herangerollten Laufsteg der Alte als
erster von Bord geht, achtlos, die Hände auf dem Rücken ver-
schränkt; und dich selbst interessiert mehr als alles andere die

Art seines Weggangs aus dem sommerlichen Hafenbild: Geht so nicht einer ab, der selbst bestimmt, was eine Tatsache ist?

1969

ANNE: Die Schnittchen, Henry ... Schau dir nur an, wie die Schnittchen aussehen ... nach zwei Stunden.

HENRY: Grau?

ANNE: Papsig ... papsig und aufgeweicht.

HENRY: Der Salat war zu feucht, Anne, du hast ihn zu lange gewaschen.

ANNE: Vielleicht habe ich die Schnittchen zu früh gemacht.

HENRY: Alle Schnittchen werden zu früh gemacht ... Aber sie werden nicht anders schmecken als die Schnittchen, die man uns überall vorsetzt.

ANNE: Du meinst, unsere Gäste werden sich heimisch fühlen.

HENRY: In jedem Fall können sie deine Salatblätter mitessen.

ANNE: Eben. Und eine Schildkröte wird hoffentlich dabei sein.

HENRY: Eine Schildkröte wird sich ein Salatblatt auf ein Schnittchen legen ... und andere werden es ihr nachtun ... Du wirst schon nicht darauf sitzen bleiben.

ANNE: Von mir aus könnten sie jetzt kommen.

HENRY: Es ist erst zwanzig nach sieben ... und wir hatten ausgemacht: um acht.

ANNE: Soll ich sie gleich hinstellen? Die Schnittchen, meine ich.

HENRY: Ich werde uns was zu trinken machen, Anne.

ANNE: Du versprichst mir, gleich mitzuessen?

HENRY: Ich verspreche es ... Wieviel Eisstückchen heute?

ANNE: Zwei bitte ... Henry? Verstehst du das?

HENRY: Was?

ANNE: Wir erfinden soviel ...Warum muß es ausgerechnet Schnittchen geben, wenn Menschen zusammenkommen? Könnten wir uns nicht auf etwas anderes einigen?

HENRY: Das wäre eine lohnende Aufgabe. Ein Lebenswerk.

ANNE: Ich meine es im Ernst.

HENRY: Hier, Anne, trinken wir auf deine Idee.

ANNE: Wieso meine Idee?

HENRY: Dieser Abend war deine Idee, oder? Du hattest doch vorgeschlagen, Unbekannte einzuladen.

ANNE: Du beginnst sehr früh, mir die Verantwortung zuzuschieben.

HENRY: Du hast den Vorschlag gemacht ... Erinnere dich ...

Jeder sollte Leute einladen, die der andere nicht kennt ...
Stimmt's?

ANNE: Nein, Henry, es war *unsere* Idee ... am Hochzeitstag.

HENRY: An unserm achten Hochzeitstag, ich weiß ...

ANNE: Du sagtest: jeder ist ein Eisberg.

HENRY: Ich sagte, was zu sehen ist, ist nicht alles ... Jeder
reicht in eine private Dunkelheit.

ANNE: Du hattest gerade Colins übersetzt – diesen modernen
Schotten ... Sind wir nicht überhaupt von ihm ausgegangen?
Es war eine schwierige Übersetzung – ›Die privaten Fried-
höfe‹.

HENRY: Ich weiß, Anne ... Zuerst war es ein Übersetzungspro-
blem ... aber dann hast du den Vorschlag gemacht.

ANNE: Gefragt, Henry ... Ich habe zuerst nur gefragt, ob das
zutrifft ... Ob jeder seine ... seine sechs unsichtbaren Siebtel
hat wie der Eisberg ... Ist es nicht so?

HENRY: Du wolltest es darauf ankommen lassen.

ANNE: Auch bei uns, ja ... An unserm achten Hochzeitstag.

HENRY: Und dann, Anne, dann hattest du die Idee, Unbekannte einzuladen.

ANNE: Das stimmt nicht ... Es stimmt nicht ganz ... Wir haben
ein Abkommen geschlossen.

HENRY: Später ... Das Abkommen haben wir erst später geschlossen ... Zuerst war die Idee, jemanden einzuladen, den
der andere nicht kennt, Leute, die man nie voreinander erwähnt hat, die aber dennoch eine Bedeutung hatten ... entscheidende Bedeutung.

ANNE: Oh, Henry, wollen wir nicht erst trinken?

HENRY: Diese Idee ist von mir.

ANNE: Machst du dir Sorgen?

HENRY: Warum? Wir haben ein Abkommen geschlossen: wenn
die Gäste fort sind, wird sich nichts geändert haben ... Das
genügt mir.

ANNE: Bist du sicher, daß sich nichts ändern wird?

HENRY: Nein, ich bin nicht sicher.

ANNE: Wieviele hast du eingeladen? Zwei?

HENRY: Es soll doch eine Überraschung sein, oder?

ANNE: Ein Ehepaar?

HENRY: Gewissermaßen.

ANNE: Was verstehst du unter: gewissermaßen?

HENRY: Sie leben zusammen. Wie ein Ehepaar.

ANNE: Und sind keins?

HENRY: Wenn du so weitermachst, Anne ... du wirst dich noch selbst um die Überraschung bringen.

ANNE: Aber ... Bist du denn nicht gespannt, wen ich eingeladen habe?

HENRY: Nein – das heißt natürlich, doch ... Sogar sehr gespannt. Ich muß an mich halten, um keine Vermutungen anzustellen.

ANNE: Henry? Weißt du, was deine Gäste trinken?

HENRY: Nein. Und du?

ANNE: Nein. Ich habe für alle Fälle Fruchtsaft hingestellt. Gin, Bier, Fruchtsaft: ob das genügt?

HENRY: Ich habe schon trockener gesessen.

ANNE: Hoffentlich hat keiner eine Ei-Allergie ... Die Eischnittchen hätte ich dann umsonst gemacht.

HENRY: Ich werde aufpassen und für einen Ausgleich sorgen.

ANNE: Henry? Ich – auf einmal ...

HENRY: Hast du Bedenken? Jetzt sind sie unterwegs ... Wir können sie nicht mehr ausladen.

ANNE: Keine Bedenken, nein ... Aber ein Gefühl ... In einem Ferienlager, als Mädchen ... Wir mußten eine Mutprobe machen – in eine Grube springen, weißt du, die mit einer Zeltplane abgedeckt war. Du konntest den Grund nicht erkennen.

HENRY: Kann sein, daß wir Verstauchungen haben – wenn der Besuch gegangen ist.

ANNE: Dir macht es wohl gar nichts aus?

HENRY: Noch ein Glas?

ANNE: Und du befürchtest nichts? Nein, danke.

HENRY: In unserer Abmachung ist vorgesehen, daß wir uns nichts ersparen wollten. Ich bin also auf einiges gefaßt.

ANNE: Darf ich auch – auf einiges gefaßt sein?

HENRY: Mhm.

ANNE: Werde ich dich, sagen wir mal, in neuem Licht sehen?

HENRY: Mhm.

ANNE: Frei nach den ›Privaten Friedhöfen‹? ... *Dich hat die Nähe unkenntlich gemacht.*

HENRY: So ungefähr.

ANNE: Eins ist sicher, Henry: ein vergnügter Abend wird es nicht.

HENRY: Vielleicht, wenn unsere Gäste gut aufgelegt sind? Wenn sie Gefallen aneinander finden? Denk nur an Oskar.

ANNE: Wenn ihr aufeinandertrefft, wird's heiter.

HENRY: Wenn sie sich gegenseitig stimulieren ...

ANNE: ... ist der Abend gerettet. Wolltest du das sagen?

HENRY: Nein, aber die Zeit wird schneller vergehn.

ANNE: Wird sie uns nicht vergehn?

HENRY: Ich weiß nicht, Anne ... Es ist möglich, daß wir eine eigene Zeit haben werden ... Sie – ihre ... Wir – unsere Zeit.

ANNE: Und ich kenne sie wirklich nicht, deine Gäste?

HENRY: Wir hatten doch ausgemacht: Unbekannte ... Leute, über die wir nie miteinander gesprochen haben.

ANNE: Ja, ja, Henry ... aber trotzdem ... du hättest ja mal ein Wort verloren haben können ... nicht?

HENRY: Bereust du es schon? Die Einladung, meine ich.

ANNE: Es ist merkwürdig, ich weiß ... aber ich bilde mir ein, daß sich schon jetzt etwas verändert hat. Geht es dir auch so? ... Doch, Henry, gib mir noch ein Glas ... Aber nicht aus der Karaffe. Die soll voll bleiben ... einfach aus der Dose.

HENRY: Wenn sie gegangen sind, wissen wir mehr über uns.

ANNE: Werden deine Gäste lange bleiben? Ich meine ... sind das Leute mit Sitzfleisch?

HENRY: Du fragst zuviel, Anne. Wart doch ab.

ANNE: Meine jedenfalls ... Ich kann mir vorstellen, daß sie früh aufbrechen ... Ältere Leute – wesentlich älter als wir. Um elf sind sie müde, schätze ich ... Und dein sogenanntes Ehepaar: sind die älter als wir?

HENRY: Jetzt wissen wir immerhin schon etwas.

ANNE: Etwas Gin, bitte ... Tu noch etwas Gin in den Saft ... Danke ... Mit Eis müssen wir sparen – vor drei Stunden gibt der Kühlschrank nichts her ... Also deine Gäste sind nicht älter als wir.

HENRY: Du wirst sie sehen. Noch eine halbe Stunde, wenn sie pünktlich sind.

ANNE: Und was gewinnen wir dadurch?

HENRY: Wodurch?

ANNE: Daß wir uns gegenseitig überraschen? Es genügt doch, wenn der Tausch stattfindet ... Jeder gibt dem anderen ein dunkles Kapitel: fertig. Warum müssen wir uns dabei noch überraschen?

HENRY: Wir hatten es so ausgemacht.

ANNE: Das können wir ändern ... Vermutlich, Henry ... wenn sie hier herumsitzen, Nüsse knabbern ... wenn wir ihnen zuprosten: glaubst du, daß das eine Gelegenheit ist, Karten aufzudecken?

HENRY: Nüsse knabbern? Warum nicht? Warum soll man bei einem Geständnis keine Nüsse knabbern? Ich finde es sogar sehr angebracht ... erstens beruhigt es, zweitens nimmt es dem Augenblick jegliches Pathos.

ANNE: Werden wir ihnen sagen, warum wir sie eingeladen haben?

HENRY: Das wird sich wohl ergeben – früher oder später.

ANNE: Und wenn sie es in den falschen Hals bekommen? Was dann?

HENRY: Dann ... Ich vermute, dann wird sich der Abend nicht sehr lange hinziehen.

ANNE: Hör zu, Henry ... Meine Gäste sind Mitte sechzig ... verheiratet ... sie heißen Jacobson.

HENRY: Warum sagst du das?

ANNE: Weil ich es will ... Weil ich nichts dem Zufall überlassen möchte – und weil wir auch an sie denken müssen.

HENRY: Du bist ungeduldig, Anne.

ANNE: Ich bin nicht ungeduldig.

HENRY: Dann hast du ein schlechtes Gewissen ... auf einmal ...

ANNE: Nein. Ich habe auch kein schlechtes Gewissen ... Die Leute, die ich eingeladen habe ... Du weißt ja nicht, was geschehen ist ... Fair ... nach allem muß ich einfach fair sein.

HENRY: Späte Entdeckung, oder? Als du die Schnittchen gemacht hast, dachtest du noch nicht an das Risiko.

ANNE: Der Mann, Henry, der gleich zu uns kommen wird ...

HENRY: ... in einer halben Stunde erst ...

ANNE: ... den ich mit seiner Frau eingeladen habe ... Du weißt es nicht, woher auch?

HENRY: Du verstößt gegen die Spielregeln.

ANNE: Nein. Das Spiel hat aufgehört ... Jetzt brauchen wir Regeln für den Ernstfall.

HENRY: Ernstfall? Du sagtest: Ernstfall?

ANNE: Dieser Mann kann es dir bestätigen, Henry ... ich bin zu ihm gegangen ... an einem Abend ... um ihn zu töten.

HENRY: Was du nicht sagst ... Darf man fragen, welche Todesart du für ihn ausgesucht hattest?

ANNE: Der einzige Mensch, den ich töten wollte.

HENRY: Aber doch nur vorübergehend, nur so ein bißchen, hoffe ich.

ANNE: Du kommst dir wohl sehr überlegen vor ... aber du wirst dich wundern ... Du wirst dich noch wundern, Henry ... Er wird dir alles bestätigen.

HENRY: Zumindest verstehe ich, warum du nie darüber gesprochen hast.

ANNE: Vater ... Mein Vater, Henry, ist nicht gestorben.

HENRY: Nicht?

ANNE: Er hat Selbstmord verübt ...

HENRY: Ich war damals auf einem Übersetzer-Kongreß in Belgrad.

ANNE: Du warst gerade auf einem Übersetzer-Kongreß, ja. Wir haben dir nicht telegraphiert ... Vater ist nicht einfach gestorben ... Er hat sich erhängt ... Er sah keinen Ausweg mehr, da hat er das getan ... Gib mir noch ein Stück Eis ... Ja ... Es sind jetzt sieben Jahre her ... Du sagst nichts?

HENRY: Draußen klappte eine Autotür. Ich wollte nur mal nachsehn.

ANNE: Erinnerst du dich noch an die Zeile? Du hast sie mir vorgelesen: *Der sicherste Besitz, den uns niemand bestreitet, sind unsere privaten Friedhöfe.*

HENRY: Warum, Anne, warum hat dein Vater Selbstmord verübt?

ANNE: Wir hatten ausgemacht, uns nichts zu ersparen ... mit unseren Einladungen, meine ich.

HENRY: Also?

ANNE: Er wird's dir bestätigen ... nachher ... Jacobson ... So wie er's mir bestätigt hat ... Vater war nicht der Mann, für den wir ihn hielten – nicht der kleine Einzelgänger, auf den die Großen es abgesehen hatten ... Er war es nicht.

HENRY: Aber es war sein Geschäft ...?

ANNE: Geschäft? Wenn du das ein Geschäft nennen willst ... Eine Bude ... eine Höhle ... eine Annahmestelle für Wetten war es, wo die Kerle mit dem Hut auf dem Kopf herumstanden und in den Zähnen stocherten ... Geschäft ... Bei diesen Leuten war Vater beliebt ... Ihnen gab er Tips – und sie gaben ihm Tips ...

HENRY: Und dein Gast Jacobson – war einer von ihnen ...

ANNE: Nein. Der Mann, den ich eingeladen habe, gehört nicht zu ihnen ... Ich weiß nicht, wie es heute ist ... Damals jedenfalls gehörten ihm alle Wettannahmestellen hier in der Stadt ... alle.

HENRY: Bis auf eine.

ANNE: Sie haben meinem Vater Verkaufsangebote gemacht ... Er konnte sich nicht davon trennen.

HENRY: Er hat doch selbst gewettet ... Wenn ich nicht irre, war er einer seiner besten Kunden. Oder?

ANNE: Vater hatte die sichersten Tips ... er kannte die Stammbäume aller Pferdefamilien ... der berühmtesten wenigstens ... wie oft hat er mich angepumpt ... Oh, Henry ...wie zärtlich er sein konnte, wie vergnügt, wenn er sich bei uns Geld pumpte.

HENRY: Unter uns: er hat auch mich angepumpt, Anne. Wir waren noch nicht einmal verheiratet.

ANNE: Und du hast ihm was geliehen?

HENRY: Geschenkt ... vorsorglich habe ich's ihm gleich geschenkt.

ANNE: Er konnte alles vergessen.

HENRY: Immerhin ... Er hat mich umarmt ... Ziemlich heftig sogar ... Und er nannte mich einen noblen Schwiegersohn.

ANNE: Wir kannten ihn ... und wußten viel zu wenig ... Er sprach über alles nur in Andeutungen.

HENRY: ... wenn es nicht um Summen ging.

ANNE: Deshalb erfuhren wir nichts von seinen Schwierigkeiten ... Nur manchmal, wenn er glaubte, uns eine Pleite erklären zu müssen ... Sie wollen mich fertigmachen, sagte er dann – der große Jacobson will mich mit allen Mitteln fertigmachen.

HENRY: Eine Zigarette, Anne?

ANNE: Mit keinem Wort erwähnte er, daß er seine Höhle längst verkauft hatte ... nein, danke ... Daß ihm nichts mehr gehörte außer seiner Leidenschaft.

HENRY: Also hatte Jacobson es geschafft.

ANNE: Jacobson hatte den Laden gekauft, ja ... Vater durfte als Geschäftsführer bleiben ... so eine Art Geschäftsführer ... na, du weißt schon ...

HENRY: Und ihr? Ihr wußtet das alles nicht?

ANNE: Wir wußten nichts ... Wir erfuhren nur, daß da etwas Großes, Übles im Gange sei ... eine Treibjagd, die Jacobson veranstalten ließ ... auf Vater ... Jacobson – du hättest hören sollen, wie er diesen Namen aussprach ... mit welcher Erbitterung.

HENRY: Das Telephon ...

ANNE: Du brauchst nicht ranzugehn ... Leitungsreparaturen. Sie haben sich im voraus entschuldigt.

HENRY: Ich dachte schon, einer würde absagen.

ANNE: So spät? ... Siehst du, es ist still ... So spät kann man doch wohl nicht mehr absagen ... Jacobson ... wenn sein

Name fiel, sah ich ihn hinter Vaters Stuhl stehen, riesig, eine
Schlinge in der Hand ... er war einfach da.

HENRY: Vermutlich ist er klein und zart ... dein Gast.

ANNE: Und als es passierte ...

HENRY: ... mit Jacobson ...

ANNE: ... mit Vater ... du warst auf diesem Übersetzer-Kongreß in Belgrad ... am Schrank ... Er hatte sich am Schrank
erhängt ... Als sie mir die Nachricht brachten ... als ich ihn
dann sah ... Oh, Henry ... er sah so gehetzt aus, auch im
Tod, so gehetzt und schäbig ... Vielleicht hättest du es auch
getan.

HENRY: Was, Anne?

ANNE: Ich versprach mir etwas ... als ich ihn so sah, schwor ich
mir etwas ...

HENRY: Sühne.

ANNE: Mit diesem Tod wollte ich mich nicht abfinden. Von mir
aus nenn es Vergeltung. Du warst weg ... Es gab nur einen
einzigen Gedanken ... Dann, am Abend, nahm ich deine
Pistole.

HENRY: Sie war geladen. Und mit dem Ding in der Handtasche
fuhrst du zu ihm nach Hause.

ANNE: Zuerst nach Hause ... dann ins Büro ... Er war noch im
Büro und arbeitete ... Er war allein.

HENRY: Kanntest du ihn? Ich meine: wart ihr euch begegnet –
vorher?

ANNE: Wir machten uns bekannt ... Er war schnell im Bilde ...
er begriff ... du wirst ihn ja kennenlernen ... du wirst erleben, daß er selten nachfragt ... Ich sagte ihm, warum ich
gekommen sei ...

HENRY: Und die Folgen ... hattest du nicht an die Folgen
gedacht?

ANNE: Ja, Henry. Ich hatte – seltsamerweise – an die Folgen
gedacht ... Notwehr ... ich wollte so vorgehen, daß alles wie
Notwehr ausgesehen hätte ... Es gab keine Zeugen ... es war
Abend ... wir waren allein in seinem Büro ... ich hätte in
Notwehr gehandelt ... obwohl ...

HENRY: Obwohl?

ANNE: Er wirkt noch älter, als er ist ... ein zarter Mann ...
müdes Gesicht ... müde Beine.

HENRY: Unterschätz diesen Typ nicht. Und weiter?

ANNE: Er ist nur die Hälfte von mir ... ein sehr zarter Mann.
Vielleicht hätte man mir die Notwehr auch nicht geglaubt.

Doch ich wollte dabei bleiben ... Ich hab' es ihm auch gesagt.

HENRY: Du hast es ihm gesagt, Anne?

ANNE: Er sollte alles wissen ... warum ich gekommen war ...
wie es ausgehen würde ... alles gesagt, ja ... Und er ließ mich
aussprechen ... er nickte und hörte mir zu.

HENRY: Was sollte er anderes tun? Fand er es nicht – freundlich
von dir?

ANNE: Freundlich? Was?

HENRY: Daß du ihn nicht im Unklaren darüber ließest ...
warum du ihn töten wolltest? Ich meine, man kann auch
ohne Erklärungen schießen.

ANNE: Deine Ironie, Henry ... ich glaube, sie ist unangebracht
... Vaters Tod ... er hatte Schuld an Vaters Tod ... er hat ihn
fertiggemacht ... ich hab' es ihm gesagt ... und ich sagte ihm
auch, daß ich ihn töten würde.

HENRY: Da du ihn eingeladen hast: offensichtlich hat er es
überlebt.

ANNE: Traust du es mir nicht zu? Du glaubst wohl nicht, daß
ich geschossen hätte ...

HENRY: Doch, Anne – jetzt ... ich trau' es dir zu ... ich muß es
dir zutrauen.

ANNE: Ich hätte es auch getan ... doch dann ... du hättest ihn
erleben sollen ... diese Unsicherheit ... diese Unentschiedenheit ... er sah mich nur an und schüttelte den Kopf ...

HENRY: Immerhin – es war eine Überraschung.

ANNE: Nicht aus Überraschung ... Er war einfach unsicher, ob
er das Bild zerstören sollte – das Bild, das ich von Vater hatte
... Ich weiß nicht genau, Henry ... aber ich glaube es ...
Jacobson schwankte, ob er mir reinen Wein einschenken sollte.

HENRY: Weil er dich schonen wollte?

ANNE: Weil er mir etwas ersparen wollte, ja ... So weit ist er
gegangen ... Er wußte, wer Vater war ... er kannte ihn besser
als wir ... Weißt du noch? In den ›Privaten Friedhöfen‹ ...
*Schick keinen fort, der dir anbietet, das Wissen der Nacht zu
teilen.*

HENRY: Also, Jacobson hat dir die Augen geöffnet?

ANNE: Vater hat sein Geschäft freiwillig verkauft ... Ach,
Henry ... als ihm das Wasser am Hals stand ... als auch
Bestechungen nicht mehr weiterhalfen – da hat er verkauft ...
an Jacobson. Jacobson gab ihm eine Chance ... sogar eine
zweite Chance gab er ihm, nachdem die Unterschlagungen

aufgedeckt waren ... Vater – er hatte Unterschlagungen gemacht ...

HENRY: Wenn es nicht so gewesen wäre ... Stell dir vor, du hättest Jacobson getötet ... stell dir vor, Anne ...

ANNE: Du siehst auf einmal so erschrocken aus.

HENRY: Nahm er dir die Pistole fort?

ANNE: Ich blieb lange bei ihm ... Er erzählte von Vater – all das, was keiner von uns wußte ... Ich konnte ihm anmerken, wie schwer es ihm fiel ... Er zeigte mir Beweise ... Nein, er nahm mir die Pistole nicht fort. Und als ich gehen wollte ...

HENRY: Was da?

ANNE: Er gab mir etwas zu trinken.

HENRY: Eine gute Idee ... Bevor unsere Gäste kommen: ich werde mir auch etwas zu trinken machen.

ANNE: Mutter weigerte sich ... Sie wollte sich nicht von ihm helfen lassen.

HENRY: Er hat euch geholfen?

ANNE: Später, ja ... doch Mutter weigerte sich, von ihm etwas anzunehmen ... Da haben wir uns verbündet, Jacobson und ich ... Mutter weiß heute noch nicht, daß es sein Geld war, das ich ihr brachte.

HENRY: Ihr habt euch also oft gesehen, Jacobson und du?

ANNE: Manchmal ... in der ersten Zeit ... Seit Jahren nicht mehr.

HENRY: Und ich, Anne: ich hab' nichts gemerkt davon ... nichts gewußt.

ANNE: Einmal, Henry, es ist lange her ... du hattest gerade den Sellers übersetzt, ›Die Verstecke‹ ... diese Frau, die nichts für sich behalten konnte, erinnerst du dich? Barbara Piggot hieß sie. Du sagtest, sie hätte etwas von mir ... sie mußte einfach reden ... alles weitergeben ... Ich sagte dir, daß man auch zur Tarnung reden kann ... Du nanntest sie einen Sender ohne Richtstrahler.

HENRY: Wann hast du ihn zum letzten Mal gesehn ... Jacobson?

ANNE: Vor fünf Jahren ... Es müssen fünf Jahre her sein ... Ich glaube, du wirst dich mit ihm verstehn.

HENRY: Und seine Frau?

ANNE: Ein großer nickender Hut ... Mehr weiß ich nicht von ihr

HENRY: Weiß sie, was du mit ihm vorhattest?

ANNE: Nein ... ich weiß nicht ... Wird's dir ungemütlich? Ich meine, bekommst du kalte Füße?

HENRY: Vor unserm Abend? Wir wollten es darauf ankommen lassen ... Wir hatten ausgemacht, uns nichts zu ersparen.

ANNE: Die unbekannten Siebtel des Eisberges.

HENRY: Eben.

ANNE: Jedenfalls kennst du nun meine Gäste.

HENRY: Sie sind noch unbekannt genug.

ANNE: Ich mußte es dir sagen, ihretwegen.

HENRY: Und für Überraschungen ist auch noch Platz ... Vielleicht, Anne ... Glaubst du immer noch, daß es eine gute Idee war, Leute einzuladen, die man nie voreinander erwähnt hat?

ANNE: Du meinst, wir gewinnen nichts damit?

HENRY: Still ... Die ersten kommen.

ANNE: Es hat bei Lauterbach geklingelt, nicht bei uns. Es ist ja erst viertelvor ... Du sagst so wenig ...

HENRY: Was soll ich tun? Punkte verteilen? Die ganze Geschichte nachmessen und erklären, daß ich dich nun erst richtig kenne?

ANNE: Wir hatten ausgemacht, Henry, daß sich nichts ändert.

HENRY: Ja, nur haben wir etwas dabei übersehen.

ANNE: Die andern?

HENRY: Uns ... Wir haben nicht berücksichtigt, daß uns jedes neue Wissen verändert.

ANNE: Wenn erst alles hinter uns liegt ... dieser Abend.

HENRY: Ja.

ANNE: Ist es auch dein Wunsch?

HENRY: Ja ... Übrigens, ich habe nur einen Gast gebeten ...

ANNE: Einen? Ich denke, deine Gäste sind verheiratet ... Du sagtest doch, sie sind gewissermaßen verheiratet.

HENRY: Nur einer kann kommen.

ANNE: Sie?

HENRY: Er. – Nur er wird kommen.

ANNE: Wir haben viel zu viel Schnittchen. Hoffentlich ist er ein guter Esser.

HENRY: Er wird länger dableiben, Anne. Ich meine – mein Gast wird vorerst mit uns leben.

ANNE: Bis die Schnittchen aufgegessen sind?

HENRY: Vielleicht wirst du ihn nie mehr los ... Wart ab.

ANNE: Schöne Aussichten ... Und du hast wirklich nie von ihm gesprochen? In Andeutungen?

HENRY: Kann sein, er wird dir bekannt vorkommen – nach einer Weile ... Wir sind etwa gleichaltrig.

ANNE: Doch nicht dieser Bibliothekar, Henry?

HENRY: Er heißt Julius Gassmann. Du kennst ihn nicht ... Er ist kein Bibliothekar.

ANNE: Ist er ein Langweiler?

HENRY: Biologe ... Das heißt, er war es, eine Zeitlang ... Genauer: er wollte es werden.

ANNE: Ich schätze, Henry, ihr habt euch lange nicht gesehn.

HENRY: Sehr lange, ja ... zuletzt ... es war kurz vor Ende des Krieges.

ANNE: Hoffentlich erkennt ihr euch überhaupt wieder ... Bist du ihm wiederbegegnet? Jetzt?

HENRY: Ich hab' ihn nie vergessen ... nie aus den Augen verloren ... Julius Gassmann war immer da.

ANNE: Und du hast mir nie von ihm erzählt?

HENRY: Heute, Anne ... Wir hatten doch abgemacht, heute Gäste einzuladen, die wir nie voreinander erwähnt haben ... Unbekannte ... auf jede Gefahr hin.

ANNE: Gib mir etwas zu trinken, bitte ... Ob wir lüften sollten? Schnell noch mal?

HENRY: Ich habe lange darüber nachgedacht, wer es sein könnte, mit dem ich dich bekanntmachen sollte ... Jetzt ist es an der Zeit, daß du ihn kennenlernst.

ANNE: Julius Gassmann?

HENRY: Keiner hat soviel Bedeutung für mich gehabt wie er ... in gewisser Weise wäre ich nichts ohne ihn ... Wie nennt man das beim Veredeln?

ANNE: Beim Veredeln? Was meinst du, Henry?

HENRY: Ist das Geißfuß-Pfropfen? Wenn man einen Ast einkerbt ... wenn man ihn an einem anderen eingekerbten Ast befestigt – nennt man es nicht Pfropfen?

ANNE: Ich begreif' dich nicht.

HENRY: Jedenfalls besteht eine Verbindung zwischen uns ... eine feste, schon verwachsene Verbindung ...

ANNE: Wie in den ›Privaten Friedhöfen‹: *Hör zu und zeig dich nie, mein heimlicher Begleiter.*

HENRY: Julius Gassmann ... am Schluß erwischten sie ihn doch noch.

ANNE: Sie erwischten ihn?

HENRY: Gefangenschaft ... kurz vor Schluß kam er noch in Gefangenschaft ... den fünfundzwanzigsten Geburtstag hat er an Bord erlebt ... auf dem Atlantik ...

ANNE: Du hast ihn auf einem Schiff getroffen?

HENRY: Es war ein Frachter ... voll mit Gefangenen ... Sie

brachten sie nach drüben ... ein großer Konvoi, fast dreißig
Schiffe ... draußen operierten immer noch einige U-Boote ...

ANNE: Dann ist er dein Jahrgang, Henry.

HENRY: Sie hatten ihn registriert und mit einem Sammeltrans-
port auf das Schiff gebracht – es sollte nach Boston gehen ...
Einige sprachen auch von Philadelphia ...

ANNE: Kein Eis, danke ... Ihr wart also auf dem gleichen Schiff.

HENRY: Als es passierte, waren viele im Waschraum ... auch
Julius Gassmann. Es passierte im Morgengrauen. Wir wurden torpediert.

ANNE: Du hast es schon einmal erzählt: ein eigener Torpedo.

HENRY: Sie konnten es nicht wissen ... Viele waren im Waschraum, so einem Behelfswaschraum ... es gab gleich Wasser-
einbruch ... in einem trüben Gang vor dem Waschraum hin-
gen die Jacken, die Uniformjacken ... Das heißt, sie lagen auf
einer schmalen Holzbank ... An der Tür keilte sich alles fest,
doch Gassmann kam noch raus ... Julius Gassmann schaffte
es.

ANNE: In so einem Augenblick, Henry: denkt man da noch an
seine Jacke?

HENRY: Einige denken sogar an die Zahnbürste ... Das Schiff
sank schnell, und es sanken noch zwei andere Schiffe ...
Julius Gassmann, er wurde aufgefischt ... Ein Zerstörer
nahm ihn an Bord, und auf ihm blieb er, bis sie nach Baltimore kamen ...

ANNE: Warst du auf demselben Schiff?

HENRY: Du wirst sehn ... Es wurden nicht sehr viele gerettet
... Außerdem ... vor der amerikanischen Küste löste sich der
Konvoi auf ... Julius Gassmann kam nach Baltimore; aber
seinen Beschluß, den hatte er schon früher gefaßt ... schon an
Bord des Zerstörers.

ANNE: Welchen Beschluß, Henry? Was meinst du?

HENRY: Seine Einheit ... sie wurden gegen Widerstandskämp-
fer eingesetzt ... Er hatte furchtbare Vergeltungsaktionen
mitgemacht ... Seine Einheit war gefürchtet ... Sogar der
Untergrundsender hat darüber berichtet ... immer wieder ...

ANNE: Du wolltest sagen, was Julius Gassmann beschlossen
hatte.

HENRY: Ja ... an Bord des Zerstörers ... nachdem er gerettet
war ... Es war nicht seine Jacke, die er anhatte. Die Papiere,
ich meine: die Listen waren untergegangen ... er mußte neu
registriert werden.

ANNE: Unter anderem Namen?

HENRY: Er fand Briefe in der Jacke ... eine Blechschachtel mit Nähzeug, Briefe und einen Ausweis.

ANNE: Mit Bild?

HENRY: Eigentlich war es nur eine Bescheinigung – ohne Bild ... eine Bestätigung, daß der Inhaber offiziell als Übersetzer anerkannt war ... Die Briefe waren schwer leserlich.

ANNE: Und das ging glatt? Natürlich, es mußte ja glatt gehen ... sie hatten ihn aufgefischt.

HENRY: Als sie ihn aufforderten, seinen Namen zu buchstabieren, legte er die Bescheinigung vor ... Die Situation ließ keinen Argwohn zu ... Er wurde neu registriert ... Und dadurch ist er ihr entkommen.

ANNE: Wem?

HENRY: Seiner Vergangenheit ... oder doch dem Teil seiner Vergangenheit, der ihn einiges befürchten ließ ... das halbe Jahr, das er zu dieser Einheit gehört hatte.

ANNE: Wieviel Selbstkontrolle gehört dazu ...

HENRY: Er richtete sich einfach ein in diesem angenommenen Namen ... möblierte die neue Biographie ... natürlich mußte er aufmerksam leben, seinen Willen anstrengen ... aber dann, im Lager, passierte es, daß er zum ersten Mal – wie soll ich sagen – den angenommenen Namen träumte ... im Traum erschien er sich selbst nicht mehr als Julius Gassmann ... das war die erste Vereinigung, ja ... so wurde die Vereinigung hergestellt.

ANNE: Für die Zeit drüben ... für die Gefangenschaft?

HENRY: Stell dir vor, Anne, wir hatten eine Art Lager-Universität ... dort in Virginia ... man konnte eine Menge Fächer belegen ... Sogar ein gefangener Gerichtsmediziner hielt Vorlesungen in seinem Fach ...

ANNE: Gassmann vermutlich Sprachen ...

HENRY: Gassmann belegte Sprachen, so ist es ... außer Englisch und Französisch auch Italienisch.

ANNE: Sag bloß, Henry, daß er drüben auch sein Diplom erhielt.

HENRY: Er erhielt es vom Prüfungsausschuß einer amerikanischen Universität ...

ANNE: Und das hielt er aus? Das kann doch keiner aushalten.

HENRY: Was?

ANNE: Wann hat er sich wieder zurückverwandelt? In Julius Gassmann?

HENRY: War es notwendig? Es ging sehr gut ohne ihn und ohne die Biologie ... Ein gewisses Risiko gab es selbstverständlich ... mit den Jahren aber wurde es geringer ... Ja, Anne: der andere gefiel ihm ... manchmal hatte er das Gefühl, eine lohnende Aufgabe übernommen zu haben ... lebenslänglich ... Es war, als hätte er der Zufälligkeit der Herkunft seine Wahl entgegengesetzt.

ANNE: Aber seine Angehörigen? Er hat doch Angehörige.

HENRY: Vermißt ... für sie gilt er als vermißt bei einem Schiffsuntergang.

ANNE: Und seine neuen Angehörigen? Die, die er sich eingetauscht hat?

HENRY: Einmal erhielt er eine Suchkarte vom Roten Kreuz ... Er tat es als Mißverständnis ab.

ANNE: Das sieht ihm ähnlich ... Und bis heute, Henry, bis heute ist er dabei geblieben?

HENRY: Ich sagte ja, er hatte das Gefühl, eine lebenslängliche Aufgabe übernommen zu haben.

ANNE: Henry?

HENRY: Ja?

ANNE: Ich – wie soll ich ihn denn anreden? Herr Gassmann? Ich schätze, er hätte etwas dagegen.

HENRY: Er heißt auch Henry.

ANNE: So wie du?

HENRY: Er heißt Henry Schaffer. – Julius Gassmann heißt jetzt Henry Schaffer.

ANNE: Das ist nicht wahr!

HENRY: Es ist wahr ... Ja, Anne, es ist wahr.

ANNE: Das hast du erfunden!

HENRY: Julius Gassmann wird nicht kommen, weil er schon hier ist ... Du wirst sehn: er wird nicht kommen ... Glaubst du's nicht?

ANNE: Nein, Henry, ich glaub' dir nicht.

HENRY: Ich kann dir die Briefe zeigen ... und die Bescheinigung des Übersetzerverbandes ...

ANNE: Du kannst mir vieles zeigen: ich glaub' dir nicht ... Acht Jahre – du kannst doch nicht acht Jahre mit mir zusammenleben – unter anderem Namen.

HENRY: Was wäre der Unterschied gewesen – für dich? Du hättest Julius zu mir gesagt ... das wäre alles gewesen.

ANNE: Du willst mich doch nur reinlegen – nicht, Henry? Nur reinlegen willst du mich?

HENRY: Nein, Anne. Es war deine Idee ... der Eisberg – die unbekannten Siebtel ... Ich hab' gesucht und gesucht ... es gibt keinen Unbekannten, den ich hätte einladen können – außer Julius Gassmann ... Und das bin ich selbst ... Ich war es.

ANNE: Mein Gott, wenn das stimmt ... Weißt du, was es für mich bedeutet? Für mich, für uns, für diese Ehe?

HENRY: Ich sagte ja, mein Gast ist gewissermaßen verheiratet...

ANNE: Bist du dir klar darüber, welche Folgen das haben kann?

HENRY: Wenn du mich statt Henry Julius nennst? ... Wir hatten doch ein Abkommen geschlossen: wenn die Gäste fort sind, wird sich nichts geändert haben.

ANNE: Alles ist ungültig ... Wenn es stimmt, Henry, dann ist alles ungültig.

HENRY: Nichts ist ungültig. Und ich sage dir noch einmal, Anne: es ist wahr ... Der Mann, mit dem ich dich bekanntmachen wollte, heißt Julius Gassmann ... Er ist anwesend.

ANNE: Ich halt' es nicht aus, Henry.

HENRY: Es hat geklingelt.

ANNE: Was sagst du?

HENRY: Deine Gäste haben geklingelt.

ANNE: Ich kann jetzt nicht ... geh hin und ...

HENRY: Herr und Frau Jacobson. Du hast sie eingeladen.

ANNE: Erfinde etwas ... Ich kann nicht.

HENRY: Dann werde ich öffnen ... Schließlich – du hast sie ja auch in meinem Namen eingeladen.

ANNE: Sag, daß es nicht stimmt. Bitte.

HENRY: Stell unsere Gläser weg.

ANNE: Mach nicht auf.

HENRY: Und den Aschenbecher.

ANNE: Henry?

HENRY: Nimm dich zusammen ... Unsere Gäste.

1970

Dabei kenne ich diesen Umschlagplatz seit acht Jahren, dieses unübersichtliche Verteilerbecken, in dem Straßenbahnen, Busse und S-Bahnen zusammenlaufen, nur, um ihre Fracht auszutauschen und aneinander abzugeben. Kaum fliegen zischend die Türen auf, da stürzt, hastet und schnürt es schon aufeinander zu, vermengt und verknotet sich – gerade, als ob waffenlose Gegner sich ineinander verbeißen –, und so sicher und ungefährdet bewegt sich ihr Zug, so rücksichtslos erzwingt sich die große Zahl ihren Weg, daß man am besten anhält und wartet, bis alles vorüber ist, obwohl die Ampel einem Grün gibt. Wenn es nur dieser Zug wäre mit den hüpfenden Schulranzen, den schlenkernden Aktentaschen – wenn es nur diese mürrische, morgendliche Prozession wäre: sie könnte man noch kontrollierend im Auge behalten, aber hier, wo der Berufsverkehr in ein verzweigtes Delta gelenkt wird, muß man auch auf unerwartete Begegnungen gefaßt sein, auf plötzlich ausscherende Einzelgänger, auf Quertreiber, auf kleine Wettläufer, die hinter parkenden Autos hervorflitzen und die Straße im Spurt zu überqueren versuchen.

Ich wußte das alles. Denn acht Jahre gehörte ich selbst zu ihnen, ließ mich von ihrem ungeduldigen Strom davontragen, von der S-Bahn zum Bus hinüber, der unmittelbar vor meiner Schule hält; ich war lange genug ein Teil ihrer Rücksichtslosigkeit.

Doch all dieses Wissen half mir nicht und hätte keinem geholfen, selbst wenn er zwanzig Jahre unfallfrei am Steuer gesessen hätte; was geschah, war einfach aus statistischen Gründen unvermeidlich und kann weder auf mein Anfängertum noch darauf zurückgeführt werden, daß mein erstes Auto, mit dem ich noch nicht einmal seit einer Woche zum Unterricht fuhr, ein Gebrauchtwagen war. Obwohl sich nichts düster oder bedeutsam ankündigte an diesem Morgen, obwohl es keinen Grund gab, mir eine besondere Aufmerksamkeit aufzuerlegen – ich sollte mit einer Doppelstunde Geographie beginnen –, nahm ich, als ich mich dem Umschlagplatz näherte, frühzeitig das Gas weg und beschleunigte selbst dann nicht, als die Ampel auf Grün umsprang, mit einem kleinen Flackern, das mir wie ein Zwinkern erschien, wie eine Aufforderung, zu beschleunigen und davonzukommen, ehe die beiden Busse sich öffneten, die auf der andern Straßenseite gerade an ihren Halteplatz herandrehten. Auf dem Kopfsteinpflaster lag zerfahrener Schnee, der sich schmutzig unter dem Biß des gestreuten Salzes auflöste, das Auto fuhr nicht schneller als dreißig, und ich behielt die Busse im Auge, aus denen sie gleich wie auf ein Startzeichen herausstürzen würden.

Er mußte aus dem Eingang zur S-Bahn gekommen sein, mußte die Nummer seines Busses entdeckt haben, den er, wie alle, die ihre morgendliche Reise so scharf kalkuliert hatten, um jeden Preis erreichen wollte. Zuerst hörte ich den Aufprall. Das Steuer schlug aus. Dann sah ich ihn auf der Haube, das verzerrte Gesicht unter der Schirmmütze, die Arme ausgestreckt gegen die Windschutzscheibe, auf der Suche nach einem Halt. Er war, gleich hinter der Ampel, von rechts gegen das Auto gelaufen; ich bremste und sah, wie er nach links wegkippte und auf die Fahrbahn rollte. Halteverbot, überall herum Halteverbot, darum legte ich den Rückwärtsgang ein und fuhr einige Meter zurück, zog die Handbremse und stieg aus. Wo war er? Dort, am Kantstein, an den eisernen Sperrketten, versuchte er sich aufzurichten, Hand über Hand, ein kleiner Mann, Fliegengewicht, in einem abgetragenen Mantel. Passanten waren schon bei ihm, versuchten, ihm zu helfen, hatten gegen mich schon feindselige Haltung eingenommen: für sie war die Schuldfrage gelöst. Sein bräunliches Gesicht war mehr von Angst gezeichnet als von Schmerz, er sah mich abwehrend an, als ich auf ihn zuging, und mit gewaltsamem Lächeln versuchte er die Passanten zu beschwichtigen: nicht so schlimm, alles nicht der Rede wert.

Von ihm lief mein Blick zurück auf das Auto, im rechten Kotflügel war eine eiförmige Delle, ziemlich regelmäßig, wie von einer Holzkeule geschlagen; an den Kanten, wo der Lack abgeplatzt war, klebten Stoffäden, auch die Haube war eingedrückt und aus dem Schloß gesprungen, ein Scheibenwischer war abgebrochen. Er beobachtete mich, während ich den Schaden abschätzte, hielt sich mit beiden Händen an der Kette fest, schwankend, und immer wieder linste er zu den abfahrenden Bussen hinüber.

Hautabschürfungen auf der Stirn und am Handrücken: mehr entdeckte ich nicht, als ich auf ihn zutrat und er mit einem Lächeln zu mir aufblickte, das alles zugab: seine Unvorsichtigkeit, seine Eile, seine Schuld, und in dem Wunsch, die Folgen herunterzuspielen und mir zu beweisen, wie glimpflich alles verlaufen sei, hob er abwechselnd die in ausgefransten Röhrenhosen steckenden Beine, bewegte den Kopf nach rechts und nach links, krümmte probeweise den freien Arm: Sieh her, ist nicht alles in Ordnung? Ich fragte ihn, warum er denn bei Rot, ob er nicht das fahrende Auto – er hob bedauernd, er hob schuldbewußt die Schultern: er verstand mich nicht. Furchtsam wiederholte er immer wieder denselben Satz, machte eine angestrengte Geste in Richtung des verlaufenden Bahndamms; es waren türkische Wörter, die er brauchte, ich erriet es am Tonfall. Ich erkannte seine Bereitschaft zur Flucht und sah, was ihn daran hinderte, doch er wagte es nicht, die inneren Schmerzen zu bestimmen oder auch nur zuzugeben. Er litt unter dem Mitgefühl und der Neugierde der Passanten; er schien zu begreifen, daß sie mich bezichtigten, und litt auch darunter. Doktor, sagte ich, jetzt bringe ich Sie zu einem Arzt.

Wie leicht er war, als ich ihn unterfing, seinen Arm um meinen Nacken zog und ihn zum Auto führte, und wie besorgt er die Schäden am Kotflügel und Kühler erkundete! Während Passanten neu hinzukommenden Passanten erklärten, was sie gesehen oder auch nur gehört hatten, bugsierte ich ihn auf den Rücksitz, brachte seinen Körper in eine Art entspannter Schräglage, nickte ihm ermunternd zu und fuhr los, den alten Weg zur Schule. In der Nähe der Schule wohnten oder praktizierten mehrere Ärzte, ich erinnerte mich an die weißen Emailleschilder in ihren Vorgärten, dorthin wollte ich ihn bringen.

Ich beobachtete ihn im Rückspiegel, er hatte die Augen geschlossen, seine Lippen zitterten, vom Ohr zog sich ein dünner Blutstreifen den Hals hinab. Er stemmte sich fest, hob seinen Körper vom Sitz ab – allerdings nicht, um einen Schmerz erträglich zu machen, sondern weil er etwas suchte in seinen verschiedenen Taschen, die er mit gestreckten Fingern durchforschte. Dann zog er ein Stück Papier heraus, einen blauen Briefumschlag, den er mir auffordernd über die Lehne reichte: Hier, hier, Adresse. Er richtete sich auf, beugte sich über die Rückenlehne zu mir, und mit heiserer Stimme, dringlich und gegen die gewohnte Betonung gesprochen, wiederholte er: Liegnitzerstraße.

Daran schien ihm ausschließlich gelegen zu sein, jetzt, er sprach erregt auf mich ein, seine Furcht nahm zu: nix Doktor, Liegnitzerstraße, ja, und er wedelte mit dem blauen Umschlag. Wir kamen an den Taxistand in der Nähe der Schule, ich hielt, machte ihm ein Zeichen, daß er auf mich warten solle, es werde nicht lange dauern, danach ging ich zu den Taxifahrern und erkundigte mich nach der Liegnitzerstraße. Sie kannten zwei Straßen, die diesen Namen trugen, setzten aber wie selbstverständlich voraus, daß ich, da ich schon einmal hier war, in die näher gelegene Straße wollte, und sie beschrieben mir den Weg, den sie selbst fuhren, am Krankenhaus vorbei, durch die Unterführung, zum Rand eines kleinen Industriebezirks. Ich dankte ihnen und ging zur Telefonzelle und wählte die Nummer der Schule. Mein Unterricht hätte längst begonnen haben müssen. Niemand nahm ab. Ich wählte meine eigene Nummer, ich sagte in das Erstaunen meiner Frau: Erschrick nicht, ich hatte einen Unfall, mir ist nichts passiert. Sie fragte: Ein Kind? – und ich schnell: Ein Ausländer, vermutlich ein Gastarbeiter, ich muß ihn fortbringen; bitte, verständige du die Schule. Bevor ich die Telefonzelle verließ, drehte ich noch einmal die Nummer der Schule, jetzt ertönte das Besetztzeichen.

Ich ging zu meinem Auto zurück, vor dem zwei Taxifahrer standen und gelassen meinen Schaden zum Anlaß nahmen, um über eigene Schäden zu sprechen, wobei sie sich gegenseitig zu überbieten versuchten. Das Auto war leer. Ich beugte mich über den Rücksitz, beklopfte ihn – die Taxifahrer konnten sich an keinen Mann erinnern, doch sie schlossen nicht aus, daß er nach vorn gegangen war und sich – vielleicht – den ersten Wagen genommen hatte. Ein südländischer Typ, Schirmmütze, noch dazu verletzt, wäre ihnen gewiß aufgefallen. Sie wollten wissen, wo mich das Pech erwischt hatte, ich erzählte es ihnen und sie schätzten den Schaden – vorausgesetzt, daß ich gut wegkäme – auf achthundert Mark.

Langsam fuhr ich zur Liegnitzerstraße, am Krankenhaus vorbei, durch die Unterführung, zum Industriebezirk. Eine kleine Drahtfabrik, deren Gelände mit löchrigem Maschendraht eingezäunt war; schwere Pressen, die Autowracks zu handlichen Blechpaketen zusammenquetschten; an trüben Hallen fuhr ich vorbei, die sich Reparaturwerkstätten nannten, an Speditionsfirmen und verschneiten Lagerplätzen, über die nicht eine einzige Fußspur führte.

Die Liegnitzerstraße schien nur aus einem schirmenden, mit Plakaten vollgeklebten Bretterzaun zu bestehen, hinter dem starr gelbe Kräne aufragten; keine Wohnhäuser; zurückliegend, türlos, mit zerbrochenen Fenstern eine aufgelassene Fabrik; schwarze Rußzungen zeugten immer noch von einem Brand. In einer Lücke entdeckte ich Wohnwagen, deren Räder tief in den Boden eingesackt waren. Ich hielt an, verließ das Auto, ging durch den schmutzigen Schnee zu den Wohnwagen hinüber, die Arbeiter waren fort. Die Fenster der Wohnwagen waren mit Gardinen verhängt, auf den eingehängten Treppen lagen Reste von Streusalz; Rauch stieg aus einem blechernen Schornstein auf.

Vermutlich hätte ich die Wagen nur umrundet und wäre fort gegangen, wenn sich nicht eine Gardine bewegt, wenn ich nicht den beringten Finger gesehen hätte, der den gehäkelten grauen Stoff zu glätten versuchte; so stieg ich die Treppe halb hinauf und klopfte. Ein hastiger, zischender Wortwechsel im Innern, dann wurde die Tür geöffnet, ich sah nah vor meinem Gesicht den Siegelring an der Hand, die jetzt auf der Klinke lag. Den Blick hebend, wuchs er bedrohlich vor mir auf: die schwarzen Halbschuhe mit weißer Kappe; die engen gebügelten Hosen, der kurze mit Pelzkragen besetzte Mantel; aus der oberen Jackentasche leuchtete das Dreieck eines Seidentuchs. Höflich, in gebrochenem Deutsch, fragte er mich, wen ich suchte, da hatte ich schon, an seiner Hüfte vorbeisehend, den Mann auf der untern Liegestatt des doppelstöckigen Bettes erkannt, zeigte bereits mit der Hand auf ihn: Er dort, zu ihm will ich. Ich durfte eintreten. Vier Betten, eine Waschgelegenheit, an den unverkleideten Holzwänden angepinnte Postkarten, Familienbilder, aus Zeitungen ausgeschnittene Photographien: dies war das Inventar, das ich zuerst bemerkte; später, nachdem der auffällig gekleidete Mann mir einen Hocker angeboten hatte, entdeckte ich Kartons und Pappkoffer unter den Bettgestellen.

Der Verletzte lag ausgestreckt unter einer Decke, auf der in roter Schrift das Wort »Hotel« zu lesen war; seine dunklen Augen glänzten in der Trübnis des Innern. Er nahm meinen Gruß gleichgültig auf, kein Zeichen des Wiedererkennens, weder Furcht noch Neugier.

Herr Üzkök hatte einen Unfall, sagte der Mann mit dem Siegelring. Ich nickte und fragte nach einer Weile, ob ich ihn nicht zum Arzt fahren sollte. Der Siegelring winkte lebhaft ab, nicht nötig, Herr Üzkök sei in bester ärztlicher Pflege, zwei Tage schon, seit er diesen Unfall auf dem Bau hatte, auf der Baustelle. Ich sagte: Heute morgen, ich bin wegen des Unfalls heute morgen gekommen, worauf der Mann sich schroff zu dem Verletzten wandte und ihn etwas in seiner Heimatsprache fragte; der Verletzte schüttelte sanft den Kopf: Von einem Unfall heute morgen Herrn Üzkök ist nichts bekannt. Ich sagte ruhig: Mir ist es passiert, dieser Mann lief mir bei Grün vor den Kühler, ich habe ihn angefahren, die Schäden am Auto können Sie sich ansehen, es steht draußen. Wieder fuhr der Mann den Verletzten in seiner Heimatsprache an, ärgerlich, gereizt, mit theatralischer Energie um Aufklärung bemüht, einen geflüsterten Satz ließ er sich ausdrücklich wiederholen. Alles, was er mir danach zusammenfassend sagen konnte, lautete: Herr Üzkök kommt aus Türkei, Herr Üzkök ist Gastarbeiter, Herr Üzkök hatte Unfall vor zwei Tagen. Ein Auto ist ihm unbekannt.

Ich zeigte auf den Verletzten und bat: Fragen Sie ihn, warum er fortgelaufen ist; ich selbst sollte ihn doch in die Liegnitzerstraße bringen, hierher. Wieder spielten sie ihr Frage- und Antwort-Spiel, das ich nicht verstand; und während der Verletzte gepeinigt zu mir aufsah und seine Lippen bewegte, sagte der Mann mit dem Siegelring: Herr Üzkök ist nicht fortgelaufen seit dem Unfall auf Bau, er muß im Bett liegen. Ich bat den Verletzten: Zeigen Sie mir den blauen Briefumschlag, den Sie mir im Auto zeigten; und er lauschte der Übersetzung und ich konnte nicht glauben, daß meine Bitte sich im Türkischen so dehnte und außerdem Spruch und Widerspruch nötig machte. Mit triumphierendem Bedauern wurde mir mitgeteilt, daß Herr Üzkök keinen blauen Briefumschlag besessen hätte.

Diese Unsicherheit, auf einmal meldete sich die vertraute Unsicherheit, wie so oft in der Klasse, wenn ich das Risiko einer endgültigen Entscheidung übernehmen muß; und weil ich überzeugt war, daß der Verletzte noch seinen schäbigen Mantel trug, trat ich an sein Lager heran und hob einfach die Decke auf. Er lag in seinem Unterzeug da, preßte etwas mit den Händen zusammen, das er offenbar um keinen Preis hergeben wollte.

Als ich mich, schon auf der Treppe, nach der Nummer erkundigte, nach der Straßennummer, unter der die Wohnwagen registriert waren, lachte der Mann mit dem Siegelring, rief einen knappen Befehl zu dem Verletzten zurück; und als er mir dann sein Gesicht zuwandte, Vierzig bis Zweiundfünfzig sagte und dabei vergnügt seine Arme ausbreitete, spürte ich zum ersten Mal seinen freimütigen Argwohn. Viel Adresse, sagte er, vielleicht fünfhundert Meter. Ich fragte, ob dies die ständige Wohnung von Herrn Üzkök sei, worauf er, sein Mißtrauen durch Lebhaftigkeit tarnend, in Andeutungen auswich: Viel Arbeit, überall. Manchmal Herr Üzkök ist hier, manchmal dort – er deutete in entgegengesetzte Richtungen.

Obwohl ich mich verabschiedete, folgte er mir; schweigend begleitete er mich auf die Straße hinaus, trat an mein Auto heran, strich über die Dellen, die der leichte Körper dem Blech beigebracht hatte, hob die Haube an und ließ sich bestätigen, daß das Schloß nicht mehr einschnappte. War er erleichtert? Ich hatte das Gefühl, daß er, dem alles doch gleichgültig sein konnte, erleichtert war, nachdem er den Schaden begutachtet hatte. Er rieb sich das weiche Kinn, dann mit breitem Daumen die lang heruntergezogenen Koteletten. Ob ich vorhätte, die Versicherung einzuschalten? Ich gab ihm zu verstehen, daß mir wohl nichts anderes übrig bliebe, worauf er mit einer abermaligen, gründlichen Inspektion des Schadens begann und zu meiner Überraschung einen Schätzpreis nannte, der knapp unter dem lag, den die Taxifahrer genannt hatten: siebenhundertfünfzig. Er grinste, zwinkerte mir komplizenhaft zu, als ich einstieg und die Scheibe herunterdrehte, und in dem Augenblick, als ich den Motor anließ, streckte er mir seine geschlossene Hand hin: Für Reparatur, sagte er. Herr Üzkök, er braucht jetzt Ruhe.

Ich wollte aussteigen, doch er entfernte sich bereits, mit hochgeschlagenem Pelzkragen, unwiderruflich, als habe er das Äußerste hinter sich gebracht. Nachdem er hinter dem Zaun verschwunden war, sah ich auf das Geld in meiner Hand, zählte es – die Summe entsprach seinem Schätzpreis –, zögerte, wartete auf etwas, auch wenn ich nicht wußte, was es sein könnte, und bevor ich zur Schule ging, lieferte ich den Wagen in der Werkstatt ab.

Im Lehrerzimmer saß natürlich Seewald, saß da, als hätte er auf mich gewartet, er mit seinem roten Gesicht, dem haltlosen Bauch, der ihm vermutlich bis zu den Knien durchsacken würde, wenn er ihn nicht mit einem extrabreiten Riemen bändigte. Hab' schon gehört, sagte er, nun erzähl mal. Aus seiner Thermosflasche bot er mir Tee an, nein, er drängte ihn mir so gewaltsam auf, als wolle er das Recht erwerben, jede Einzelheit meines Unfalls zu erfahren, ausgerechnet Seewald, der bei jeder Gelegenheit für seine Erfahrung warb, nach der es keine Originalerlebnisse mehr gebe. Alles, so behauptete er, was uns vorkommt oder zustößt, sei bereits anderen vorgekommen oder zugestoßen, die Bandbreite unserer Erlebnisse und Konflikte sei ein für alle Mal erschöpft, selbst in einer seltenen Lage dürfe man nicht mehr als einen zweiten Aufguß sehen.

Ich trank seinen stark gesüßten Tee, erschrak, als ich sah, wie sehr meine Hand zitterte – weniger wenn ich die Tasse aufnahm, als wenn ich sie absetzte. Also die Anfahrt, der Unfall, die Flucht des Verletzten, und dann, als ich ihm die Begegnung im Wohnwagen schilderte, konnte ich die Entstehung eines für ihn typischen Lächelns beobachten, eines überlegenen, rechthaberischen Lächelns, das mich sogleich reizte und bedauern ließ, ihm alles aufgetischt zu haben. Es war mein Unfall, mein Erlebnis, und deshalb hatte ich doch wohl das Recht, es auf meine Weise zu bewerten und besonders die Begegnung im Wohnwagen mit der angemessenen Unentschiedenheit darzustellen. Für ihn indes, für Seewald war alles längst entschieden: Wie bei Gogol, sagte er, hast du es denn nicht gemerkt, mein Lieber – genau wie bei Gogol. Ich war froh, daß die Glocke mich zur Stunde rief und mir seine Erklärungen erspart blieben, vor allem der unvermeidliche Hinweis darauf, wie mein Erlebnis im Original aussah.

Ich werde ihm nicht erzählen, daß sowohl die Taxifahrer als auch der Mann mit dem Siegelring den Preis für die Reparatur zu hoch angesetzt hatten; da die Dellen ausgeklopft werden konnten, behielt ich mehr als zweihundert Mark übrig. Und ich werde Seewald nie und nimmer erzählen, daß ich, in dem Wunsch, dem Fremden oder Herrn Üzkök den Rest des Geldes zurückzugeben, noch einmal in die Liegnitzerstraße fuhr, in der Dämmerung, bei Schneefall.

Das Fenster des Wohnwagens war abgedunkelt, die Behausung sah verlassen aus, zumindest abgeschlossen, doch auf mein mehrmaliges Klopfen wurde geöffnet, und wieder stand er vor mir, mit dem roten Seidentuch in der Hand, mit dem er sich anscheinend Luft zugefächelt hatte. Mindestens sechs Männer hockten auf den Bettgestellen, kurz gewachsene, scheue Männer, die bei meinem Anblick die Rotweingläser zu verbergen suchten. Wie ertappt saßen sie da, einige wie überführt, kein Gesicht, auf dem nicht eine Befürchtung lag.

Ich fragte nach Herrn Üzkök; der Mann mit dem Siegelring erinnerte sich nicht an ihn, er war ihm nie begegnet, hatte ihn nie betreut. Da wußte ich schon, daß er auch Schwierigkeiten haben würde, sich an mich zu erinnern, und als ich ihm das überschüssige Geld zurückgeben wollte, sah er mich mit beinahe grämlicher Ratlosigkeit an: er bedauerte sehr, doch er dürfte ja wohl kein Geld annehmen, das ihm nicht gehörte. Ich sah auf die schweigenden Männer, sie schienen ausnahmslos Üzkök zu gleichen, und ich war sicher, daß sie, wenn ich am nächsten Tag wiederkäme, bestreiten würden, mich je gesehen zu haben. Es standen hier mehrere Wohnwagen nebeneinander: hatte ich mich im Wagen geirrt? Eins jedoch weiß ich genau: daß ich das Geld auf einen Klapptisch legte, ehe ich ging.

1973

Der Mann:
Vor Freude zog ich damals einen Wimpel am Mast der »Ragna«
auf, ein Stück von einem alten, rotweiß gestreiften Kopfkissen,
und das Ding stand steif und knatternd ab, als wir zum ersten
Mal unter dem braunen Hilfssegel zur Arbeit ausliefen. Lange
genug hatten sie uns ja warten lassen, lange genug wußte niemand, ob all ihre Gutachten ausreichen würden, um uns den
neuen Fährhafen zuzusprechen, unserer baumlosen, flachen,
wenn auch nie gefährdeten Küste; aber dann entschieden sie
sich doch für uns und legten überdies einen Plan auf den Tisch,
der unsere glückliche Erregung nur noch steigerte: vierhundert
Meter leicht gewinkelte Mole und Kaimauern mit Gleisan-
schlüssen und drei Rampen für Lastautos und Personenwagen,
alles geduldig und energisch hinausgebaut in die See, weit über
den sandbraunen Streifen hinaus, auch noch hinaus über die
flaschengrüne Zone, bis dahin etwa, wo der Grund auf zwölf
Meter abfällt und die Strömungen sich begegnen.
  Steine, Steine: niemand konnte und wollte auch nur über-
schlagen, wieviel Steine sie auf einmal brauchten für ihren endgültig beschlossenen Plan, Steine für die Fundamente, die Sok-
kel, für die vierhundert Meter lange Mole. Es war nicht an
ihnen, zu zweifeln, ob die See überhaupt so viele Steine herausrücken würde, um ihrem Vorhaben die nötige Sicherheit und
Schwere zu geben; sie schrieben nur ihren Bedarf aus und setzten die Preise fest, und den Rest überließen sie uns, den Steinfi-
schern. Jedenfalls, ich hatte den Ladebaum nicht umsonst verstärken und das Hebegeschirr ausbessern lassen; außerdem
hatte ich »Ragnas« Luken erweitert und ihr selbst, die mit ihren
siebzig Jahren nicht weniger verläßlich war als jedes andere
beteiligte Schiff, einen sorgfältigen Teeranstrich verpaßt, zusammen mit dem Jungen, der – so schien es mir – gerade zur
rechten Zeit nach Hause gekommen war. Sven kam immer dann
nach Hause, wenn er wieder einmal seine Untauglichkeit für
einen gerade begonnenen Beruf entdeckt hatte, aber diesmal
glaubte ich ihn nicht nur halten, sondern auch davon überzeugen zu können, daß man mit Ausdauer und Glück leben kann
von dem, was man vom Grund der See heraufholt; jetzt, mit
diesem Riesenprojekt am Horizont, bot sich ihm doch eine

Gelegenheit zu erkennen, was die Steinfischerei immer noch wert war.

Der Junge:
Sein erstes Angebot lautete gleich auf halbe-halbe, obwohl ich mit weniger zufrieden gewesen wäre; schließlich brachte er außer der »Ragna« auch alle nötigen Kenntnisse und Erfahrungen ein, und er wußte besser als jeder andere, wo die tonnenschweren Brocken lagen, ohne Peilung, einfach so, als ob er sich in einem Garten und nicht auf See bewegte: Hier, hier schmeiß mal den Anker weg. Daß er mir soviel anbot, lag gewiß nicht allein an seiner pedantischen Gerechtigkeit oder gar daran, daß er auch einen rechtmäßigen Vorteil nie ausnutzen konnte, ohne ein schlechtes Gewissen vor sich herzutragen; vielmehr hatte ich das Gefühl, daß er mich mit dem unerwartet hohen Angebot ködern wollte, zu bleiben und in seine Schuhe hineinzuwachsen. Vielleicht aber wollte er, daß ich blieb, weil ja nun Elisa da war, sie mit ihrer Gürtelsammlung und dem ewigen Druck auf den Schläfen, diese Frau, die auf seine Annonce hin angereist kam mit ihrem gesamten Besitz, der aus zwei Koffern und mehreren Schachteln bestand. So unvermutet sie seine Witwerschaft beendete, so wenig änderte sie seine Gewohnheiten und Eigenarten, vielleicht unterließ sie auch jeden Versuch dazu, nachdem sie gemerkt hatte, wem sie da auf eine durchaus nicht vielversprechende Annonce ins Haus geschneit war – in unser gekalktes Haus mit den viel zu kleinen und zu zahlreichen Kammern. Man muß erlebt haben, wie mein Alter ihre behutsame Herablassung ertrug und den Spott und diese seufzende Geringschätzung, mit der sie fast alles bei uns bedachte: den zu alten Herd, die beiden launischen Kachelöfen, die zu steile Stiege, die Betten, die Möbel, das Geschirr, die Eßbestecke, besonders die Eßbestecke, die sie noch jedesmal erschrocken musterte, bevor sie sie benutzte. Als sie erfuhr, daß unserer Küste ein Hafen für die großen Eisenbahnfähren zugesprochen wurde, bat sie mich, nachzufragen, ob nicht auch ein Restaurant und ein Hotel geplant seien; sie ließ nicht durchblicken, warum sie das wissen wollte; vielleicht interessierte sie sich nur deshalb dafür, weil sie selbst einmal verantwortlich in dieser Branche gearbeitet hatte und nicht aufhören konnte, uns von dieser Zeit zu erzählen – in einer Art, daß wir schließlich glauben mußten, dies sei ihre große Zeit gewesen. Er zumindest, mein Alter, erwog ausdauernd das Erzählte und legte es so aus, daß Elisas Aufenthalt auf

unserer Halbinsel einen Abstieg für sie bedeutete und ihre Anwesenheit in unserem Haus ein Opfer. Sie schliefen in getrenn-
ten Kammern, und sein wichtigster Anspruch an sie bestand
darin, immer und überall heißen Kaffee bereitzuhalten für ihn,
den unersättlichen Kaffeetrinker. Als im Mai die endgültige
Entscheidung fiel und wir die »Ragna« teerten und für den
großen Einsatz ausrüsteten, ließ er sie dreimal am Tag mit Kaffee zum Liegeplatz kommen und sah ihr schon immer ungeduldig entgegen, wie sie wiegend die flach gebuckelte Düne herab-
kam, jedesmal mit einem anderen Gürtel um und in Schuhen,
die niemand außer ihr auf der Halbinsel trug oder hätte tragen
wollen: hochhackige Schuhe in künstlichen Farben. Da sie die
Sonne nicht ertragen konnte, tranken wir den Kaffee im Schatten der Bordwand und ließen es uns gefallen, wenn sie bren-
nende Teerspritzer von unseren nackten Schultern rieb; widerwillig übrigens und mit gehörigem Abstand.

Die Frau:
Das alles blieb in seiner Annonce unerwähnt: die Abgelegenheit
hier; der ständige Wind, der auf die Schläfen drückt; der Flug-
sand, der auch bei geschlossenen Fenstern ins Haus dringt; das
Fehlen eines Badezimmers; und nicht zuletzt er selbst, Johannes Willesen: seine Pedanterie, seine herrische Schweigsamkeit,
die verdammte Genügsamkeit, die er schon fand, wenn er steif
auf dem unbequemen Stuhl am Fenster hockte. Da er es sich
nicht aus der Hand nehmen ließ, das Haus zu führen – nicht
einmal nach unserer sogenannten Hochzeit war er bereit, mir
mehr von den monotonen Pflichten hier zu überlassen –, hatte
ich manchmal das Gefühl, daß er mich nur deshalb auf die
Halbinsel geholt hatte, weil meine Gegenwart sein Haus kom-
plettieren sollte wie ein unentbehrliches Möbel. Ein Gefühl zu
zeigen erschien ihm offenbar als Zeitvergeudung, und ich hätte
ihn mitunter schütteln können vor Verlangen, ein Wort der
Zustimmung zu erfahren oder auch nur eine Geste der Unzu-
friedenheit. Mein Verhältnis zu ihm war nur ein bißchen ver-
trauensvoller als das zum großen Eßtisch. Mein Gott, und seine
Geschenke: zwar schleppte er immer etwas an, wenn er für
einen Tag in die Kreisstadt mußte, aber die Dinge, die er mir
stumm überreichte, konnte ich allesamt nur in eine Schachtel
legen: mehrere wollene Kopftücher, einen überlangen Schal, der
jeden Mantel entwertet, eine klotzige Bernsteinkette, die sofort
Nackenschmerzen hervorrief, oder – obwohl ich ihm meine

Sammlung von Gürteln gezeigt hatte – diesen bestickten Leib-
gurt aus Leinen, der allenfalls zum Trachtenkostüm einer Sieb-
zigjährigen gepaßt hätte. Daß er eines Gefühls fähig war, bewies
er dann aber doch, als die Entscheidung über den Fährhafen
fiel: er, der keinen Wert auf Besuch legte, lud sich zwei Männer
ins Haus, die mich lediglich mit gehemmter Freundlichkeit be-
grüßten und dann in seiner Kammer verschwanden, wo sich
bald ein Lärm erhob wie in einem vollbesetzten Lokal. Ich
durfte ihnen von Zeit zu Zeit heißes Wasser bringen für ihren
Grog – Pausen, in denen der Lärm sich wie auf Stichwort legte
und in denen sie selbst mich belustigt und zudringlich anstarr-
ten; da fühlte man sich von ihren Augen ausgezogen. Sven
nahm nicht daran teil; er war wie immer bei seiner Lieblingsbe-
schäftigung: auf dem Bett liegen, nur im Turnhemd und in
seinen karierten Hosen, und rauchen. Manchmal sagten sie mir
daß ich zuviel rauchte, aber nachdem der Junge nach Hause
gekommen war – zur Zeit, doch ohne daß man ihn gerufen hätte
–, brachte er uns bei, daß man bei einem wirklich leidenschaftli-
chen Raucher kaum mit dem Lüften nachkommt. Obwohl wir
anfangs kaum miteinander sprachen, empfand ich seine Anwesenheit als Erleichterung. Ich weiß noch, wie er hinter der zer-
zausten Hecke auftauchte, im schwarzen Hemd mit den hellen,
karierten Hosen; er hatte einen dünnen, vernickelten Eisenstab
bei sich, den er propellerhaft über die Finger laufen ließ. Wir
lachten, bevor wir ein erstes Wort sprachen, und dann sagte ich
Sven, nicht wahr? – und er darauf, nach einer Weile: Dann steh
ich wohl vor Elisa? Du kannst von heute ab ruhig Du zu mir
sagen, sagte ich, und er wieder: Genau das hatte ich auch vor.
Erst danach gaben wir uns zum ersten Mal die Hand.

Der Mann:
Schon im Ruderhaus, wenn er den Kurs hielt, den ich ihm
angab, trug der Junge Handschuhe, lederbesetzte Arbeitshandschuhe, die er sich von seinem Vorschuß gekauft hatte, und die
behielt er an, solange er an der Winsch stand und die triefenden
algenbesetzten Brocken übers Luk dirigierte. Kaum aber hatten
wir am Abend an unserem weit hinausgezogenen Steg festgemacht, da streifte er sie ungeduldig ab, klemmte sie hinters
Steuerrad, und mit dieser Geste schien er nicht nur die Arbeit
hinter sich zu lassen, sondern auch auszudrücken, welch ein
Verhältnis er zu ihr hatte. Dabei konnte ich mich auf ihn verlassen: wie er den alten Stockanker wegwarf; wie er mir die Sicher-

heitsleine umband, bevor ich runterging und auf dem nackten Grund die Klaue über die Steine brachte; wie umsichtig er die eingesackten Steine aus ihrem Bett brach und langsam und gleichmäßig aufhievte; wie berechnet er sie einschwenken ließ und dann mit Zug und Stoß über das Luk fierte, wo er sie nicht einfach ausklinkte, sondern nach bedachtsamer Ökonomie türmte und stapelte – all das machte den Jungen zu einem Partner, dessen Wahl ich, soweit es um seine Arbeit ging, nicht zu bereuen brauchte. In der ersten Zeit verhielt er sich auch gegenüber dieser Frau so, daß ich annehmen mußte, er teile zumindest meine Enttäuschung und meine Bekümmerung, und zwar vor allem dann, wenn sie sich mit ihrer Herablassung äußerte über die Dinge in diesem Haus. Als sie wieder einmal verstört auf das – zugegeben, etwas schwere – Besteck hinabsah und sich nicht entschließen konnte zu essen, sagte Sven ruhig: Heute hast du Mutters altes Schlachtmesser erwischt; und als sie sich wieder einmal – mit den Fingerspitzen die Schläfen beklopfend – darüber beschwerte, daß die engen, lichtarmen Kammern geradezu schmerzhaft auf ihr lasteten, hob Sven wortlos einige Türen aus, stieß die Fenster auf und hakte sie fest gegen den Widerstand des Windes. An einem Wochenende kam der Junge dazu, wie sie die ovalen Kirschholzrahmen von der Wand hob und versuchte, ziemlich verblaßte Familienfotografien gegen Stiche auszutauschen, die sie aus einem Kalender löste und zurechtschnitt – Szenen von Fuchsjagden in England. Sven hob die Fotografien auf, brachte sie in die Rahmen zurück und sagte nur: Die bleiben, ist das klar? Dann verschwand er ohne Gruß, doch am Montag früh war er noch vor mir am Anlegesteg.

Der Junge:
Nur er, nur mein Alter allein wußte, wo sie vor drei- oder sogar vierhundert Jahren ein künstliches Riff angelegt hatten, um fremde Schiffe stranden zu lassen. Vertraut mit den Strömungen hinter der Halbinsel, hatten sie in geduldiger Hoffnung auf Beute ihre Falle errichtet, hatten mit ihrem Überfluß an Zeit jahrelang Steine auf dem Grund der See geschichtet, bis knapp an die Oberfläche, aber immer noch so, daß die Farbe des Wassers sich nicht allzu verräterisch veränderte. Dort also, wo sie einst Schiffe stranden ließen, lag alles, was wir suchten, eine unterseeische Bank von Steinen, die wir nur abzutragen und hinüberzusegeln brauchten zu den schwimmenden Werkstätten, wo Rammen und Bagger und Pontons friedlich vertäut

lagen und zunächst nur für den Plan zeugten, den man für diesen Teil der Küste entworfen hatte. Niemand wunderte sich über die Zügigkeit, mit der wir Fracht um Fracht heranschleppten, man schrieb sie uns gleichgültig gut und beachtete uns nicht weiter, selbst wenn wir dreimal am Tag dort aufkreuzten. Er war fast immer unten, mit dem gebrauchten Tauchgerät, zog die Klaue über die großen Brocken, gab das Signal, und während ich den Stein anhievte, bemaß er schon den nächsten. Mich ließ er nur zweimal runter, und zwar weniger, um ihn abzulösen, sondern weil er mir eine Gelegenheit geben wollte, das Abmessen und Einpicken zu probieren, wie man den Greifer festsetzt, so daß der Stein ohne Risiko gelüftet wird und sich in der Klaue nicht bewegt oder, was noch schlimmer wäre, zu drehen anfängt und zurückstürzt. Schön waren die Tage im Juni, wenn die See glatt war und nur unmerklich dünte und wir abends nach Hause liefen unter den hallenden Schlägen des alten Motors, der uns nie im Stich ließ. Manchmal stand Elisa auf dem Anlegesteg, um uns abzuholen; sie winkte angestrengt und ausdauernd, und einmal sagte mein Alter: Nicht mal das will ihr gelingen: das Winken! Wenn sie sich dann bei ihm einhakte und beide vor mir hergingen – er übertrieben aufrecht, sie mit wiegendem Schritt, der aus der Hüfte fiel –, da mußte man sie einfach für zwei Boote halten, die sich bei ungleichem Seegang fortbewegten. Wer von unseren Leuten sie so zusammen gehen sah, blieb, sobald er sie passiert hatte, stehen, blickte ihnen nach und wußte nicht, ob er sich über meinen Alten wundern oder über Elisa den Kopf schütteln sollte. Dabei konnte man sich durchaus an sie gewöhnen, selbst an ihre Gürtel und an das Gestöhne über den Druck auf ihren Schläfen; mir zumindest ging es so, während mein Alter gar nicht oder nur sehr selten und obendrein verschlüsselt zu verstehen gab, daß er sich mit ihr abgefunden hatte. Wie der sich erregen konnte, wenn einer von unseren Leuten mal eine Anspielung machte oder wenn er im Hafenbüro ein nicht einmal ironisches Kompliment zu hören bekam! Woran ich mich nicht gewöhnen konnte, das waren ihre unaufhörlichen Schritte auf unserem Steinfußboden, dies Tacken, Klicken und Hämmern, dem man einfach nachlauschen mußte, wenn man für sich auf dem Bett lag und rauchte. Und noch weniger konnte ich mich daran gewöhnen, daß sie uns bei jeder Gelegenheit zu verstehen gab, wie mies und gering und kleinkariert alles bei uns war. Als ich einmal ohne anzuklopfen in ihr Zimmer trat, in dem sie sich gerade umzog, produzierte sie einen Überraschungsschrei, der auf weißwas hätte schließen lassen können, und für weiter nichts als dies nannte sie mich einen »blinden, ungehobelten Bock«. Es gelang mir, sie mit einem Päckchen Zigaretten zu versöhnen.

Die Frau:
Er sah selbst ein, daß dieser Weg für mich zuviel war: der heiße Trampelpfad zwischen den Dünen; an der dörrenden, vom Mehltau heimgesuchten Weißdornhecke entlang; die gewundene, schattenlose Straße hinab bis zum Hafenbaubüro. So erließ er es mir, ihn zu begleiten, doch es war nicht allein Besorgnis, die ihn darauf bestehen ließ, daß ich mich hinlegte; er gab gleichzeitig eine Spielart seiner Korrektheit preis: wenn ich schon nicht imstande war, ihn zu begleiten, durfte es keine Zwischenlösung geben, ich wurde verurteilt, mich hinzulegen. Und hinlegen hieß bei ihm ins Bett, unter dies lastende, angstmachende Zudeck, unter dem sich der Puls wie von selbst beschleunigt. Da ich nicht mitkonnte, blieb mir nur dies übrig, und ich lag und hörte die Hitze in den Balkendecken knacken und schlief wohl auch ein wenig, da der Schatten des Fensterkreuzes auf einmal über der Waschkommode lag. Wie ruhig Sven sich im Haus verhielt, nie hörte man ein Geräusch von ihm; wenn man wissen wollte, ob er da sei, mußte man ihn schon rufen. Er war bereitwillig, alles zu tun, worum man ihn bat, aber er wollte jedesmal gebeten werden, er kam einfach nicht von selbst darauf, auch mir ein Glas Saft zu bringen, wenn er sich selbst eins holte. Nachdem ich geschlafen hatte – die Spannung über den Schläfen war erträglicher – bat ich ihn, mir ein Glas Saft zu bringen, und er tat es und stellte das Glas Saft auf den Schemel an meinem Kopfende. Er war schon unterwegs zur Tür, da sagte ich wohl etwas über das Zudeck, nicht über den verwaschenen Bezug, sondern, was ja zutraf, über das erdrückende Gewicht, das einem den Atem benahm, und vermutlich wunderte ich mich darüber, wie man in diesem Haus klaglos eine solche Zudecke hatte ertragen können. Da blieb er stehn und drehte sich um. Da spannte und verengte sich etwas bei ihm, und ich sah, wie auf seinem Gesicht ein Ausdruck äußerster Gereiztheit entstand. Wenn's dir nicht gut genug ist, sagte er, dann laß doch Küken schlachten, die Küken von Eidergänsen, und rupf sie, und stopf dir selbst ein Bett. Und wenn du das getan hast, dann laß doch endlich gleich dein herrschaftliches Geschirr nachkommen, und die Bestecke und die Schränke

und dein ochsenblutfarbenes Badezimmer, und wenn du dann deine gewohnten Sachen hier versammelt hast, wirst du hoffentlich aufhören zu meckern. Ich war so überrascht über seinen Ausbruch, daß ich ihn nur ganz allgemein davor warnte, in diesem Ton mit mir zu sprechen. Und da kam er zurück, lächelte gemein und so auf undurchdringliche Weise versöhnlich und sagte: Nun hör mir mal zu, Elisa, und dann breitete er ein Wissen über mich aus, das er nicht nur heimlich gesammelt, sondern auch lange genug mit sich herumgetragen hatte. Ich kenne das Lokal, in dem du aufgetreten bist, sagte er – »Zum Doppelpunkt«, hieß es nicht so? –, und ich kenne einige deiner Freunde und all die Sachen, für die du gut warst, und wenn ich mir das alles genau ansehe, muß ich mich doch wohl fragen, welch einen Grund du hast, hier so erhaben zu tun und die Königin zu spielen. Dann setzte er sich auf die Bettkante und lächelte spöttisch und sah mich nur an. Dann, auf einmal, fragte er, wo das altmodische Zudeck zu schwer sei, über den Beinen, über dem Bauch oder über der Brust. Dann nahm er meine Hand und stand auf, und ich glaubte, er wollte zur Tür gehen, aber plötzlich beugte er sich über mich, und ich warf den Kopf zur Seite – das half nicht – und stemmte mich abwehrend gegen ihn – das änderte nichts; und zuletzt suchte ich seinen Blick und erkannte in ihm nichts als eine grenzenlose Entschiedenheit.

Der Mann:
Und auch das kam mir wie ein zusätzliches Zeichen seines gestiegenen Eifers vor: daß er auf einmal, wie ich, ohne Handschuhe arbeitete. Nicht nur, daß er die »Ragna« gewissenhafter als sonst aufklarte, daß er – was unsere Abmachung keineswegs vorsah – noch nach Feierabend das Hebegeschirr reparierte: sein ganzes Verhältnis zur Arbeit steigerte sich, wurde näher, bestimmter und wohl auch begeisterter. Und er redete nun auch über die Arbeit, überschlug etwa, was die unterseeische Steinbank noch hergab, und machte Entwürfe für den übernächsten Winter, in dem die neue Mole, von den Stürmen bearbeitet, sacken und sich setzen sollte mit ihrer vierzehn Meter breiten Sohle, die sich nach oben bis auf drei Meter verjüngte. Doch je gesprächiger er mir gegenüber wurde, desto beharrlicher schwieg er in Gegenwart dieser Frau, ich beobachtete oft genug, wie er, wenn wir beim Essen saßen, ihrem Blick auswich und seine Befangenheit loszuwerden versuchte durch vorgespieltes Behagen an der Mahlzeit. Dennoch war er immer bereit und als

Träger zur Verfügung, wenn sie zu den Kaufleuten mußte, die ihre Wagen nicht bis zu uns herausschickten. Wenn ich am Fenster saß und las – in jenen Wochen hatte ich mir vorgenommen, alle hundertachtzig Bücher wiederzulesen, die mein Vater sich zusammengeholt und hinterlassen hatte –, sah ich sie oft davongehen und beladen zurückkehren; meist nahmen sie den Strandweg, der doch einen Umweg bedeutete. Sie schien nun die Sonne leichter ertragen zu können, und wie sie sagte, ließ auch der Druck auf ihren Schläfen etwas nach. Was mich bedrückte, machte ihr keine Sorgen: daß sie schmaler wurde und unstet und auf eine unerwartete Weise bescheiden.

Der Junge:
Es zeigte sich, daß sie eine sehr gute Schwimmerin war. An der kleinen Bucht, weit genug vom Haus entfernt, immer nur auf dem Rück-, nie auf dem Hinweg, zogen wir uns aus und stiegen über die runden, glatten Steine bis zu dem Sandstreifen hinaus, dort schwammen wir, sie mit hochgebundenem Haar, ohne Angst vor Quallen. Später, nachdem ihre Haut sich an die Sonne gewöhnt hatte, ließen wir uns vom Wind trocknen, bevor wir die Tüten und gefüllten Netze und Kartons aufnahmen und nach Hause gingen. Manchmal unterbrachen wir unseren Weg unter den verkrüppelten Strandkiefern oder in dem Autowrack oder, was aber seltener geschah, am zerrissenen Rand einer Kiesgrube; immer war sie es, die das Zeichen gab. Wenn wir dann heimkamen, strengte er sich jedesmal an, den Eindruck zu vermeiden, als habe er auf uns gewartet. Niemals legte er es darauf an, uns nach unserer Rückkehr mit Blicken abzufragen oder sich nach etwas zu erkundigen, selbst wenn wir für den Weg die doppelte Zeit brauchten, die er selbst gebraucht hätte. Auch nachdem er uns an der kleinen Bucht zufällig beim Baden überrascht hatte – und so wie ich ihn kenne, war es ein Zufall –, fiel kein weiteres Wort; er kam von den Werkstätten zurück, wo er einen Gummischlauch für »Ragnas« Kühlwasser geschnorrt hatte, und als er unser abgelegtes Zeug entdeckte und die im Schatten lagernden Waren, lud er sich stillschweigend auf, soviel er tragen konnte; er ging uns voraus und saß bei den Büchern, als wir ankamen. Daß er dennoch etwas spürte und auf seine Art versuchte, Klarheit zu gewinnen, bewies er mir an dem Tag, als der alte Rasmussen, der allein und auf eigene Rechnung nach Steinen fischte, mit seinem Seelenverkäufer »Wilhelmina« zum fünften Mal in Seenot geriet – wonach er wiederum

Grund hatte, eines seiner sonderbaren Jubiläen zu feiern. (Er selbst hatte mir erzählt, daß er alle Jahrestage seiner sechs Verwundungen feierte.) Obwohl der Wind nur in Stärke vier die See bearbeitete, setzte Rasmussen das Notsignal; seine Steinladung war verrutscht, und er hatte bei offener Luke an die zehn Tonnen Wasser übernommen. Der Motor der »Wilhelmina« war stehengeblieben, die Lenzpumpe ausgefallen. Wir gaben ihm eine Schlepptrosse rüber und zwangen ihn, den Anker zu slippen – weswegen er später nur maulte und sich bei meinem Alten nicht einmal mit einem Handschlag bedankte. Obwohl seine hölzerne »Wilhelmina« vollgeschlagen und ich davon überzeugt war, daß sie uns wegsacken würde, manövrierte mein Alter so geschickt vor dem Wind, daß wir Peelmünde erreichten, wo die Fischer uns beim Festmachen mit mehr Anerkennung als Spott bedachten. Nachdem wir festgemacht hatten, rief er mich zu sich und beauftragte mich, mit einer Taxe nach Hause zu fahren, nur um Elisa zu sagen, was geschehen war und wohin es die »Ragna« verschlagen hatte. Er wollte die Nacht allein an Bord schlafen und am nächsten Tag zurückkehren. Ich meine, in ungetrübten Zeiten hätte er es sich nicht nehmen lassen, diese Nachricht selbst zu überbringen.

Die Frau:
Allmählich begriff ich, daß seine Annonce für mich zur Falle wurde: beide begrenzten sie. An einem Ende stand er, Johannes Willesen, stand da mit seiner eigensinnigen Korrektheit, mit seiner Pedanterie und der unablässigen Bereitschaft, für alles Verantwortung zu tragen, was er sein eigen nannte, also auch für mich, für die er sich zuständig fühlte von dem Augenblick an, in dem ich die Halbinsel betrat; und am andern Ende stand Sven: unsicher, leidend unter dem Austausch hastiger Umarmungen und mit Furcht erkaufter Berührungen, auch unter seiner Unentschlossenheit leidend, da er – und ich selbst konnte ihm ja nicht raten – einfach nicht wußte, was er tun sollte, um die Zeit der Verstellung zu beenden. Einmal allerdings zeigte ich ihm einen Ausweg, das heißt, ich deutete ihm an, was getan werden könnte, ausgerechnet an meinem Geburtstag. Dieser Geburtstag! Sie hatten nur eine Fahrt gemacht mit der »Ragna« und kamen hintereinander vom Anlegesteg herauf und wuschen sich und zogen sich um; dann brachte mir jeder sein Geschenk: er ein Tischfeuerzeug, das mit Bernstein besetzt war – mehrmals wies er auf die eingeschlossenen Insekten hin –, und der Junge

ein Paar Ohrklips, die mir zwar gefielen, die ich aber dennoch nicht anlegen würde. Wir tranken Kaffee, und ich bemühte mich, beiden Geschenken die gleiche Aufmerksamkeit zu widmen und über die quälende Kaffeestunde zu kommen, als der Besuch erschien, als wahrhaftig Frank Pomella auftauchte hier in der Einsamkeit. Bis heute weiß ich nicht, wie er meine Spur aufgenommen und verfolgt hatte, jedenfalls, es war seine verlegene Stimme, ich hörte ihn nach mir fragen und hörte Johannes, der ihn trocken bat, einen Grund für diesen Besuch zu nennen, und dann bat er ihn ins Haus und beide verschwanden in einer Kammer. Sven nahm meine Hand, er versuchte, mich an sich zu ziehen, kurz und heftig wie immer, wenn wir einen Augenblick allein waren; er verstand sofort, wie sehr dieser Besuch mich betraf. Er spürte, daß etwas geschehen war, was alles in diesem Haus verändern könnte, und während er mich erschrocken und fragend anstarrte, hatte ich das Gefühl, vor einem kleinen Gewässer zu stehen, das abgelassen wurde: ein dunkler Grund kam zum Vorschein, schlammige Buckel und Kraut und die verrotteten Reste eines gesunkenen Boots vielleicht. Ich gehe mal nachsehn, sagte Sven, ich geh' einfach hinüber, und frag' den Alten, ob ich ihm seinen Kaffee bringen soll, dann wissen wir, worüber die reden. Nein, Sven, sagte ich, du brauchst nicht hinüberzugehn; wenn Frank Pomella irgendwo auftaucht, dann wird über eine einzige Sache gesprochen: über Geld. Nur frag mich nichts, frag mich jetzt bitte nichts. Wie sollte ich ihm antworten auf seine hastigen, besorgten Erkundigungen; ich saß nur da, lauschte weniger zur Kammer hinüber, in der sie saßen und verhandelten, als vielmehr auf meine eigene Unruhe, und blickte auf die Tür.

Endlich hörten wir den Abschied auf dem Flur, und dann kam Johannes zu uns, sein erster Blick galt dem Kaffee, vermutlich hätte er kein näheres Wort über den Besuch verloren, wenn ich ihn nicht gefragt hätte: Einig? Seid ihr euch einig geworden? Er winkte ab, er sagte: dieser Mann hat mir einen Schuldschein vorgelegt mit deiner Unterschrift; ich bin dafür aufgekommen. Das sagte er gleichmütig, mit einer – wenn auch nur angedeuteten – wegwerfenden Handbewegung, so als ob er sich von allem, was er erfahren hatte, bereits wieder getrennt hätte. Am Abend ging er Sprudel holen und doppelten Weizenkorn, und ich bestand darauf, ihn auf der Bank vor dem Haus zu erwarten. Da sagte ich zu Sven, daß man alles gut wählen müsse; ich sagte: Auch der Augenblick, in dem man seine Zelte irgendwo abbricht, muß gut gewählt sein. Er nahm die Andeutung nicht auf.

Der Mann:
Konnte ich denn etwas anderes annehmen als seinen Vorsatz? Mußte ich nicht glauben, daß auch dieses Äußerste zu seinem Plan gehörte, einfach, weil er genug gespürt und mitbekommen hatte, und doch wohl nicht im Zweifel darüber sein konnte, daß ich mehr wußte, als ich bereit war zuzugeben? Schließlich gehörte nicht viel dazu: ein kleiner Druck, um die Sperre zu lösen, und ein kleiner Zug, der die Klauen des Greifers öffnete. Nein, ich hatte nicht angefangen, mit dieser Möglichkeit zu rechnen, das muß ich zugeben, auch an dem Tag nicht – bläulicher Dunst trieb über dem Wasser –, als es geschah. Er half mir, wie jedesmal, beim Anlegen der Taucherausrüstung, und ich ging, wie jedesmal, runter zu der unterseeischen Steinbank und blickte hinauf und sah, wie die Klaue den welligen Spiegel der Oberfläche zerbrach bei ihrem schäumenden Eintauchen. Sie sank mir nach, ich packte sie, schlug sie, waagerecht schwebend, über einen Stein, an dessen Algenbärten die Strömung zerrte, gab das Zeichen mit der Leine, der Stein ruckte, lüftete sich, schwebte an meinem Gesicht vorbei nach oben: ein grummelnder Laut, ein kurzer Gewitterlaut, und er lag im Bauch der »Ragna«. Stein um Stein pickte ich ein, schickte ihn auf kleine Himmelfahrt, nicht systematisch, da uns der Reichtum der unterseeischen Bank kein systematisches Abräumen auferlegte. Wir räumten und räumten, bald müßte der Junge das Zeichen geben, da entdeckte ich das glimmende Ungetüm, einen Brocken von mehreren Tonnen Gewicht, scharfkantig, bearbeitet offenbar zu dem Zweck, den Kiel eines hölzernen Schiffes aufzuschlitzen. Kaum konnte ich die Klauen des Greifers über ihn bringen, sie faßten nicht genug, sie beklemmten nur den Stein, doch das genügte offenbar, er ruckte und richtete sich auf und schwebte langsam empor, während die Winsch oben trocken fauchte und hechelte. Ich sah ihm nach, wie er durch die Oberfläche brach, stellte mir das Erstaunen des Jungen vor; dann kochte das Wasser über mir, schäumte von all dem, was von dem Brocken zurücktroff, und blasige Ringe entstanden. Jetzt wird er einschwenken, dachte ich, da wurde es dunkel über mir, das Wasser schwappte gewaltsam auf, und ich spürte nichts als einen heftigen kalten Druck, und dann riß es mich zurück, so schmerzhaft und über den Kopf, daß ich die Bewegung nicht ausgleichen konnte.

Mich hatte der vorauslaufende Druck des Steins wie selbstverständlich weggeschleudert, aber die leichte Signalleine, die ich um die Hüfte trug, hatte er mit seinen scharfen Kanten mitgenommen und dort festgeklemmt, wo er aufgeschlagen war, so daß alle Signale, die ich hätte geben wollen, am Stein endeten. Doch da dies schon geschehen war, brauchte und wollte ich kein Signal geben. Er hatte sich viel angeeignet in all den Wochen an Bord, aber dies schien er immer noch nicht zu wissen: daß ein stürzender Stein keine Gefahr darstellt für den Mann am Grund, da der vorauslaufende Druck jeden Körper zur Seite schleudert. Aber nach allem, was geschehen war, ließ ich ihn in dem Glauben, daß er es geschafft hätte; ich schnitt mich von der Signalleine los und glitt, ohne zu zögern, an der Steinbank entlang in Richtung zum Ufer. Einmal schien es mir, als ob an der Unglücksstelle ein Gegenstand blasentreibend eintauchte, es kann auch ein Körper gewesen sein, seiner vielleicht, und vermutlich bei dem Versuch, sich vom Resultat zu überzeugen.

Der Junge:
Nein, es war nicht meine Absicht, obwohl einige – und auch Elisa – es annahmen: schon als der mächtige Stein ausbrach und triefend einschwenkte, sah ich, wie unsicher er in den Klauen hing, und dazu begann er langsam zu kreisen, worauf ich die Winsch sogleich drosselte. Dann fiel er zurück, schlug mit seinem ganzen Gewicht ein, schickte Blasen und Schlamm zur Oberfläche. Ich sprang von der Winsch zur Signalleine, zog, gab das Zeichen einmal und noch einmal, spürte, aber wollte nicht spüren, daß auf meinen fragenden Zug ein entschiedener Widerstand antwortete, das Gewicht des Steins, der die Signalleine beklemmte. In meinen Kleidern tauchte ich, zog mich an der Signalleine hinab, ertastete den Stein; sonst war nichts auszumachen. Ich holte den Anker ein und warf den Hilfsmotor an, ich lief allein zurück und meldete das Unglück im Hafenbaubüro, wo sie gleich eine Barkasse mit einem Berufstaucher auf den Weg brachten. Da ich die Signalleine nicht gekappt, sondern an einer kleinen Plastikboje befestigt hatte, fanden wir die Unglücksstätte sogleich wieder; der Berufstaucher wurde runtergeschickt, suchte den Grund systematisch ab, kam schon bald wieder herauf und sagte mit ruhiger Stimme, daß mein Alter nicht in der Nähe des Steins lag, daß es ihn aber dennoch erwischt haben müßte und er »irgendwie abgetrieben sei«. Hier liegt ja 'ne ganze Mole unter dem Wasser, sagte er außerdem.

Nachdem wir die See in der Nähe abgesucht hatten, liefen wir zurück, und ich ging zu Fuß nach Hause in fremdem Arbeitszeug, das sie mir im Hafenbaubüro geliehen hatten, meine nassen Sachen trug ich in der Hand. Dieses Erschrecken hatte ich nicht vorausgesehen: als sie mir gegenübersaß, als ich ihr erzählte, was geschehen war, preßte sie ihre Finger auf die Schläfen, zitterte, biß sich auf die Unterlippe, ihr Kopf pendelte abwehrend hin und her. Sie ertrug nicht die leichteste Berührung. Wie sich ihre Pupillen weiteten! Sie konnte nur einen Satz wiederholen: Du hast es getan, du hast es also getan. Meine Antworten schienen sie nicht zu erreichen in der Tiefe ihrer Verstörtheit. Sie blieb einfach sitzen und überhörte und übersah alles, rührte nichts an von dem, was ich ihr anbot, und spät mußte ich sie in ihre Kammer führen. Am nächsten Morgen fand ich sie, wie sie in ihren Kleidern auf dem Bett lag und regungslos auf die gerissenen Balken der Decke starrte. Mir blieb nichts anderes übrig, als sie zu allem zu zwingen, was durch das Unglück notwendig geworden war: gemeinsam ließen wir ihn als vermißt melden – vermißt auf See –, gemeinsam zogen wir zu den verschiedenen Behörden, und auch seinen Nachlaß sahen wir gemeinsam durch in den folgenden Tagen und staunten darüber, was er in seiner unerhörten Genügsamkeit zusammengebracht und uns hinterlassen hatte. Ursprünglich hatte er verfügt: zwei Drittel für sie, ein Drittel für mich; das hatte er später berichtigt und – ich weiß nicht, warum – uns mit halbe-halbe bedacht. Das aber konnte nicht der Grund ihrer Erschütterung sein, da sie diese und manche andere Eröffnung nur unbeteiligt zur Kenntnis nahm und nicht aufhörte, unter jeder Berührung zusammenzuzucken oder zu wimmern ohne äußeren Anlaß. Als ich ihr an einem Abend beibrachte, daß ich die »Ragna« nach Hause holen, mir einen Macker nehmen und die Steinfischerei fortsetzen wollte – jeden Tag lag jetzt die »Wilhelmina« des alten Rasmussen an unserer unterseeischen Steinbank –, schloß sie sich in ihre Kammer ein, doch dann, als wir von der Arbeit zurückkamen und am Anlegesteg festmachten, stand sie auf einmal am Strand, um mich abzuholen.

Die Frau:
Auch für ihn, auch für Sven, war es nicht das, was er sich gewünscht hatte: mit mir allein zu sein in diesem Haus. Seine Unruhe und Gereiztheit wurden nicht geringer mit der Entfernung vom Unglück. Es gelang ihm niemals mehr, zu genügsa-

mer Untätigkeit zurückzufinden, auf dem Bett zu liegen und zu rauchen. Manchmal an Sonntagen fuhr er allein mit der »Ragna« hinaus, ankerte dort, wo es geschehen war, setzte das Beiboot aus und ruderte zur Küste und suchte die leere Küste ab – gerade so, als könnte oder wollte er sich nicht zufrieden geben. Wenn er mir leid tat mitunter, versuchte ich ihn zu trösten, doch diese Versuche mißlangen und endeten mit seiner gesteigerten Reizbarkeit. Und wie sollte ich ihn auch trösten, da ich von seinem Vorsatz überzeugt war! Andererseits stellte er einmal mit Genugtuung fest, daß die Eintragung »vermißt auf See« einige Jahre so bestehen müßte, ehe man an eine Todeserklärung denken könnte; damit wollte er wohl eine Hoffnung durchschimmern lassen. Ich möchte nicht sagen, was geschehen wäre, wenn an einem dieser Tage Frank Pomella angeklopft und versucht hätte, mich zur Rückkehr zu überreden – in diesen Tagen, die ich vor allem damit zubrachte, die kümmerlichen Beete mit einer Kante aus schwarzgrauen Feuersteinen einzufassen. Sven fragte nicht mehr nach seinem Besuch, er verzichtete auf manches, ohne daß es zwischen uns ausgemacht worden wäre, und ich täuschte mich gewiß, wenn ich gelegentlich dachte, daß er vor meiner Tür zögerte. Ich konnte seine Berührungen nicht vergessen, doch ich fürchtete mich vor ihnen. Ich wagte einfach nicht, sehr weit vorauszudenken und dem, was uns eines Tages erwartete, mit einem Entwurf zu begegnen. Nur eine Sicherheit entstand: das Zusammenleben in diesem Haus konnte keine Dauer haben.

Der Mann:
Zurückgekommen bin ich nicht, um mir meine Vermutungen bestätigen zu lassen – ich hatte ja längst Gewißheit genug –, sondern weil das, was geschehen war, ausgeglichen und zu gleichen Teilen getragen werden mußte. Nachdem meine Entscheidung gefallen war, konnte ich auf jede Vorsicht verzichten, ich ging einfach zum Haus hinauf, betrat es, ohne anzuklopfen, suchte, da niemand sich meldete, in allen Kammern und sah dabei, was sie verändert hatten seit meinem Fortgang. Als die Frau vom Strand heraufkam – sie trug einen Eimer mit Feuersteinsplittern –, ging ich ihr bis zur Hecke entgegen, nahm ihr Handgelenk und zog sie ins Haus und forderte sie auf, sich an den Ecktisch zu setzen. Da ich alles vorausgesehen hatte – ihr Erschrecken ebenso wie ihre Verblüffung und, gewissermaßen unterlegt, so etwas wie eine ratlose Freude, rührte ihre Reaktion

mich nicht. Ich ließ keine Frage gelten, lehnte Erklärungen ab, beschränkte mich nur darauf, auf die Rückkehr des Jungen zu warten. Der kam nach einer Weile pfeifend ins Haus und fragte mehrmals laut an, ob er sich Zigaretten leihen könnte; die Frau jedoch antwortete nicht, und so stieß er, auf der Suche nach ihr, die Tür auf und sah mich: das gleiche Erschrecken, die gleiche verwirrte Freude, und dann eine Geste, die sich wohl zur Umarmung erweitern sollte, doch sie blieb unausgeführt, offenbar, weil meine Entschiedenheit sie nicht zuließ. Auch in seinem Fall ließ ich keine Fragen gelten. Nun, da wir zusammen waren, forderte ich sie auf, mit mir an Bord der »Ragna« zu gehen, ich selbst warf die Leinen los, und dann fuhren wir hinaus zu der unterseeischen Steinbank und warfen Anker auf dem alten Platz. Sie merkten, daß ich in allem einem Plan folgte, doch nach einigen Versuchen gaben sie es auf, etwas von mir zu erfahren, und führten nur mißtrauisch meine Anweisungen aus. Sie wagten nicht, sich zu widersetzen, selbst als ich meine Absicht bekanntgab, das glimmende, scharfkantige Ungetüm heraufzuholen, den Stein, der mir zugedacht war, wechselten sie nur einen besorgten Blick, der Junge legte das Tauchgerät an, und ich band ihm die Signalleine um und fierte die Klaue weg, nachdem er getaucht war. Er fand den Stein, er brachte den Greifer über ihn und ließ die Klauen zupacken, und danach muß er wie ich einst aufgesehen und den Brocken beobachtet haben, wie er pendelnd emporschwebte und durch die Oberfläche brach. Das stürzende Wasser wusch an ihm entlang, als er auftauchte und sich hob bis zu dem Punkt, an dem er eingeschwenkt werden mußte. Ich stoppte das Spill, winkte die Frau heran, ließ sie die Sperre lösen und sogleich auch den Zug tun, der die Klauen des Greifers öffnet. Sie tat es skeptisch, ohne die Wirkung vorauszusehen, und dann stürzte der Stein mächtig aufschwappend zurück und schickte schaumige Spritzer bis zu uns hinauf. Um Himmels willen, sagte sie, um Himmels willen, was ist denn nun geschehn? Ich löste die an die Reling gebundene Signalleine und warf sie über Bord; danach zog ich das Beiboot heran, unter dem Vorwand, das Wasser abzusuchen, sprang hinein und stieß ab und ruderte mit dem Wind, mit der Strömung davon. Ihr Rufen hörte auf, schließlich auch ihr Winken mit dem weißen Tuch.

Der Junge:
Bis zuletzt hatte ich geglaubt, er wollte nur etwas feierlich de-

monstrieren, so auf seine Art, und das heißt, daß man im Tun etwas begreift und das Grundsätzliche mitlernt. Deshalb war ich nicht allzu erstaunt, als er mich runterschickte und mir eigenhändig die Signalleine umband; allerdings merkte ich auch, daß das, was ich tat, Teil eines größeren Planes sein sollte, doch das war erst an der Bordwand, als er mich ohne Schlag verabschiedete. Der Stein, den wir gemeinsam heben wollten, lag mit seiner Schmalseite nach oben, die Klauen faßten gut und hielten ihn so sicher, daß er, wenn man die Sperre nicht vorsätzlich löste, niemals zurückstürzen könnte. So blieb ich an der Stelle und blickte ihm nach, sah ihn bewegungslos als zerlaufenden Schatten über der Wasseroberfläche, bis er auf einmal zurückfiel. Ich versuchte, zur Seite wegzugleiten, und noch in der Bewegung, die mich kaum in Sicherheit gebracht hätte, spürte ich den vorauslaufenden Druck wie eine ungeheure Faust, die mich herumriß und wegschleuderte, soweit die Signalleine es nur zuließ. Ich schnitt mich los, schwamm zurück in den blasigen Aufruhr an der Absturzstelle, wo Algen und Schaum und Grundsand durcheinandertrieben, und ertastete den Stein. Ich ahnte, wer die Sperre gelöst hatte, glaubte zu verstehen, was hier hätte geschehen sollen, und während ich, waagerecht am Stein hängend, »Ragnas« plumpen Schatten absuchte und erkannte, wie der geringe Schatten des Beibootes sich entfernte, begriff ich auf einmal die Gelegenheit: sachte bewegte ich mich auf das Ufer zu, immer mehr weg von »Ragna«, immer sicherer vom Beiboot. Dort am Ufer hatte sich der Weißdorn schon den Strand erobert. Es hatte zu dämmern begonnen.

Die Frau:
Er war es, der mich aufforderte, die Sperre zu drücken, und er war es, der mir die Reißleine gab. Ich hab' doch nur das getan, was er von mir verlangte, ich wußte ja nicht, was geschehen würde. Sie ließen mich einfach allein an der Unglücksstelle, allein auf diesem schwarzen Schiff, das ich haßte, vom ersten Augenblick an, und ich mußte eine Nacht dort aushalten, ehe der alte Rasmussen mich fand, mich dort liegen sah. Man braucht mich nicht zu fragen, ich weiß nur eins: ich werde fortgehen von hier, wo alles fremd geblieben ist – diese Küste und dieses Haus und diese Leute mit ihrer Undurchdringlichkeit und Kälte. Ich weigere mich einfach, darüber nachzudenken, was geschehen ist; oh, und ich könnte es auch gar nicht, da ich den Druck auf meinen Schläfen schon jetzt kaum aushalten

kann. Es schlingert einfach, alles schlingert unter mir. Aber etwas werde ich tun, ich werde die Annonce vernichten, die er damals aufgegeben hat und auf die ich hierher kam. Ich weiß, daß sie mich jetzt fragen werden, aber welche Antworten bleiben mir denn? Ich muß doch zugeben, daß ich die Sperre gedrückt und an der Reißleine gezogen habe, und da er schon wieder oder immer noch als auf See vermißt gilt, werden sie feststellen, daß nur ich allein es getan haben kann.

1973

Achtzehn Diapositive

Was ihr hier seht, ist unsere Fähre »Prinz Hamlet«; ich muß das Bild wohl noch etwas schärfer einstellen; die Leinwand könnte auch noch etwas tiefer hängen; ich mach' das schon, Eva, achte du nur darauf, daß Eugen und Thea etwas zum Trinken haben, und zum Knabbern natürlich ... »Prinz Hamlet«, und dennoch pünktlich, entschlossen, genau nach Plan ... Mit fünftausend-vierhundert Tonnen ist dieses weiße Schiff vermessen ... Und diese winkenden zweiundfünfzig Kilo an der Gangway, unter der Baskenmütze, das ist Eva ... Natürlich winkt sie *mir* zu, ich stehe am Kai und mache gerade die Aufnahme, kurz vor Ab-fahrt des Schiffes ... Bitte, den Tropfenbug zu beachten, der nach den neuesten hydrodynamischen Forschungsergebnissen gebaut wurde, und das glatte abgeschnittene Heck sowie die verkleideten, eleganten Aufbauten ... Falls einer von euch mal hinüber möchte ins alte, geliebte England: diese Fähre ist wirk-lich zu empfehlen. Ihr gondelt bei einem doppelten Whisky die Elbe hinunter, nehmt gemächlich Abschied von den grünen Luftspiegelungen der norddeutschen Heimat, verschlaft nach einem Abendessen, das in jedem Fall besser ist, als es die mittel-mäßigen Gegner Englands behaupten, die wie immer kabbelige Nordsee, und am Morgen legt ihr in Harwich an ... nicht um sechsuhrfünfundvierzig oder um siebenuhrzehn wie die skandi-navischen Fähren, deren Ankunftszeiten offenbar von Männern bestimmt werden, die selbst unter Schlaflosigkeit leiden ... Hier geht ihr um halb neun von Bord, mit Fruchtsäften gestärkt, mit Porridge und Kippers ... Eva war so begeistert, daß sie be-schlossen hat, England nie mehr auf einem andern Weg zu errei-chen – sie war gerade zum ersten Mal drüben ... Als ich damals zurückkam – mein Gott, wann war das: nach der Eisenzeit wohl –, also wenn ich an die Fähre denke, die sich im Herbst sechsundvierzig von Harwich nach Hoek mühte – eine Art »Mayflower« im Vergleich zur »Prinz Hamlet« ... Auch was die Gefühle anging ... Keiner konnte schlafen ... Ja, also »Prinz Hamlet«, das Schiff, das uns hinübertrug.

Und hier – leider sehr undeutlich – seht ihr ein Bild von unserer Ankunft, das ganz schlicht sensationell genannt werden kann: Eva vor der Paßkontrolle ... Vermutlich ist die Unschärfe dadurch zu erklären, daß auch das überraschte Objektiv meiner Kamera blinzeln mußte ... Fällt euch nichts auf, Eugen? ... Das ist richtig, bedien dich nur selbst, Eis steht in der Schüssel auf dem Hocker ... Ihr müßt den Blick etwas heben zum oberen Bildrand ... Immer, schätzungsweise aber seit Wilhelm dem Eroberer, hat England die Ankommenden zweigleisig empfangen und abgefertigt: hier Einheimische – dort Fremde ... Dabei möchte wohl niemand entscheiden, wer bevorzugt behandelt wurde. Und nun – die Tradition hat ihre schwarze Börse erlebt, seit England der Europäischen Wirtschaftsgemeinschaft beigetreten ist ... Jetzt wird jeder zu den Einheimischen gezählt, der das Glück hat, im Gebiet des Gemeinsamen Marktes zu wohnen ... Seht ihr das neue Schild über der Paßkontrolle ... Du warst ja lange genug drüben, Eugen, du kannst den Wandel ermessen ... Das verkleidet wirkende Ehepaar neben Eva übrigens, die beiden, die da so bang lächeln: eine Bauernfamilie aus Holstein. Ein englischer Farmer, der als Kriegsgefangener auf ihrem Hof arbeiten mußte, hatte sie eingeladen ... Im Unterschied zu Australiern und Kanadiern durften auch sie den Ausgang für Einheimische benutzen.

Nein, das ist Speakers' Corner, das kommt später; erst einmal diese Aufnahme, durch das Abteilfenster, aus dem fahrenden Zug; obwohl sich die Häuser gleichen, obwohl man hier in Verlegenheit käme, wenn man den ersten Preis für Trostlosigkeit zu vergeben hätte: mein altes, zugiges Fenster entdeckte ich sofort, dort im dritten Stock ... Stallgeruch vermutlich ... Das Pappstück oben links dürfte neu sein, aber der Rahmen zum Wäschetrocknen – man hängt ihn ein und sichert ihn mit zwei Flügelschrauben – stammt garantiert noch aus meiner Zeit .. Mein altes Fenster, an der Rückfront des Schachtes, der zum Bahndamm hin offen ist ... Im Gegenteil, Thea – in den ersten Monaten war es eine befremdliche, eine erregende Aussicht: die matt blinkenden Geleise abends, bevor die Nebel kamen und alle Regungen und Geräusche entweder verbargen oder verdünnten – ich nannte das meine »Dickens-Stunde« ... Oder wenn – an Sonntagnachmittagen – alle Dinge, wie auf Verabredung, ihre Farbe einbüßten oder in diesem Londoner Licht eine neue Farbe annahmen, nämlich die Farbe der Trostlosigkeit: ich nannte das die »Loewenberg-Stunde«, nach einem jungen Dichter, der mit seinem einäugigen Vater im Nebenhaus wohnte, beide Emigranten wie ich ... Hier wohnte er, und manchmal las

r mir vor ... Oder wenn altmodische Lokomotiven erstaunlich
ange Züge vorbeischleppten – beinah jedesmal fühlte ich mich
versucht, die Anzahl der Waggons zu erraten, bevor ich mich
ans Zählen machte; manchmal schloß ich sogar Wetten mit mir
selbst ab ... Ganz recht, Eugen, das waren dann schon die
ersten Zeichen dafür, daß ich mich einzugewöhnen begann. Ich
nehme an, dir wird es in der Nähe vom Belgrave-Square ähnlich
gegangen sein ... Natürlich haben, vom Zug aus gesehen, alle
Vorstädte etwas Trostloses, aber das Gefühl inspirierender und
unüberbietbarer Trostlosigkeit – das erlebst du nur bei der Ein-
fahrt nach London.

Ja, und hier: der Gegenschuß, das Haus von der Vorderseite –
ich habe die Bilder in eine bestimmte Reihenfolge gebracht.
Diesmal hatte Eva die Hand am Auslöser ... die beiden Männer
vor dem imposanten Spalier der Abfalltonnen: Charles und ich,
mühelos zu erkennen; ich überreiche meinem ehemaligen
Hauswirt gerade ein Päckchen schwarzen krausen holländischen Tabak, seinen Lieblingstabak. Er war Lehrer an einer
Abendschule, gab Geschichte und Heimatkunde – viele Eisen-
bahner waren seine Schüler; im ersten Weltkrieg wurde er bei
dem Versuch verwundet, das Maskottchen seiner Einheit einzu-
fangen, einen Ziegenbock ... Charles, unser »Mascot-Major«,
der sich vornehmlich von Cornflakes und Tee ernährte ...
Nachdem sie mein Asylgesuch anerkannt hatten – es war gar
nicht so leicht damals, denn als Redakteur einer Arbeiterzeitung
billigten sie mir nicht den notwendigen Grad von Gefährdung
zu – von der Sammelstelle also machte ich mich auf zu Charles
Sullivan ... Wißt ihr, mit welchen Worten er mich begrüßte?
Jeder ist willkommen in meinem Haus – vorausgesetzt, daß er
es übernimmt, einmal in der Woche meine Tiere zu füttern ...
Was er hatte? Also ganz sicher lebten mit ihm in seinen anderthalb Zimmern Katzen, Zierfische, Vögel und ein junger Kai-
man, der am liebsten Bleistifte fraß ... Schaut euch die Haar-
fülle an, und Mr. Charles Sullivan ist über siebzig ... Sein Sohn
übrigens, ein Waffeningenieur, erfand für die Royal Navy eine
Spezialmine; Charles setzte ihm so lange zu, bis er seine Erfindung »vergaß« ... Was mich an ihm störte, was insbesondere
da an ihm störte, Ida Ehrlichmann, die an Wochenenden stun-
denlang beherrscht weinte – so ein ruhiges, trockenes Weinen,
das darauf schließen ließ, daß sie ein distanziertes Verhältnis zu
ihrem Schmerz hatte: seine Förmlichkeit ... seine mechanische

Anteilnahme und Förmlichkeit ... Wenn du Charles mit der unvermeidlichen Erregung anvertraut hättest: ich habe leider meinen Bruder erschlagen müssen – er hätte gewiß nicht mehr gesagt als: Oh, I see ... Als Ida einmal, erstaunlich genug, an einem Wochentag weinte – es war, als die Verbindung mit ihrer Mutter in Breslau abriß – glaubte Charles nach ihr sehen zu müssen, es lag ihm nicht daran, den Grund ihres Leids zu erfahren, er wollte lediglich seine Anteilnahme ausdrücken, und so sagte er: Sorry ... Machst du mir auch ein Glas, Eugen? Mit zwei Stückchen Eis, bitte; der Bildwerfer läuft ganz schön heiß ... Also alles in allem wohnte ich hier dreieinhalb Jahre ... In einem Archiv, Thea; nach einigen Kurierdiensten gaben sie mir Arbeit in einem Zeitschriften-Archiv: ich hatte internationale Berichte über Flüchtlingsprobleme auszuwerten ... Übrigens ihr könnt euch überzeugen: die gesamte Installation lag wirklich außerhalb des Hauses ...

Wer kennt dieses Bild nicht: Trafalgar Square ... Eugen weiß natürlich sofort, wo mein Standort war ... Und da, ganz verschattet, unter einer Wolke von Tauben, das ist Eva; vor lauter Schreck ließ sie zwei Tüten mit Futter fallen und flüchtete .. Schaut euch die beiden Polizisten an; sie sehen aus, als ob sie Beschwerden der Tauben entgegenzunehmen hätten.

Wenn du weiter erklären willst, Eva ... Nein? ... Ja, und hier seht ihr noch einmal den Trafalgar Square, den Springbrunnen aus dem Tauben sehr geschickt trinken und in den manchmal junge Leute springen – Bedingung einer Wette ... Hier am Brunnen lernte ich Cynthia kennen, meine erste Frau, das heißt ich hielt sie fest, während sie sich auf Geheiß eines sonderbaren Polizisten – eines nur hier möglichen Polizisten – das Gesicht kühlte ... Sie hatte etwas zuviel getrunken. Eugen wird euch bestätigen, daß man in England nicht betrunken in der Öffentlichkeit erscheinen darf ... Cynthia fiel mir sofort auf, nicht allein deswegen, weil sich wie immer die Farbe ihres Rockes mit der des Pullovers und der Jacke stritt – eine Antwort auf die dauerhafte Trübnis ihrer Straße –, sondern weil sie sich in weichem Schlingergang, eine Hand auf der Steinbrüstung, auf den Polizisten zubewegte und den Blick zur Spitze der Nelson Säule erhoben, mehrmals flüsterte: Komm runter, verdammt noch mal, komm doch runter ... Es war im Herbst achtund dreißig; du warst noch im Lande, Eugen ... Ja, ich weiß, bi zum Juni neununddreißig bliebst du hier ... Der Polizist, die Hände auf dem Rücken, ließ Cynthia sacht an sich auflaufen; die offizielle Frage, das konnte ich erkennen, war schon erarbeitet. Er fragte tatsächlich: Welche Gründe haben Sie dafür vorzubringen, daß Sie angeheitert in der Öffentlichkeit erscheinen? Worauf Cynthia ziemlich sachgemäß antwortete: Ich sah gerade die Wochenschau im Kino. Ich hoffe, wir stimmen darin überein, daß die Vorgänge auf dem Kontinent es rechtfertigen, einige Gläser mehr als üblich zu trinken. Oder ist Ihnen das nicht Grund genug? Der Polizist dachte nach, bewertete den Grund, war offensichtlich zufrieden, empfahl dann aber doch: Für alle Fälle sollten Sie sich ein wenig Kühlung verschaffen, am besten dort, im Brunnen ... Ich hielt Cynthia fest, während sie sich das Gesicht kühlte, der Brunnen blieb lange Zeit unser Treffpunkt ... Was meinst du, Thea? O ja, wir haben sie gesehen, Eva bestand sogar darauf, nicht wahr, Eva? Und wie du sagst, habt ihr euch gegenseitig geschätzt, Cynthia und du ... Allerdings haben wir sie nicht zu Hause besucht; wir trafen uns in einem Lokal, das sich »Khyber Pass« nannte und wo einem schon beim Anblick der Speisen der Schweiß ausbrach ... Cynthia lebt mit Ida Ehrlichmann zusammen, sie betreut sie ... Sagt dir eigentlich dieser Name etwas, Eugen? Nicht?

So, und das ist nun wieder Speakers' Corner, aufgenommen an einem Sonntagvormittag ... Der lockenköpfige Redner, der sich gerade zu Eva hinabbeugt, machte ihr den Vorschlag, Vizepräsidentin einer »Weltbewegung für totalen Liberalismus« zu werden, so gut fühlte er sich von ihr verstanden ... Nein, nein, diese Polizisten sind nicht dazu da, die glimmenden Zündschnüre von Revolutionen an Ort und Stelle auszutreten; sie achten nur darauf, daß die Taschendiebe nicht allzu erfolgreich werden ... Wie bitte? Ja, ich weiß, Eugen, daß sich einer deiner ersten Artikel, die du damals als Korrespondent geliefert hast, mit den Hyde-Park-Rednern beschäftigte ... Obwohl es mir schwerfiel: auch ich hab' mich amüsiert ... Dein Witz machte die Geringschätzung versöhnlich; deine Verachtung für die Debatte wurde doppelbödig durch die Heiterkeit – einfach weil du einen unerfahrenen Taschendieb über seine Erlebnisse in einem politischen Quassel-Zoo schreiben ließest ... Du siehst, ich erinnere mich noch daran ... Sicher, Thea, du hast völlig recht: Eugen hatte es nicht leicht als Korrespondent, er mußte sozusagen im Spagat schreiben, hier Erwartungen berücksichtigen, dort den eigenen Vorbehalt kenntlich machen. Ich will gern glauben, daß ich in meinem Archiv weniger Risiken lief als Eugen: als anerkannter Emigrant war ich gewissermaßen frei; er aber lief an langer Leine, die der für ihn zuständige Mann in der Botschaft in der Hand hielt ... Nein, Thea, ich unterschätze weder die Gefahr, in der Eugen sich als Sonderkorrespondent ständig befand, noch die Dürftigkeit der Mittel, mit denen er sich von den Mächtigen zu Hause zu distanzieren versuchte ...

Eben, Eugen: Schreiben auf des Messers Schneide, das war es damals ... Nimm ruhig aus der neuen Flasche ... Und du, Thea, du mußt unbedingt die Schinkenspieße probieren, und die gefüllten Oliven natürlich ... Etwas weiter unten am Hyde Park kannst du übrigens Bilder kaufen, selbstverständlich nur an trockenen Tagen, Sonntagsmaler ... War dein Büro nicht irgendwo in der Nähe? In der Shaftesbury Avenue? Ach richtig, das hast du mal erzählt.

Und hier – nein, dieser Vogel steht auf dem Kopf –, hier habt ihr einen der Original-Tower-Raben: Eva wagte nicht, ihm längere Zeit ins unbewimperte Auge zu sehen; Cynthia, meine erste Frau, mochte ihn nicht nur, es war ihr Lieblingsvogel – und zwar nicht allein, weil er klug und beredsam ist, sondern weil er etwas vorführt: daß nämlich jeder Versuch, durch Würde zu beeindrucken, ins Lächerliche gerät ... Natürlich wollte Cynthia wissen, was ich jetzt treibe, und ich erzählte ihr von deiner Agentur, Eugen – sie kannte sie seltsamerweise nicht –, und daß du mich beteiligt hast ... Jedenfalls, ein durch und durch literarischer Vogel.

Warum wir dieses Bild gemacht haben – weißt du's noch, Eva? ... Wie ihr seht, es ist die rote, bestickte Tracht eines Fremdenführers im Tower ... Die blaue Knollennase, das fleischige Gesicht: vermutlich gehören sie einem ehemaligen Feldwebel, der die Geschichte zum Rapport befiehlt und ihr beweist, daß sie keinen Gesetzen folgt, sondern nur dunkler Gewalt und romanhafter Machenschaft ... Wie der redet, gestikuliert, demonstriert: da gewinnt Geschichte auf einmal eine schlimme Glaubwürdigkeit – was schon dadurch bewiesen wird, daß man sich vor ihren Richtstätten in Gelächter rettet ... Ich weiß nicht, es muß wohl auch an den Kostümen liegen, daß man auf einmal das Gefühl hat, alles hat sich wirklich ereignet, ich muß mich darum kümmern ...

Nein, Thea, ich brauche jetzt einen soliden Schnaps – aber bedien dich ruhig und schenk auch Eugen nach ... Ihr könnt euch vorstellen, welch ein Aufsehen entstehen mußte, als eines Tages ein unbekannter Fremdenführer im Tower auftauchte, ein zarter, dunkeläugiger Mann, der Englisch mit bayerischem Akzent sprach ... In der Uniform der »Yeoman Warders« zog er sogleich die Besucher auf sich und sprach mit leidenschaftlicher Ergriffenheit – weniger über die dunkle Romanhaftigkeit der Geschichte ... Er demonstrierte ihr unheilvolles Gesetz: wenn in einer bestimmten Lage die bestimmten Bedingungen zusammentreffen, dann entsteht mit Notwendigkeit dieses voraussagbare Resultat ... Er sprach im Tower über die Lage in Deutschland ... Die hiesige Geschichte nahm er zum Anlaß, um auf die jüngsten Exzesse in seiner Heimat hinzuweisen ... Heimsohn ... Michael Heimsohn, ein brillanter Historiker, der als Emigrant in unserem Archiv arbeitete, neben mir ... Natürlich, Thea, kann ich dir sagen, warum er es tat: er wollte die Aufmerksamkeit verschärfen und glaubwürdig klingen ... Was er in gelegentlichen Vorträgen nicht erreichte – als Fremdenführer im Tower gelang es ihm; freilich nur so lange, bis man seine List entdeckte ... Entschuldige, Thea, aber ich verstehe nicht, warum du dich so erregst ... Wir sehen uns doch nur einige Dias an ... Aber ich bitte dich: wie kannst du sagen, daß hier jemand unwillkürlich angeklagt werden soll ... Es gab eben zwei Seiten; Eugens Schicksal bestand darin, auf der einen Seite zu stehn, und meins, auf der andern Seite ... Schicksal ist schon zuviel: Leute wie wir haben kein Schicksal, allenfalls Lebensläufe, und die zwingen uns mitunter auf verschiedene Sitzplätze ... Aber weshalb denn? Weshalb fühlst du dich schon gereizt, wenn ich so etwas feststelle ... Nun mußt du aber eingreifen, Eugen, mit dem klärenden Wort, das wir von dir gewöhnt sind ... Du mußt Thea recht geben? Ja, verdammt noch mal, woran liegt denn das? Ihr braucht euch doch nicht zu verteidigen: selbstverständlich weiß ich, was es bedeutete, zu Hause zu bleiben, unter den Luftangriffen zu leben, mit Ersatzstoffen, oder gar eingezogen zu werden, und dann, wie du, Eugen, einen Arm zu verlieren ... Ich führe euch doch nur Bilder vor von einer Reise, die Eva und ich in diesem Herbst gemacht haben ... Mittlerweile muß doch jeder ein erträgliches Verhältnis zu seiner Vergangenheit gefunden haben ... Das ist eine gute Idee, Eva ...

Ein neues Bild, und was ihr seht, ist Soho bei Tag – das einzige Vergnügungsviertel, das, so scheint mir, bei Tageslicht mehr preisgibt als bei Nacht ... Deinen großen, bebilderten Bericht, Eugen, habe ich übrigens noch im Gedächtnis ... Was Soho heißt? Es war wohl der Kampfruf eines Raubritters, der diese Gegend einmal für sich beanspruchte ... In Soho erkennt man nämlich am Tag – und nur am Tag –, mit welcher Bereitwilligkeit dieses England ganze Flüchtlingsgenerationen aus aller Welt aufgenommen hat. Und gleichzeitig erfährt man die feine Abschätzigkeit, mit der ein Ausländer bedacht wird ... Das da vorn ist ein Delikatessengeschäft, daneben eine marokkanische Kneipe, und wiederum daneben eins der teuersten Restaurants der Stadt – »Christopher Colombo«. Über dem Delikatessengeschäft – die Schilder im Hausflur sind leider nicht zu sehen – kannst du nicht nur holländischen und französischen, sondern auch persischen und algerischen Privatunterricht nehmen .. Wenn ich mich recht erinnere, Eugen, hast du damals ziemlich kritisch über Soho geschrieben ... Zigaretten liegen auf dem Hocker, gleich neben dir ... Ironisch gerichtet hast du Soho – vielleicht ohne zu wissen, daß es hier, in diesem Delikatessenladen, die beste deutsche Leberwurst zu kaufen gab, besser noch als in Hamburg ... Cynthia, meine erste Frau, war so begeistert, daß sie mich einmal bat, einen ganzen Kringel mitzubringen, scheibchenweise verteilte sie ihn an ihre Schützlinge als Belohnung ... Sie war Kindergärtnerin, ja ... Und auch heute – trotz allem, was geschehen ist –, wenn sie heute in der Nähe zu tun hat, vergißt sie nie, sich in diesem Laden ein Stück Leberwurst zu holen ... Stell dir vor, sagte sie einmal zu mir, wenn ihr euch nur auf solche friedlichen Spezialitäten konzentriert hättet ...

Und hier, Eugen weiß natürlich sofort, wer hinter diesem Bretterzaun seine geladene Armbrust in Richtung Soho hebt: Eros selbstverständlich, sein Standbild ist das Wahrzeichen von Piccadilly Circus ... Ich bin froh, daß ich euch den Anblick ersparen kann – das Denkmal ist von erlesener Scheußlichkeit, hingegen verdient der Bretterzaun jede Aufmerksamkeit ... Nein, das Denkmal wird nicht gerade restauriert; die Bretter stellen eine vielsagende Schutzmaßnahme dar ... Wogegen? Gegen nationale Begeisterung, gegen Freude, die sich gewaltsam äußern muß ... So ist das hier: wenn zum Beispiel die Nationalmannschaft ein begeisterndes Fußballspiel liefert, gerät die Nation aus dem Häuschen und Eros in Gefahr; darum muß der Knabe geschützt werden, vorsorglich ... Frag die Psychologen, warum Eros hier büßen muß, sobald ein Anlaß zu nationaler Begeisterung besteht ... Geradeaus, Eugen, und dann die letzte Tür links; ich hab' das Licht im Bad brennen lassen ... Dort übrigens, in dieser Imbiß-Scheune – es gibt hier etliche davon – haben Cynthia und ich nach der Trauung gegessen, zusammen mit unseren Trauzeugen: Charles Sullivan, meinem Wirt, und Ida Ehrlichmann, die sich ausnahmsweise selbst zwei Stunden freigegeben hatte ... Warum? Weil sie beinahe zweihundert Kunden hatte, denen sie nichts anderes als ihre Zeit und Teilnahme anbot – ältere, alleinstehende Menschen zumeist, die sie einmal in vierzehn Tagen besuchte und die noch dringender auf sie warteten als auf den Milchmann ... Unser Komitee, sie hatte in unserem Komitee freiwillig diese Aufgabe übernommen, eine magere, dunkelhäutige Frau, die sich, wie ich erfuhr, heimlichen Exerzitien unterwarf mit dem Ziel, in ihrer Anteilnahme nicht zu ermüden und das Erfahrene als verpflichtenden Besitz zu behandeln ... Cynthias Familie? Das kann ich dir sagen, Thea: Cynthias Vater war Kapitän auf einem Fischdampfer, ein wohlhabender Mann. Als er erfuhr, wen Cynthia zu heiraten beabsichtige, schickte er ihr ein Beileidstelegramm, für das er sich allerdings während des Krieges entschuldigte ... Gut, daß du wieder da bist, Eugen, wir wollen uns gerade ein neues Bild zu Gemüte führen ... Und den Namen von Ida Ehrlichmann hast du wirklich noch nie gehört? Ja, du sagtest es bereits.

Dies Bild hat Eva gemacht, es muß der St. James Park sein – nein, es ist wieder der Hyde Park ... Eigentlich müßtest du erzählen, Eva, was dich hier so reizte ... Eben, es sind nicht nur die Uniformen dieser englischen Nannies, es sind die drei ungetümen Kinderwagen, die die strengen Kindermädchen zu einer Art Wagenburg zusammengeschoben haben ... Und wenn ihr genauer hinseht, entdeckt ihr an jedem dieser Wagen eine kleine, goldene Krone, was soviel heißt, daß ihr plärrender, gepuderter, vermutlich in nassen Windeln liegender Inhalt von adligem Geblüt ist: beachtet mich, zwar scheiße ich in die Strampelhose, doch alsbald werde ich unweigerlich einen bekannten Namen erben ... Ganz recht, Eugen, wenn das kein Klassenbewußtsein ist ... Nein, es ist mir nicht bekannt, daß du damals auch über den englischen Adel geschrieben hast ... Unterdrückt? Sie haben deinen Artikel unterdrückt? Das wundert mich nicht; schließlich gab es da einige seltsame Sympathien; ich habe selbst eine Photographie gesehen, die einen gewissen Herzog von Windsor mit einem gewissen Robert Ley zeigt, ausgerechnet mit dem Leiter der Arbeitsfront.

Dies Bild wollte ich nicht zeigen, ich weiß gar nicht, wie es in den Stapel geraten ist ... Du vermutest richtig, Eugen: es ist das Albert Memorial in den Kensington Gardens ... Meinst du, Eva? Aber ich fürchte, das wird Thea und Eugen kaum interessieren ... In der Tat seht ihr nichts anderes als das Albert Memorial, ein reitendes Paar, Schläfer auf dem Rasen; hier in der Nähe geschah einmal ein Unglück, es war zur Zeit der Invasion ... Cynthia wollte mit ihren Kindern die Straße überqueren, sie achtete immer darauf, daß alle sich an den Händen hielten, doch einige rissen sich los, und ein Lastwagen der Armee konnte nicht mehr rechtzeitig bremsen ... Der Schock war so groß, daß sie fast ein halbes Jahr im Hospital blieb, kaum sprach, und wenn, dann nur über Schuld ... Ja, so war es auch: in ihren Augen traf die Schuld keinen einzelnen, sondern den Krieg, und dieser war nach ihrer Ansicht ...
Wie meinst du, Thea? ... Ich glaube, dies ist keine Gelegenheit, zu vergleichen, ein Unglück gegen das andere auszuspielen, eine Not an der andern zu messen ... Ich weiß, daß beim großen Bombardement von Hamburg viele Kinder verbrannten. Aber spürst du denn nicht, daß wir von verschiedenen Heimsuchungen sprechen? ... Zählen die Ursachen denn gar nicht mehr? ... Nein, Eugen, ich versuche nicht, die Opfer zu unterscheiden und für einige mehr zu beanspruchen als für andere. Ich frage mich nur, ob es zur gleichgültigen Geschäftsordnung der Geschichte gehört, daß wir die Opfer ein zweites Mal sterben lassen, in dem wir darauf verzichten, Schuld zu übernehmen ... Einverstanden, darüber können wir mal bei anderer Gelegenheit sprechen.

Was sich auf diesem Bild so unscheinbar gibt: die »Straße der Tinte«, Fleet Street ... Hier also sind die Kollegen von der Presse zu Hause, die »siebente Weltmacht«. Soviel ich weiß, ist die angemessene Geschichte dieser Straße noch nicht geschrieben worden – oder täusche ich mich, Eugen? Ein mühsamer, ein geduldiger Weg vom Verbot aller Gazetten bis zur Pressefreiheit ... Den größten Widerstand übrigens sollen Kollegen gelei-

stet haben, die vom Staat bestochen worden waren, gekaufte
Schreiber und Schönfärber ... Welch eine Zeit muß das gewesen
sein, als auf dem ganzen Weg von Old Bailey bis zur Fleet Street
Reporter Posten bezogen hatten, um das letzte Urteil an der
Redaktion zu signalisieren – für die allerneueste Meldung ...
Jedenfalls, ich hatte die Ehre, Fleet Street als meine Adresse
angeben zu können ... Du auch, nicht, Eugen? Aber ihr wart
doch auf einen Informationsdienst abonniert damals? ... Eben,
dich muß doch der Beruf regelmäßig hierher geführt haben ...
Nein, im »Ye Olde Cheshire Cheese« war ich nie, aber ich habe
von diesem alten Pub gehört. Ida Ehrlichmann war manchmal
dort, sprach Zeitungsleute an, suchte sie für die Schicksale und
die Situation ihrer »alten Kunden« zu interessieren ... Sie erzählte mir von zähen Überredungsversuchen, die oft deshalb
erfolglos blieben, weil ihre Erzählungen »unrealistisch« schienen ... Wie mußte ihr zumute sein: sie, eine Sachverständige
der Not, deren Berichte gleichwohl unglaubwürdig wirkten ...
Hier, in diesem Pub, sind ihr auch ihre Listen abhanden gekommen ... Ich weiß, Eva, aber bisher gab es wohl keinen Anlaß,
dir davon zu erzählen ... Es waren die Listen mit den Adressen
all ihrer Schützlinge, dazu private Äußerungen über ihre Lage
und Tätigkeiten; ihr könnt euch vorstellen, was der Verlust für
sie bedeutete. Und ihr könnt wohl auch ermessen, wie es sie
traf, als einige ihrer »Kunden« anonyme Warnungen erhielten;
drohende Aufforderungen zum Wohlverhalten gegenüber der
alten Heimat ... Es war nicht möglich, Thea ... Sie hatte keine
Gewißheit, nur einen Verdacht ... Ich teile durchaus ihre Annahme, daß die Listen an die Botschaft gelangt sind ... Das
kann ich dir sagen, Eugen: sie trug diese Listen deshalb mit
sich herum, weil es im Haus von Charles Sullivan keine Schlüssel zu den Zimmern gab ... Du hast deine Zweifel, Thea?
Gut, dann will ich dir sagen, daß auch ich eines Tages eine
anonyme Warnung erhielt; man riet mir, meine »feindliche
Tätigkeit« im Archiv aufzugeben ... Aber warum wollt
ihr denn nichts mehr trinken? ... Eva, nötige doch mal ein
bißchen ...

Und hier seht ihr einen Straßenmaler, am Victoria Embankment
... Der Mann fiel mir deshalb auf, weil er – ihr könnt es erkennen – nur Straßenmaler malte, die ihrerseits auch wieder Straßenmaler malten ... Schaut euch die Beine der Zuschauer an,
die Mädchenbeine, die Männerbeine, schaut nur genauer: es ist

jeweils nur ein eigentümliches Bein, also müssen die Zuschauer einbeinig sein.

Eine historische Aufnahme, ja, dies ist ein Bild von historischem Wert, denn inzwischen wurde die »Windmill« abgerissen, einer der berühmtesten Unterhaltungsschuppen – Show-Programme waren die Spezialität der »Windmill«; und ihr Wahlspruch, der durch Kühnheit oder Wurstigkeit oder ganz einfach durch englischen Trotz legitimiert war, lautete: »Nie geschlossen« ... In deinem Aufsatz, Eugen – er hieß wohl: ›Was ist englisch an den Engländern?‹ –, hast du damals diesen glorreichen Trotz vergessen, der zu Unerwartetem befähigt. Ich wollte sagen: die »Windmill« hat ihren Wahlspruch während des Krieges erworben: nicht einmal der wütendste Bombenangriff beeindruckte die Direktion so sehr, daß sie sich zum Abbruch des Programms entschlossen hätte. Hier wäre die Schau weitergegangen, selbst wenn es Brandbomben geregnet hätte, und was ich über die Direktion gehört habe: die hätte es fertiggebracht, den Gästen zum Abschied noch warme Bombensplitter als Souvenir zu überreichen ... Nein, Thea, nicht sehr oft, vielleicht ein halbes Dutzend Mal ... Wann ich zuletzt dort war? Das kann ich sogar genau sagen: im Herbst sechsundvierzig, einen Tag, bevor mich die letzte Fähre von Harwich auf den Kontinent brachte ... mit Cynthia, ja, mit meiner ersten Frau ... Wir hatten gepackt, Abschiedsbesuche gemacht, zwei Plätze reserviert, alles war beschlossen und geordnet und abgesichert, und am letzten Abend, der uns auf der Insel geblieben war, gingen wir in die »Windmill« ... Wie immer, viele Soldaten, gute Musik, eine sehr freigebige und witzige Show ... Cynthia hatte offenbar nur einen Gedanken: sie fragte wohl schon fünften Mal, woran es liegen könnte, daß er überhaupt nicht älter werde; sie meinte einen sehr ernsten Zeitungsverkäufer, den wir schon seit Jahren kannten ... Wie bitte? Nein, Eva, das ist wohl zu privat ... Ach, nur den Abschied meinst du? ... Da habe ich auch nur Vermutungen – manchmal glaube ich sogar, daß alles anders verlaufen wäre, wenn wir nicht versucht hätten, den letzten Abend in der »Windmill« zu verbringen ... Cynthia stand auf einmal auf und nickte mir zu, während der Vorstellung, in dem Augenblick, als eine neue Nummer angekündigt wurde, die ›Katzenwäsche‹ hieß. Natürlich nahm ich an, daß sie gleich wieder zurückkehren werde, doch die ›Katzenwäsche‹ und zwei andere Nummern gingen vorüber, und ihr Platz blieb leer ... Sie saß zu Hause, auf dem Fensterbrett, rauchte, machte eine Geste gegen das Gepäck hin, gegen mein Gepäck ... Sie hatte ihre Koffer bereits wieder ausgepackt ... Mag sein, Thea, vielleicht auch Furcht oder Vorurteile, oder weil sie die Entdeckung gemacht hatte, nicht vergessen zu können; sie selbst erklärte es nicht und konnte es auch später nicht erklären. Sie war nur davon überzeugt, dem Leben hier nicht gewachsen zu sein ... Nein, sie machte zumindest keinen entschiedenen Versuch; sie sah ein, daß ich zurückkehren mußte, und am nächsten Tag bestand sie sogar darauf, mich zum Zug zu bringen. In diesem Augenblick wußten wir beide, daß mehr beschlossen war als nur meine Abreise.

Wollt ihr noch mehr Bilder sehen? ... Wir sind auch gleich am Ende, Thea ... Wenn du mich so fragst: die Lehre, die England jedem erteilt, besteht darin, daß nichts so dauerhaft, so langweilig und bekömmlich ist wie eine Ehe zwischen Vernunft und Erfahrung ... Was ist denn das? Eine Marktszene, ja, der berühmte Straßenmarkt in der Portobello Road ... Weißt du, Eva, warum wir den aufgenommen haben? Jedenfalls, Eugen kann euch bestätigen, wie sehr man in dieser Stadt darauf hält, unter Gleichen zu sein: gleichen Neigungen nachzugehen, von den gleichen Produkten zu leben, die gleiche Zunftsprache zu sprechen ... Die Ärzte, die die höchsten Rechnungen schreiben, zieht es wie selbstverständlich in die Harley Street; wer einen Luxusladen eröffnen will, denkt zunächst an die Bond Street; ein Zeitungsmann hält sich an die Fleet, und wer mit einer Botschaft zu tun hat, der ist über kurz oder lang auf Belgravia angewiesen ...

Ich weiß nicht, Thea, woran das liegt; vielleicht geheime Merkmale, Erkennungszeichen oder Hoffnungen; vielleicht aber auch das übereinstimmende Gefühl, Treibgut zu sein, Zeuge für die Gleichgültigkeit der Geschichte ... Auch die Not hat ihre Anziehungskraft, ihr Aroma ...

Wie ich das meine? In dem Haus, in dem Ida Ehrlichmann heute wohnt, leben außer ihr noch sieben Emigranten: gleiches Los drängt auf gleiche Adresse – so als müßte man sich mit Hilfe des Nachbarn der eigenen Wirklichkeit versichern, der gleichen Narben und Untröstlichkeiten ... Man versteht einander ohne Bedingungen. Und natürlich verstand jeder im Haus Ida Ehrlichmann, die eines Tages – man stelle sich vor: eine alte Frau von gesammelter Freundlichkeit – auf den Konsulatsbe-

amten schoß, der ihren Wiedergutmachungsantrag bearbeitete
... Ein junger Mann, der sich unbeteiligt in ihr Leben hinein-
fragte, der natürlich keine Rücksicht nehmen konnte auf die
Einzigartigkeit des Erlittenen ... Aus ihrem Stofftäschchen
holte sie ruhig einen Revolver hervor und schoß, ohne Schaden
anzurichten ... Cynthia erzählte, daß der Beamte sie an einen
Mann erinnerte, den sie mehrmals im »Cheshire Cheese« getroffen hatte ... Wie gesagt, sie hat sich ihrer angenommen ...
Aber warum denn so überstürzt, Thea? Seid doch nicht so über-
empfindlich, ich versteh' dich nicht – wo soll hier eine Anklage-
bank stehen? ... Es tut mir leid, wenn es dir so vorkommt, doch
hier macht niemand den Versuch, irgend jemandem ein schlechtes Gewissen beizubringen ... Entscheide du, Eugen: wir stellen das Ding jetzt ab und nehmen gemütlich einen zur Brust ...
Mein Gott: dir muß es doch ähnlich gehen: Bilder aus der Eisenzeit, unwirklich, kaum noch zu glauben ... Da kann man
nichts machen, wenn du dich erschöpft fühlst; dennoch, wir
bedauern sehr, daß ihr so plötzlich aufbrechen wollt ... Wie
meinst du das, Eugen? Natürlich hat jeder seine eigenen Erinnerungen ... Vielleicht Gegenerinnerungen, wie du sagst ... Also
ihr wollt nicht einmal austrinken? Schade ... Nein, Eva, ich
geh' schon mit zur Tür ... Nichts vergessen, Thea? Den Schal
vielleicht, wie am letzten Sonntag? Wieso denn; ich glaube, wir
haben ebensoviel zu bedauern.

Was sehe ich, Eva: du verschaffst dir wohl deine eigene Vorstellung ... Wenn mich nicht alles täuscht, unser alter Pub in der
Fleet Street, »Ye Olde Cheshire Cheese« ... Ich gebe zu, ich
hatte es vorhin bewußt ausgelassen und zur Seite gelegt ...
Schau dir die geschmiedete Laterne an und das alte Ornament
über der schmalen Tür: dort ist ihr passiert, was sie bis heute
nicht verwunden hat; dort sind Ida Ehrlichmann die Listen
ihrer »Kunden« abhanden gekommen ... Weiß ich, was ihr
überstürzter Aufbruch bedeutete? ... Thea fühlte sich noch
mehr herausgefordert als Eugen ... Vielleicht wirst du es jetzt
einsehn: solange unseresgleichen lebt, muß man darauf gefaßt
sein, daß die gemeinsame Besichtigung von Vergangenheit
schon ausreicht, um verfrüht aufzubrechen ... Verfrüht und
argwöhnisch ... Frag mich nicht danach, Eva: ich traue ihm
nichts zu und alles ... Tu ruhig drei Stückchen Eis ins Glas ...
Was ich nun vorhabe, kann ich dir genau sagen: nicht weil er
mein Chef ist, sondern weil er heute unser Gast war, werde ich

in etwa vierzig Minuten bei ihm anrufen und ihn fragen, ob er
sicher nach Hause gekommen ist. Morgen haben wir einen
ziemlich schweren Tag.

1973

Die Wellen des Balaton

Auch das Bad im Balaton erfrischt ihn nicht. Er krümmt den Körper, taucht bis zum Hals hinab, schließt die Augen vor dem Glitzern der bewegten Einöde. Der See ist zu flach, Judith, sagt er, das Wasser erwärmt sich zu schnell. Die kleine Frau mit den Sommersprossen stößt sich vom sandigen Grund ab, schnellt bis zur Hüfte empor, wieder und wieder, und schmettert ihre Handteller auf das Wasser, so daß die Spritzer flach zu ihm hinspringen. Es sind wieder zwei Busse angekommen, sagt sie, vielleicht sind sie es – siehst du, Berti? Der Mann richtet sich auf, blickt zu dem neuen, weißgrauen Hotel zwischen den alten Bäumen hinüber und entscheidet: Keine deutschen, Judith, es sind keine deutschen Busse.

Als er, noch in nasser, blasenwerfender Badehose, den Gepäckraum seines Autos öffnet, geht der Hotelmanager vorbei, ein untersetzter Mann mit blauschwarzem Haar, leise vor sich hinsprechend, in gezischten Worten, die wie das immer schwächer werdende Echo einer Auseinandersetzung klingen. Der Manager ist schon vorüber, da merkt er, daß er den westdeutschen Gast in der Badehose gesehen hat, und er kehrt in knappem Bogen zu ihm zurück und bietet ihm seine Hilfe an. Gemeinsam tragen sie Badetücher, aufblasbare Gummimatratzen, schwere Bademäntel, Kork-Badeschuhe, ein Reise-Necessaire, eine Ledertasche und einige Illustrierte zum Seeufer hinunter, in den Halbschatten eines alten Baumes, dessen freigewaschene Wurzeln wie eßbar aussehen. Es scheint, sagt der Hotelmanager, heite der Balaton will vorzeigen ganze Schenheit. Rauchen Sie, fragt der Gast.

Rauchend, ausgestreckt auf der Gummimatratze, sieht er seiner Frau entgegen, die sich schiebend, drehend gegen den Widerstand des Wassers zum Ufer hinarbeitet, eine blitzende Bugwelle vor dem fettlosen Bauch. Der nahe Ufersaum blendet ihn, die ferne Küste hinter dem künstlichen Bootshafen ertrinkt in blassem Karpfenblau. Bevor die Frau aus dem Wasser steigt, schiebt sie zwei Finger unter den Gummizug ihrer Badehose und zieht mechanisch den Stoff nach unten, tiefer über die Schenkel. Nur zwei österreichische Busse, sagt er, während sie sich unter dem seegrünen Frottiermantel aus dem Badeanzug pellt, zuerst das Oberteil auseinanderhakt, dann die Hose ringelnd nach unten abstreift und sie mit dem Fuß in den Sand wischt. Bei dieser Strecke, sagt sie, ganz von Stralsund hierher, da kann niemand pünktlich ankommen. Er hält ihr eine angerauchte Zigarette hin. Er sagt: Es geht alles von unserer Zeit ab; statt drei Tage können wir jetzt nur noch gut zweieinhalb Tage miteinander sprechen.

Der Mann blättert in einer Illustrierten, überschlägt mit lauschend erhobenem Kopf einige Seiten; er lauscht zur vielbefahrenen, von den Bäumen abgeschirmten Uferstraße hinüber; dort ist eine Steigung, dort müssen fast alle Fahrer schalten. Er fragt gereizt: Riechst du es auch? Es ist das hiesige Benzin, so mies wie ihre Streichhölzer. Sag bloß, du riechst es nicht. Weißt du, was mir der Mann an der Tankstelle sagte, als ich ihn auf die niedrige Oktanzahl hinwies? Er sagte: Eine Oktanzahl wie bei euch werden wir erst unter dem Kommunismus anbieten können. Versuch das mal zu verstehen, Judith.

Trotz der Badekappe ist der Saum ihres Haars naß geworden; vor dem ovalen Handspiegel versucht sie es seufzend zu legen, zu bändigen, in die gewohnte Form zu zwingen, die Füße im warmen Sand vergraben.

Wie ungeduldig er plötzlich die Ledertasche öffnet, kramt, sichtet, eine Schachtel heraushebt, die gefüllt ist mit Photographien von unterschiedlicher Größe. Er will sie nicht ansehen, er will sich nur vergewissern, daß auch die eingepackt worden sind, auf die er besonderen Wert legt. Da ist ein Photo mit aufgebogenen Ecken, offenbar aus einem Album gelöst, alles in bräunlichem Licht: Sieh mal hier, Judith, hier hast du Trudi und mich auf einem sogenannten Holländer, sie muß etwa sieben gewesen sein damals: hat sie nicht ein altes, wissendes Gesicht? Ich nehme an, sie wird kaum anders aussehen, jetzt mit Vierzig.

Sie verkantet den Handspiegel, sucht nicht mehr sich selbst, sondern beobachtet nur noch das Paar an ihrem Wagen, das sich jetzt zunickt, eine Bestätigung gefunden zu haben scheint. Judith erkennt, daß sie selbst erkannt worden ist, von einer hochbeinigen Frau mit tiefen, mißbilligenden Stirnfalten, die ihren Begleiter, einen schlaff wirkenden Mann im Polohemd, zum Seeufer mitzuziehen versucht. Widerwillig fügt er sich ihrem Drängen, hält sich hinter ihr bereit, ihr das erste Wort zu lassen. Jetzt läßt Judith den Spiegel sinken, wendet sich dem aufgestützt liegenden Mann zu und sagt hastig: Besuch, Berti; ich fürchte, wir bekommen Besuch. Und nachdem der Mann sich mit Verzögerung umgedreht hat: Das kann ja wohl nicht wahr sein, Berti, weißt du, wer da kommt? Der »innere Rhythmus« persönlich – Frau Schuster-Pirchala, meine Masseuse aus Bremen. Laß sie doch kommen, sagt Berti.

Nach der Begrüßung – Judith nennt ihren Mann ohne Hemmung Doktor Thape –, die anscheinend deshalb so familiär gerät, weil man sich im Ausland begegnet ist, ziehen sie von der Lagerstelle an einen grünen Gartentisch um, von dem die Lackfarbe, die sich in Streifen aufwirft, allmählich abplatzt. Hier sitzt es sich doch gemütlicher, sagt Judith, und vielleicht haben wir sogar die Chance, einen Kaffee zu bekommen. Frau Schuster-Pirchala, in eigentümlich gelassenem Abwehrkampf gegen Insekten – »die bevorzugen mich wegen meines süßen Blutes« –, lächelt skeptisch, sie ist jetzt drei Wochen in diesem Land gewesen, sie weiß, daß nicht einmal zornige Erwartung einen Kellner hier dazu bringt, mehr Wünsche zu beachten, als er gerade erfüllen möchte. Wir sind auf der Heimreise, sagt sie, und sagt: Mein Mann hat sich einen Jugendtraum erfüllt; am Ende hat er doch noch die wilden Pferde der Pußta gesehen, nicht wahr, Erich?

Wenn sie nur Farbe hätten, sagt Berti, zieht dem Tisch geschrumpelte Lackstreifen ab und schnippt sie ins Wasser. Ich meine, sagt er, wieviel ließe sich unter Farbe verbergen, aber hier hat man sich wohl ein für allemal für grau entschieden. Er beugt sich vor, um das Nummernschild eines Busses zu erkennen, der knirschend auf dem Kieselsplitt des Parkplatzes manövriert. Sind sie es, fragt Judith, und er darauf: Wieder ein »A«, und nach einer Weile, beiläufig, als glaubte er den Landsleuten eine Erklärung schuldig zu sein: Uns steht nämlich ein Wiedersehen bevor – mit meiner Schwester und ihrem Mann. Weil es nicht anders ging, haben wir uns hier am Ufer des Balaton verabredet. Sie kommen mit dem Bus aus Stralsund. Ist das nicht DDR, fragt Frau Schuster-Pirchala und winkt erfolgreich einen vorbeihastenden Kellner heran, der auch gern bereit ist, Kaffee zu servieren, wenn auch nicht hier am Wasser, sondern nur, wie er sagt, »auf Terrasse an der Sonne«. Die Masseuse und ihr Mann fühlen sich auf den Kaffee angewiesen, sie verabschieden sich, man wird sich gewiß beim Abendessen sehen; dann gehen sie hintereinander die leichte, lichtgesprenkelte Erhebung zum Hotel hinauf.

Wieder auf der Luftmatratze, hebt Judith die Schachtel mit den Photographien zu sich hinüber, stürzt einzelne, mit Gummibändern zusammengehaltene Päckchen heraus. Vorsicht, sagt

Berti, bring sie mir nicht durcheinander. Sie löst das Gummiband von einer Serie, läßt die Photographien wie Spielkarten durch die Hände gleiten, sieht sich fest, schiebt die Bilder mit dem Daumen weiter, blättert überraschend zurück. Es wird mir schwerfallen, Trudi zu duzen, sagt die Frau plötzlich; im Brief ist es eher möglich, aber wenn sie erst vor mir steht... und noch schwieriger wird es bei Reimund – von ihm weiß ich nur, daß er Schiffsausrüster ist und seinen Namen in ziemlich steiler, sparsamer Schrift schreibt. Du wirst sehen, sagt Berti, er ist ein Prachtbursche; schließlich hat meine Schwester seinetwegen das Studium aufgegeben und ist Kindergärtnerin geworden. Aber warum hat er in all den Jahren nie mehr in einem Brief geschrieben als seinen Namen, fragt die Frau leise und steckt ein Sortiment von Bildern zusammen, sorgfältig, als könnte ein Vergleich ihr den benötigten Aufschluß bringen. Sie vergleicht die Photographien, deckt da etwas ab, schiebt da etwas zusammen, und dann fragt sie: Ist dir schon aufgefallen, daß Trudi auf keinem der Bilder lächelt, die sie uns in all den Jahren geschickt hat? Muß sie das denn, fragt der Mann, und die Frau darauf, in aufzählender Tonart: Hier im Garten nicht; hier vor dem Leuchtturm nicht – ich nehme an, das ist ein Leuchtturm mit dieser grünen Mütze –, nicht mal hier an Bord des Dampfers, den Reimund vermutlich ausgerüstet hat. Ich weiß nicht, Berti, aber ich hab' das Gefühl, verwandte Fremde zu treffen. Ihr entgeht nicht die immer gleiche, unbestimmbare Schmerzlichkeit in Trudis Gesicht, der leichte Ausdruck von Abwehr, den sie für jeden Photographen bereithält. Der Mann schlägt eine Illustrierte zu, klopft eine Zigarette auf der Packung zurecht, grinst für sich und sagt: Vielleicht wirst du gleich feststellen, daß Reimund keinen Schlips besitzt, da er auf allen Photographien ohne Schlips abgebildet ist. Wenn du mir schon so kommst, sagt Judith – ich finde, daß der Mann deiner Schwester auf allen Bildern verkleidet aussieht: ein Intellektueller, der unter die Proleten gefallen ist und versucht, sich ihrer Mode anzugleichen. Hör doch auf damit, sagt Dr. Thape, ich möchte viel lieber wissen, was auf den Gedenksteinen vor all diesen Bäumen steht, den frisch gepflanzten, meine ich. Das kann ich dir sagen, Berti, es sind die Namen, die Berufe und Verdienste der Leute, die man gebeten hat, diese Bäume zu pflanzen: Dichter, Kosmonauten, durchreisende Mitglieder eines Politbüros. Kein Kollege von dir, kein Patentanwalt.

Ein altmodischer Ausflugsdampfer, übersät mit verwaschenen Rostflecken, dreht von der Pier ab und verabschiedet sich mit reichlich wichtigtuerischen Signalen aus seiner neben dem Schornstein liegenden Sirene.

Judith erschrickt, als die Kapelle zu spielen beginnt. Dort hinter den Bäumen, in der hölzernen Orchestermuschel, haben die Musiker Platz genommen und spielen zum »Tanz im Freien«. Sie eröffnen mit ›Blue Moon‹. Sittsam schieben die Paare über die runde, hölzerne Tanzfläche. Die Männer, sagt Judith, sieh dir die Männer an: alle mit Schillerkragen wie dein Schwager Reimund. Was meinst du, ob er auch tanzt? Hergottnochmal, Judith, woher soll ich das wissen: ich kenne ihn ebenso gut wie du, nämlich von seiner Unterschrift und dem immer gleichen Schnörkel, in den er seinen Namen auslaufen läßt. Außerdem sind wir ja nicht hierher gefahren, um miteinander zu tanzen. Und gereizt sagt der Mann: Du wirst sehen, der erste Tag geht vorbei, ohne daß wir miteinander gesprochen haben. Dann bleiben uns nur noch zwei Tage, denn am Montagabend ... Mußt du in Wien sein, setzt Judith den Satz fort. Nach dreizehn Jahren, sagt der Mann, da hat sich genug angestaut, das wegerzählt werden muß.

Obwohl sie hier gern noch liegen bleiben möchte im wandernden Schatten des alten Baumes, hilft sie ihm dann doch, die gesamte Badeausrüstung zum Auto zu tragen, und begleitet ihn ins Hotel zu dem weiträumigen, kostbar möblierten Empfang. Mädchen in knapp geschnittenen blauen Uniformen, nicht nur nach Sprachkenntnissen und Schönheit, sondern offenbar auch nach besonders eindrucksvoller Lethargie der Bewegungen ausgesucht, beraten längere Zeit blickweis, welche von ihnen dem westdeutschen Gast zu dieser Zeit eine Auskunft geben sollte. Hören Sie, sagt Dr. Thape, ich möchte Sie um etwas bitten: falls der Bus aus Stralsund eintrifft, würden Sie uns dann freundlicherweise eine Nachricht geben; wir sind jetzt auf unserem Zimmer. Das Mädchen nickt bedächtig. Schon auf der Treppe, sagt Judith: Ist dir klar, daß sie uns überhaupt nicht nach der Zimmernummer gefragt hat?

Die Frau spült und wringt die Badeanzüge aus und hängt sie unter dem Fenster zum Trocknen auf und setzt sich so, daß sie den kleinen, belebten Hafen überblickt, während der Mann einen Polsterstuhl ruckend in die Stellung bringt, aus der er ein Stück der Uferstraße – nur als grauschwarzes, blinkendes Band erkennbar – und die Auffahrt zum Hotel beobachten kann. Er blättert abermals die Illustrierte durch, heftig, unkonzentriert, mit einer reißenden Bewegung, daß es jedesmal ein Geräusch gibt wie von einem schwachen, aber immer noch genauen Peitschenschlag. Unter einem wachsenden Druck, den er selbst noch nicht benennen möchte, hat er für alles nur Vorwurf übrig, oder doch vorwurfsvolle Nachfrage. Was machst du da eigentlich, fragt er, obwohl die Frau sich beinahe regungslos und vollkommen lautlos verhält. Ich wundere mich über Trudi, sagt Judith, wenn sie den Kopf nur etwas schräg legte, dann wäre die vernarbte Wange nicht zu sehen. Trudi aber scheint darauf zu bestehen, sie dem Photographen zu zeigen, und zwar jedesmal. So ist Trudi eben, sagt der Mann, sie möchte keinen im Zweifel lassen über sich. Was meinst du, mit welchen Worten sie uns zum ersten Mal von Reimund erzählte? Es war wenige Tage, bevor ich fortging; Mutter lebte noch; wir saßen und hörten Radio, weil Mutter so gern Radio hörte, Volkslieder aus dem Osten vor allem; da kam Trudi nach Hause, sehr spät für ihre Verhältnisse. Sie hatte Reimund kennengelernt. Sie sagte etwa: Entschuldigung, daß ich so spät komme, ich habe einen Mann namens Reimund Wolters kennengelernt, er hat zweieinhalb Jahre gesessen wegen bedenkenloser Vergeudung volkseigener Schiffsausrüstungsbestände, inzwischen wurde er rehabilitiert: ein Mann, mit dem man reden kann. Komisch, sagt Judith, auf den Bildern macht er ganz und gar nicht den Eindruck, als ob man mit ihm reden könnte. Sieh dir nur an, wie düster dein Schwager hier aussieht, wie schweigsam und verkniffen – hier, am Gartenzaun –, und dazu die zusammengewachsenen Augenbrauen ... Nun mach aber mal Pause, Judith; was meinst du, zu welchen Ansichten ich über dich kommen müßte, wenn es von dir nur die Photos gäbe, die du erst gar nicht entwickeln läßt. Jedenfalls, sagt die Frau, würdest du von mir nicht sagen können, daß ich aussähe wie eine Kommunistin. Sieht er denn etwa so aus, fragt der Mann, und dann fast anklägerisch: Wie sieht denn überhaupt ein Kommunist aus? Falls du das weißt, dann bist du wirklich die einzige, die das weiß,

Knapp aus dem Handgelenk feuert er die Illustrierten fort; sie rutschen über den Tisch und fallen zu Boden. Komm, Judith, laß uns etwas trinken. Sie gehen ins Restaurant hinunter, es zieht sie zu den schweren Blumenkübeln neben einer Säule, ein junger Kellner folgt ihnen träge, und kaum haben sie sich gesetzt, da fragt er in vertrauensvollem Ton, offenbar bemüht, frische Erfahrungen auszuspielen: Whisky? Zwei Whisky, die Herrschaften? Dr. Thape bestellt eine Flasche Wein; er fügt hinzu: Von dem, der hier am nächsten wächst. Da, Berti, sieh mal! Was denn nun schon wieder? Der »innere Rhythmus«, und wie er sich verkleidet hat! Frau Schuster-Pirchala und ihr Mann betreten das Restaurant, sie in einem rosafarbenem Abendanzug mit einem Gürtel aus übereinanderliegenden goldenen Blättern; ihr Mann, einen Kopf kleiner, trägt zu weißen Hosen ein weinrotes Klubjackett, dem in der Herzgegend ein kolossales Wappen aufgestickt ist. Hoffentlich entdecken sie uns nicht, sagt Judith; da ist es schon geschehen, da wedelt die Masseuse ein freudiges Erkennungszeichen herüber, stubst ihren gleichgültigen Mann an und befiehlt die Richtung: dorthin, zu den Blumenkübeln. Ich hoffe, Sie haben nichts dagegen, wenn wir uns zu Ihnen setzen.

Herr Schuster oder Pirchala blickt so konzentriert in sein Weinglas, als habe er da etwas zu erforschen, was seine ganze Aufmerksamkeit beansprucht, und er tut es auf beinah leidende Art immer dann, wenn die drei musizierenden Zigeuner wieder mal an ihren Tisch herantreten. Die Masseuse lächelt ihnen zu, sie steckt dem Geiger einen lappigen Geldschein unter die Schärpe und darf sich einen Titel wünschen. Diese Leute, Herr Doktor, sagt sie später, haben alle ihren inneren Rhythmus bewahrt, und das ist es, worauf es ankommt; deshalb können sie sogar dem Kommunismus Heiterkeit abtrotzen. Sie blickt unmutsvoll auf ihren Mann, der zusammengesunken in schlechter Haltung dasitzt; das Wappen erinnert Judith an die Markierungssprache von Jägern: hier liegt die günstigste Stelle für einen Blattschuß. Erich richtet sich auf, drückt das Kreuz durch und lächelt resigniert; gleich wird sie ihn auffordern, über den inneren Rhythmus der Männer zu sprechen, die sich um die wilden Pferde der Pußta kümmern und mit denen sie am Feuer saßen und sangen und Kaffee tranken. Plötzlich springt Dr. Thape auf und ruft: Das müssen sie sein, Judith, das sind sie!

Der Mann läuft mit schwingenden Schultern auf die Eingangstür zu, wo sich ein Pulk neuer Gäste staut, rötliche, ermüdete Gesichter, die skeptisch und neugierig zugleich das Restaurant begutachten – eine Umgebung, zu der man verurteilt worden ist, in der man sich wird einrichten müssen; und wie lange sie zögern und es einfach nicht wagen, sich allein an einen der freien Tische zu setzen, obwohl da kein Oberkellner und kein Reiseleiter auftaucht, der ihnen sagt, wo sie Platz nehmen sollen! Da sind sie, sagt Judith leise, meine Schwägerin und ihr Mann. Und die Masseuse darauf: Wie lange haben Sie sich nicht mehr gesehen, Frau Thape? Nie, wir haben uns noch nie gesehen, nur auf Photographien; es ist das erste Mal. Dort die Dame mit dem unzeitgemäßen Hut, fragt Frau Schuster-Pirchala. Neben dem Mann mit dem Schillerkragen, bestätigt Judith.

Dr. Thape umarmt freimütig und etwas ringerhaft seine Schwester – gerade so, als wollte er an ihr einen Ausheber probieren –, umarmt dann achtsamer seinen Schwager, der leicht zu versteifen scheint, doch mit gutmütigem Lächeln sagen möchte: Wenn's sein muß; hoffentlich geht's gut.

Am Tisch erwartet Judith stehend die Verwandten; zur Begrüßung nimmt sie beide Hände Trudis und streift leicht ihre Wange; Reimund im Schillerkragen erhält einen kraftlosen Händedruck. Und das hier, sagt Judith süßsauer, sind gute Bekannte aus Bremen, die wir hier zufällig getroffen haben, Herr und Frau Schuster-Pirchala. Man schüttelt sich über dem Tisch die Hände. Ja, wie machen wir das nun, sagt Dr. Thape in der Hoffnung, die Bremer Bekannten würden sich in innerem Rhythmus verabschieden, hier gibt es nur fünf Stühle. Nehmen Sie doch einen vom Nebentisch, sagt die Masseuse und widmet Reimund, durch nichts begründet, ihr offenherzigstes Lächeln. Sie werden Durst haben, sagt Judith, sie werden Hunger haben; sie werden erschöpft sein nach so langer Fahrt; du mußt gleich für sie sorgen, Berti. Es geht schon, sagt Trudi, nur ein bißchen heiß war es zuletzt. Trudi setzt den Hut ab, schüttelt das Haar aus, zieht den verknitterten Rock über die Knie und winkt knapp einem älteren Ehepaar zu, Mitreisenden offenbar. Tja, sagt sie, da wären wir also; etwas spät, aber das liegt nicht an uns. Was glaubst du, Reimund, fragt Dr. Thape, was wäre das beste für den ersten Durst? Bei uns steht das fest, sagt Reimund: Trudi ein Bier, ich zwei Bier – so einfach ist das. Er mustert die fremde Frau, ihren Goldblattgürtel, die goldfadendurchwirkte Tasche; er spürt, daß sie sich mit ihrem Lächeln das Recht zu einer Frage erkaufen möchte, und um ihr zuvorzukommen, fragt er: Bleiben Sie länger in Ungarn? Wir sind auf der Heimreise, sagt Frau Schuster-Pirchala, und erzählt dann ungefragt, wie es ihrem Mann gelang, in drei Wochen einen Jugendtraum einzulösen.

Daß sich am ersten Schluck auf das Wiedersehen auch dies fremde Paar beteiligt, will Dr. Thape gar nicht schmecken; aus totem Winkel gibt er seiner Frau auffordernde Signale, die sie nur mit unschlüssigem Heben der Schultern beantwortet. Jedenfalls erkennt sie, daß er ihr die Verantwortung zuschiebt für die unerwünschte Anwesenheit dieser Leute, und weil sie jetzt nichts mehr daran ändern zu können glaubt, wendet sie sich ab und sucht Trudis Blick. Ich hörte, daß Sie aus der DDR kommen, sagt Frau Schuster-Pirchala; wie geht es heute in der DDR, im allgemeinen? Reimund blickt ratlos Trudi an, die mit ausgestrecktem Zeigefinger zartfühlend an ihrem Bierglas entlangfährt, und dann sagt er: Aus der Art Ihrer Frage schließe ich, daß Sie wissen möchten, ob es in der DDR immer noch Streuselkuchen gibt; als Augenzeuge darf ich Ihnen versichern, daß das der Fall ist. Ich fürchte, sagt Dr. Thape unduldsam, wenn wir jetzt etwas zu essen bestellen, dann dürfte der Tisch für sechs Personen zu klein sein. Dann rücken wir eben etwas zusammen, sagt die Masseuse; mein Mann und ich brauchen sowieso kaum Platz, weil wir nur einen Teller mit Rohkost bestellen. Wir, sagt Trudi, wir können doch solange hinübergehen zu unseren Mitreisenden. Was meinst du, Berti? So weit kommt das noch, sagt Berti, winkt übellaunig einen Kellner heran und fordert ihn auf, die Bestellungen anzunehmen.

Und wie geht's Vater, fragt Dr. Thape über den Tisch. Trudi sieht ihren Bruder lange an, gerade so, als hätte sie eigentümliche Schwierigkeiten, diese Frage zu beantworten. Ich weiß nicht, sagt sie leise; manchmal habe ich das Gefühl, er ist sehr alt geworden; manchmal glaube ich aber auch – und das betrifft vor allem seine Haltung –, daß er wieder jünger wird. Er läßt dich grüßen. In eine Pause sagt Frau Schuster-Pirchala: Das ist durchaus typisch für alte Männer, in einem bestimmten Stadium beginnen sie, fast übertrieben auf ihre Haltung zu achten. Außerdem hat er Mutters Leidenschaft übernommen, sagt Reimund, sowas von begeistertem Radiohörer hast du noch nicht erlebt. Wir müssen den Kasten abstellen, sobald er eingeschlafen ist.

Der Kellner irrt sich; er hat fünfmal Karpfensuppe angeschleppt, obwohl nur vier Gäste sie bestellt haben. Bekümmert blickt er auf den überzähligen, dampfenden Teller, auf dem eine ebenmäßig gebogene Bauchgräte leuchtet. Das tragen Sie mal zur Küche zurück, guter Mann, sagt Frau Schuster-Pirchala, worauf Judith lakonisch erklärt: Sie kann hierbleiben, ich werde die Suppe essen. Laß sie nur mir, sagt Dr. Thape, Trudi wird dir bestätigen, daß ich schon als Junge ganz versessen auf Suppe war, was, Trudi? Sie machen sich wohl gar nichts aus Suppen, Herr Schuster-Tschinschilla, fragt Dr. Thape, und der Mann im weinroten Jackett strafft sich und sagt lächelnd: Zuviele Suppen genossen, früher beim Militär, da hat sich Überdruß eingestellt. Übrigens – mein Name ist einfach Schuster. Aber Sie haben wohl nichts dagegen, fragt Dr. Thape, seinen Unwillen mühsam bezähmend, wenn wir unsere Suppen hier so genüßlich vor Ihnen löffeln? Nur zu, sagt Herr Schuster, und macht sogar eine einladende Handbewegung, nur zu, mich stört's nicht. Die Masseuse gibt dem Geiger der Kapelle ein Zeichen, der Mann nickt, er hat verstanden; und noch bevor die Kapelle wiegend und gekrümmt herankommt, fragt sie: Mit der Versorgung der Bevölkerung soll es ja besser geworden sein, oder? Ich meine, in der DDR. Trudi verhält sich, als sei sie gar nicht gefragt worden, und Reimund löffelt mit vorgezeigtem Genuß die Karpfensuppe. Erst als die Masseuse sagt: Man hat da schon von Engpässen gehört, sagt Reimund: Einen Engpaß werden wir gleich hier am Tisch erleben, wenn das Hauptgericht aufgefahren wird. Wir bringen Sie bestimmt nicht in die Klemme, sagt Frau Schuster-Pirchala, wir bekommen nur klitzekleine Rohkostteller. Herrgottnochmal, sagt Dr. Thape, ich hab' das Gefühl, hier zieht's. Was meinst du, Judith, wollen wir uns nicht einen anderen Tisch suchen? Der große Ecktisch ist noch frei, sagt Frau Schuster-Pirchala, da haben gut und gern acht Personen Platz.

Trudi lächelt, bei geduldiger Neigung des Kopfes, sie öffnet ihre Handtasche, findet gleich das blaßgrüne, ältliche Etui, läßt es, mit Herrn Schusters Hilfe, ihrem Bruder zuwandern: Vater schickt dir das, sagt sie, er bestand darauf. Sieht ganz nach einer Uhr aus, stellt Frau Schuster-Pirchala fest, und nun sehen alle zu, wie Dr. Thape das Etui öffnet und eine Taschenuhr heraushebt. Na, bitte, sagt die Masseuse; und vermutlich ist die Uhr auch nicht aufgezogen. Sorgsam beobachtet Trudi alle Bewegungen ihres Bruders, registriert seine Ungläubigkeit nicht weniger als seine Rührung und die etwas nachsichtige Freude, und um Entschuldigung bittend fügt sie hinzu: Das ist alles, mehr haben wir euch nicht mitgebracht, nicht mitzubringen gewagt nach Judiths Brief. Wieso, fragt Judith, welcher Brief? Du schriebst mal, daß ihr nichts zu entbehren hättet und daß wir nichts schicken sollten, sagt Trudi ruhig. Du meintest, all diese Dinge bei uns – nein, du hast sie nicht dürftig genannt, aber darüber wollen wir jetzt nicht sprechen. Die Uhr geht, sagt Dr. Thape, die Uhr geht einwandfrei; und die Kette ist so dünn, daß man sie ohne weiteres durchs Knopfloch ziehen kann. Hinter ihm setzt plötzlich die Kapelle ein, er zuckt zusammen wie bei einer überraschenden Injektion, schließt gequält die Augen und hält sie geschlossen, während er mit beiden Händen die Uhr abdeckt, als wollte er sie schützen. Reimund ruft ihm etwas zu, doch er versteht ihn nicht.

Auf Reimunds Teller ist ein beleidigt aussehendes Karpfenmaul zurückgeblieben, zu Trudis Vergnügen steckt er einen Zahnstocher in das Maul, legt den Kopf schräg und verkündet: Hygiene, der erste Schritt zur Revolution. Man sollte sie nicht übertreiben, die Hygiene, sagt Frau Schuster-Pirchala, die meisten Menschen wissen nicht, wie lebensnotwendig die Körperflora ist. Da umschließt Dr. Thape krampfhaft das Etui, legt sich zurück und sagt mit unheilvollem Unterton zur Masseuse hinüber: Ihnen scheint wohl zu allem etwas einzufallen. Frau Schuster-Pirchala ist verdutzt, sie sieht betroffen ihren Mann an. Sie sagt: Ich verstehe nicht, warum Sie sich so aufregen; die Hygiene ist wirklich ... Dr. Thape unterbricht sie ärgerlich, streift Judiths Hand von seinem Oberarm, klopft mit dem Etui auf den Tisch und sagt gepreßt: Damit Sie es nun endlich wissen, ich bin nicht von Bremen hierher gefahren, um mir Ihre Ansichten über Körperflora anzuhören. Ich, wir sind hier, um – falls Sie es noch nicht bemerkt haben – nach langer Zeit Wiedersehen zu feiern. Ein Familientreffen, falls Sie nichts dagegen haben. Berti, sagt Judith gedehnt und beschwichtigend, und Frau Schuster-Pirchala, unter fast schmerzhaftem Protest: So hat man mich noch nie beschuldigt, so aus heiterem Himmel! Wir saßen doch eben gemütlich zusammen, und nun muß man sich das anhören! Wir scheinen hier zu stören, Erich. Komm. Bitte, sagt Judith einlenkend, mein Mann hat es nicht so gemeint, jedenfalls nicht so, wie es klang, nicht wahr, Berti? Frau Schuster-Pirchala, in düsterem Aufbruch: Das muß einem doch gesagt werden, daß man unerwünscht ist, daß man eine Familienfeier stört, bist du fertig, Erich? Die Bremer Bekannten entfernen sich grußlos und spähen nach einem Tisch in äußerster Entfernung. Entschuldigt, sagt Dr. Thape, aber ich konnte es einfach nicht mehr ertragen. Du warst sehr hart, sagt Judith, du hättest es ihnen schonender beibringen können. Aber das habe ich doch versucht, sagt Berti zornig, die ganze Zeit habe ich deiner Masseuse beizubringen versucht, daß hier jemand fehl am Platz ist. Kinder, sagt Reimund und mimt lippenleckend Vorfreude, streitet euch nicht, dort kommt das Hauptgericht, ein original-ungarisches Hirtengulasch.

Nun hebt Dr. Thape das schweißglänzende Gesicht, er blickt allein Trudi an und hält ihr sein Glas entgegen: Und jetzt, sagt er, wo wir ganz unter uns sind, möchte ich noch einmal mit euch auf unser Wiedersehen anstoßen. Der Kellner unterbricht ihn scheu, er bittet um Aufklärung, was nun mit den beiden Rohkosttellern geschehen solle: Hier nix essen, fragt er, und Dr. Thape, unwirsch: Dort hinten, sehen Sie, am Tisch neben der Eingangstür – dort wird das Zeug erwartet. Köche und Kapellen, sagt Reimund in langgestrecktem Genuß, solange es die hier gibt, lohnt sich immer eine Fahrt nach Ungarn.

Judith entschuldigt sich, sie muß zur Toilette, ihr Weg führt sie zwangsläufig an dem Tisch vorbei, an dem nun die Bremer Bekannten vor ihren Rohkostellern sitzen. Trudi beobachtet ihre Schwägerin, die dort an den Tisch herantritt und sich hastig bespricht, vermutlich einzulenken versucht. Wißt ihr, sagt Berti, ich habe mich so auf dies Wiedersehen gefreut, daß ich schon die Stunden zählte, um die ihr euch verspätet habt. Und dann drängen sich diese Fremdkörper hier herein. Prag, sagt Reimund, daß wir uns verspätet haben, lag einfach daran, daß sich ein junges Mädchen bei einem Aufenthalt in Prag selbständig machte – du weißt schon. Sie traf sich dort mit so einem leichtfertigen Westler, der sie vermutlich rausbringen wollte, hat man im Bus erzählt. Aber das kann man doch verstehen, sagt Berti, und Reimund achselzuckend: Ich weiß eben nicht. Vater, zum Beispiel, sagt Trudi, er kann es bis heute nicht verstehen, daß du damals weggegangen bist. Er sagt, du hast uns alleingelassen. Berti möchte etwas entgegnen, doch die Zigeunerkapelle am Nebentisch, mit geprobter Leidenschaft aufspielend, bescheinigt ihm sogleich die Unterlegenheit seiner Stimme, er winkt ab, er verzichtet.

Zum Kaffee muß man hier einfach einen Pflaumenschnaps trinken; sogar Judith läßt sich dazu überreden, sie, die sich in allzu höflichem Schweigen eingerichtet hat, obwohl sie von Reimund angenehm enttäuscht zu sein scheint. Also nun von Anfang an, Trudi, und ganz gemächlich – wie geht es bei euch zu Hause? Trudi blickt ihren Bruder an, hebt ratlos die Schultern, da verhindern entweder Fülle oder Gewohnheit eine schnelle Auswahl unter Erlebtem: Tja, Berti, was soll ich dir darauf antworten? Das Haus steht, Vater ist gesund, in deinem Zimmer wohnt seit einigen Jahren eine freundliche alte Frau, eine Lehrerin aus Riga, die nie die Jalousien vor ihrem Fenster öffnet. Reimund hält dem Kellner auffordernd sein leeres Glas entgegen. Dann streicht er Trudi vergnügt über die vernarbte Wange und bittet sie um Entschuldigung für die Unterbrechung. Also, wenn ich auf eine so allgemeine Frage antworten sollte, sagt er, ich würde zuerst das herausrücken, was zählt. Auf die Frage: wie geht's? würde ich nur sagen: keine Ersatzteile. Und dann im einzelnen begründen. Auf eine neue Dachrinne fürs Haus warten wir seit anderthalb Jahren; auf einen Verteilerhahn im Badezimmer siebzehn Wochen. Binderfarbe – du weißt, für den Außenanstrich des Hauses – hat man mir vor vier Monaten versprochen, und auf eine ausziehbare Bodenleiter warte ich mittlerweile schon so lange, daß ich sie mir demnächst selbst bauen werde. Da haben doch viele schon, was sie erfahren möchten, um sich selbst beglückwünschen zu können zur Wahl ihres Aufenthalts. Na, sagt Berti, dafür sind eure Mieten erheblich niedriger.

Sie beschließen, genauer, Dr. Thape schlägt vor, aufs Zimmer hinaufzuziehen, da spricht sich's ungestörter, da ist man unter sich – vorausgesetzt, Trudi, ihr könnt euch solange von euren Leuten absentieren. Er übernimmt die Rechnung, bittet lediglich um eine Quittung, und ein außergewöhnliches Trinkgeld fördert die Bereitschaft des Kellners, zwei Flaschen Wein aufs Zimmer zu bringen. Berti nimmt Trudis Arm, Reimund hakt sich bei Judith ein: so schieben sie an den Tischreihen vorbei zum Ausgang. Die Bremer Bekannten wenden sich vorsätzlich ab.

Sieh mal, Trudi, sagt Reimund, dies Zimmer ist nicht nur doppelt so groß wie unseres, es hat sogar einen Schreibtisch, es hat einen Balkon und einige Polsterstühle für liebe Gäste. Warum behandeln uns die sozialistischen Freunde nicht ebenso zuvorkommend? Er entdeckt die Badehosen unterm Fenster, er sagt: Ah, wie ich sehe, seid ihr schon in den Balaton gestiegen; ein merkwürdiger See, und wißt ihr, warum? Bei keinem Gewässer der Welt gibt es diese Unverhältnismäßigkeit von Wind und Wellen, das heißt, die Wellen gehen hier sehr viel höher, als es der jeweils herrschenden Windstärke entspricht.

Judith läßt hinter ihrem Rücken den Koffer zuschnappen und tritt vor sie hin mit zwei original verschnürten Päckchen. Sie sagt: Wir haben euch ein Geschenk mitgebracht, nur einige Kleinigkeiten; dies ist für dich, Reimund, und das Viereckige für Trudi. Auf ein mißbilligendes Kopfschütteln sagt Berti: Wir konnten es eben nicht lassen. Beim Anblick der massiven, aus Weißgold gearbeiteten Manschettenknöpfe sagt Reimund: So, Trudi, jetzt bist du gezwungen, mir das entsprechende Hemd zu kaufen; doch die Frau wendet sich ihm nicht zu, sie starrt regungslos auf den Armreif mit der eingelegten Uhr und den sprühenden Steinen, als überlegte sie, ob es für sie überhaupt eine Rechtfertigung gäbe, solch ein Geschenk anzunehmen. Ach, Berti, ich weiß nicht, was ich dazu sagen soll.

Alle drei Lampen des Zimmers brennen, Berti läßt die Photographien wandern, Judith erläutert ihrem Schwager die Lage und Beschaffenheit des Hauses im Bremer Vorort. Und du mußt dir vorstellen, daß dies alles Weideland war, vor nicht einmal zwanzig Jahren. Schön ist es, am Abend auf der Terrasse zu sitzen und auf der Weser, nicht mal sehr fern, die erleuchteten Schiffe vorbeiziehn zu sehen; da mußt du glauben, sie ziehen über die Wiesen. Vielleicht sind sogar einige dabei, sagt Berti, die du ausgerüstet hast. Dann macht er die Verwandten mit einer neuen Serie bekannt: Hier seht ihr nun das Haus von innen: meine Hobby-Werkstatt, die Südansicht des Living-Rooms, Judiths Schlafzimmer und dahinter ihr eigener Aufenthaltsraum. Und für all das, fragt Reimund, habt ihr Handwerker, ja? Judith, sagt Berti, sie tapeziert, malt, baut sich Regale zusammen – nur an elektrische Leitungen traut sie sich nicht heran. Also das, was Trudi bei uns macht, sagt Reimund. Während Judith Wein einschenkt, sagt sie: Ihr müßt uns gleich eure Bilder zeigen, und Trudi darauf: Bilder? Wir haben keine Bilder mitgebracht.

Über ihr Glas hinweg mustert Judith ihre Schwägerin, prüfend, erstaunt auch, vielleicht um herauszubekommen, was sie zwingt, Trudis Überlegenheit anzuerkennen. Sie mustert ihre Kleidung: die Spangenschuhe, das olivfarbene Kostüm, das zerknittert ist von der Reise, den Anhänger auf dem Revers, der offenbar eine Hansekogge unter prallen Segeln darstellt. Sie sagt plötzlich, obwohl sie ursprünglich etwas anderes sagen wollte: Es freut mich, Trudi, daß dir die Sachen gefallen, die ich dir so nach und nach geschickt habe – auch wenn sie gebraucht waren. Es waren auch schöne Sachen, sagt Trudi, bei uns kaum zu bekommen, sogar beim Roten Kreuz waren sie erstaunt.

Reimund hat nichts dagegen, daß Berti eine neue Flasche bestellen will, er gibt mit einer Warum-nicht-Geste seine Zustimmung und nimmt eine voraufgegangene Bemerkung auf: Du irrst dich – heute kann man nirgendwo mehr die pure Freiheit wählen, sondern nur eine mehr oder weniger umgängliche Bürokratie. Die nämlich befindet darüber, welche Ersatzteile du bekommst, welche Aufstiegschancen du hast, in wievielen Organisationen du aktiv sein mußt, um als vertrauenswürdig zu gelten. Ich sage dir: eine bessere Bürokratie, und die Exportfähigkeit des Sozialismus nimmt zu. Und ich sage dir, Reimund: auch nach fünf Generationen Sozialismus werden die Leute nicht aufhören zu verlangen, was er ihnen vorenthält, nämlich die entscheidenden kleinen Freiheiten. Aber da wir uns nicht gegenseitig überzeugen wollen, sollten wir die Politik aus dem Spiel lassen.

Der Kellner scheint die Rüge nicht verstehen zu wollen, die Dr. Thape ihm dafür erteilt, daß er eine neue Bestellung zu lässig ausführte. Er entläßt ihn blicklos, mit gesenktem Gesicht, ohne ihm ein Trinkgeld zu geben. Immer noch übelnehmerisch erkundigt er sich bei Judith, ob sie das Blitzlicht bereit habe. Wenn ihr einverstanden seid, sagt er, möchten wir jetzt einige Aufnahmen machen. Einzeln, paarweise, überkreuz photographieren sie einander auf dem Zimmer, der aufflammende Blitz blendet so stark, daß zumindest Judith fürchtet, sie werde auf allen Bildern nur mit geschlossenen Augen zu sehen sein. Danach sagt Dr. Thape: Das zumindest hätten wir. Und dann möchte er, nur der Ordnung halber, fragen, wie lange Trudi und Reimund in Ungarn bleiben werden. Vierzehn Tage? Leider, sagt er, muß ich am Montagabend schon wieder in Wien sein.

Sie trinken einander zu. Und nun, Trudi, sagt Dr. Thape, mußt du mir noch erzählen, was unsere kleine Sonja macht, die Meisterschwimmerin, und Ralf, und Bruno von nebenan. Trudi lächelt. Sonja, fragt sie – ihre jüngste Tochter hält alle Rekorde über die Rückenstrecken. Sonja ist mit Bruno verheiratet, der, soviel ich weiß, Richter geworden ist. Und Ralf – er ertrank bei dem Versuch, die Ostsee im Paddelboot zu überqueren. Bruno und Richter, fragt Dr. Thape skeptisch; und Trudi: Warum nicht? Was sollte dagegen sprechen? Immerhin, sagt Berti, haben wir zusammen die Schulbank gedrückt, und ich war oft genug bei ihnen zu Hause. Sein Vater hatte doch immer Scherereien mit der Polizei. Allerdings, sagt Trudi, aber sein Vater hatte diese Scherereien zur richtigen Zeit.

Reimund gähnt, angelt sich sein Jackett mit dem groben Fischgrätenmuster. Es ist nun mal so, sagt er, alles färbt auf uns ab, die Dinge, die Ideen, die Verhältnisse, so oder so, je nachdem, wo einer lebt. Er bittet um Entschuldigung für sein Gähnen und erinnert daran, daß sie heute neun Stunden im heißen Bus saßen, Trudi und er. Sicher hebt er den Hemdkragen übers Jackett und streicht ihn glatt. Leider, lieber Reimund, bin ich nicht ganz deiner Meinung, sagt Berti: auf die Blassen, die Farb-losen, da färben die Verhältnisse vielleicht ab, aber nicht auf Leute, die sozusagen eigene Grundfarbe mitbringen.

Draußen auf dem Flur verhandeln sie mit gedämpften Stim-men über den Zeitpunkt des gemeinsamen Frühstücks; Rei-mund besteht auf neun, er droht, daß er völlig unergiebig sei vor neun, also lassen sie es bei neun und geben einander nur die Hand und winken sich noch einmal zu.

Während Berti sich unter gespanntem Schweigen auszieht, raucht er die letzte Zigarette. Judith sitzt auf ihrer Seite des Doppelbetts, erwartungsvoll wie immer, um gemeinsam, wenn auch nicht den ganzen Tag, so doch die wichtigsten Erfahrun-gen des Tages zu bilanzieren. Nach einer Weile sagt sie: Eins steht fest, bei Frau Schuster-Pirchala kann ich mich nicht mehr sehen lassen, nach allem. Pichalla oder Tschintschilla, sagt Berti erlöst und in einer Bewegung innehaltend, du findest zehn an-dere, die dich durchkneten. Wer hat sie nur ausgerechnet heute hierher geschickt, diese Frau, die ja wohl die Empfindlichkeit einer Straßenwalze hat? Ich bin immer noch der Ansicht, sagt Judith, daß du sie anders hättest behandeln müssen. Anders? Sie, die sich in eine Familienfeier drängt? Die sofort das Wort nimmt und quasselt, als gehöre sie dazu? Vielleicht, sagt Judith, vielleicht hat sie selbst Verwandte drüben. Ich begreife einfach nicht, sagt Berti, wie du diese Nervensäge in Rosa in Schutz nehmen kannst: sie hat mir die Stimmung für den ganzen Abend vermasselt. Immerhin, sagt Judith, als ich sie am Wasser entdeckte, da hast du mich gebeten, sie kommen zu lassen.

Sie liegen nebeneinander im Bett, wie hergerichtet, jeder die rechte Hand unterm Hinterkopf, den Blick zur Decke; nur die Nachttischlampe brennt. Es ist aber so, sagt Judith, ich komme an Trudi einfach nicht heran. Und hast du gehört, wie beiläufig sie mir zu verstehen gab, daß sie all die Sachen, die ich ihr schickte – manchmal ohne dein Wissen –, daß sie all die Sachen zum Roten Kreuz trug? Das ist doch wohl nicht wahr, sagt Berti, das hab' ich gar nicht mitbekommen. Das ist typisch Trudi; aber darüber reden wir morgen ein Wörtchen. Zum Frühstück mußt du ihr die Uhr mitbringen, denn im Unter-schied zu Reimund hat sie ihr Geschenk prompt vergessen. Ich mag Reimund, sagt Judith langsam, und du? – Er hat mich nicht ein einziges Mal gefragt, was ich eigentlich tue, sagt Berti.

Dr. Thape im geblümten Freizeithemd, Judith in ausgebleich-ten, aber gebügelten Shorts: so kommen sie, Grüße murmelnd, die ausgelegte Treppe hinab, scheren, bevor sie das Restaurant betreten, zum Empfang hinüber, wo neuere Zeitungen und Illustrierte liegen. Ein lachender Junge in reichlich zugemessener Portiers-Uniform – er scheint zu wissen, welch einen Eindruck er in dem viel zu großen Anzug hervorruft – übergibt Dr. Thape einen Brief; vom Ständer mit den Ansichtskarten sieht Judith zu, wie ihr Mann den Umschlag aufreißt, liest, den Brief sinken läßt, noch einmal liest und dann fassungslos nach ihr sucht. Sie geht zu ihm, sie fragt: Aus Wien? Müssen wir abreisen? Von Trudi, sagt er; hier, lies mal, du glaubst es nicht. Und, erregt und geringschätzig zugleich: Es hat sich ihnen eine Chance geboten, sehr früh heute morgen, die einmalige Chance, die letzten wilden Pferde der Pußta zu sehen. Ein Ausflug nur, doch sie werden leider nicht vor Montagabend zurück sein: Judith liest den Brief, hebt dann langsam das Gesicht und sagt: Ein Vorwand, Berti, nichts als ein Vorwand. Da ist etwas falsch gelaufen; ich weiß nicht, was es sein könnte, aber etwas ist falsch gelaufen. Komm, laß uns ins Restaurant gehen, wir können beim Frühstück darüber sprechen.

1973

Die Phantasie

Es mußte für Dieter Klimke sprechen, daß wir nicht aufhörten, über seine abendliche Lesung zu reden, auch draußen im Regen noch, als wir die serbische Kneipe am Hauptbahnhof suchten. Zum Schutz gegen den kühlen Regen hatte Gregor sich den Mantel über den Kopf gezogen, und gebeugt vor mir hergehend, wiederholte er seine Ansichten über Klimkes erste Lesung auf unserer Autorentagung. Ich hatte Mühe, ihn zu verstehen, weil er in seinen Mantel hineinsprach und sich oft abwandte und in Seitenstraßen linste, wo er die Kneipe, die er aus dem fahrenden Bus entdeckt hatte, wiederzufinden hoffte. Er ging wie in schwerer Dünung in seinen riesigen, ausgelatschten Schuhen, die seine erwachsenen Söhne für ihn eintragen mußten.

Glaub mir, mein Alter, sagte er, ihr habt euch von Klimke bestechen lassen, du und die anderen. Was er zu bieten hatte, waren doch nur feine Zauberkunststücke, einige Proben sehr feiner Equilibristik.

Ich dachte an Dieter Klimke, an den zarten, knochigen Mann, der sich beinahe priesterlich betrug, der zu seinem Auftritt eine schwarze Krawatte anlegte und der seine kurze Prosa monoton von Manuskriptpapier las, das unter der Lampe blaßgrün, bläulich oder rosa schimmerte.

Nein, Gregor, sagte ich, Klimke ist kein Zauberkünstler. Er hat uns nicht allein mit seiner ungewöhnlichen Phantasie bekannt gemacht. Er hat uns außerdem gezeigt, welcher Gesetzmäßigkeit das Phantastische folgt. Gregor brummelte etwas in seinen Mantel, und dann hakte er mich ein und sagte: Phantasie – ja, aber eine, die uns zu nichts verpflichtet. Es tut mir leid, mein Alter, aber ich kann nichts mit Geschichten anfangen, in denen Leute durch die Wand gehen können. Oder Pferde sprechen. Oder Figuren aus dem Bilderrahmen steigen und sich zum Essen an den Tisch setzen. Sie reichen nicht aus, um die Wirklichkeit wiederzuerkennen. Was verstehst du unter Wirklichkeit, fragte ich. Schwerkraft, sagte er, die widerlegt das Phantastische. Schwerkraft demütigt uns vielleicht, sagte ich, aber sie widerlegt nicht das Phantastische. Hast du denn nicht gemerkt, bei Klimke wird das Phantastische sofort in eine allgemeine Ordnung eingefügt, und damit hört er auf, zu befremden.

Gut, mein Alter, dann muß ich dir sagen, daß mich ein sprechendes Pferd immer befremden wird, selbst wenn es mich auf plattdeutsch begrüßt. Auch in einer toten, künstlichen Landschaft, fragte ich, in einer Landschaft wie bei Klimke, in der es kein Gras, kein Wasser, keine Bäume gibt? Was hat das damit zu tun, fragte Gregor; und ich darauf: Das sprechende Pferd bei Klimke steht auf einem Boden, der wie aus Metall gemacht erscheint. In einer verstörten, verzauberten Umgebung. Kein Wind. Kein Himmel. Hier, glaube ich, kann ein Pferd sprechen, zumindestens hörte ich einen Menschen sprechen, der sich als Pferd verkleidet hat. Du hast einen Slivovitz nötig, mein Alter, sagte Gregor, und zwar einen doppelten. Und wenn du es genau wissen willst, was ich über die Sachen von Dieter Klimke denke: magisches Kunsthandwerk, das ist es.

Mir ist etwas anderes aufgegangen, sagte ich. Und was ist das? Das Phantastische ist keine Republik für sich. Es existiert nicht getrennt von der Wirklichkeit, es gehört zu ihr. Es erstreckt sich auf alles ... Und scheitert an der Schwerkraft, sagte Gregor, mich unterbrechend.

Er blieb plötzlich stehen, hob den Kopf aus seiner Vermummung und vergewisserte sich: dort liegt der Eingang des Hauptbahnhofs, der dunkle Kasten dahinter ist die Markthalle, also muß es hier gewesen sein, in einer dieser kurzen Straßen. Ich schlug ihm vor, in eine andere Kneipe zu gehen, in eine der vielen Kellerkneipen, die wir passiert hatten, doch er gab noch nicht auf, er zog mich weiter an dreckigen Fassaden vorbei, die mit versauten Wahlplakaten bepflastert waren: Politiker mit aufgemalten Reißzähnen, augenlos oder Sprechblasen mit schweinischem Text vor dem Mund.

Nach all den Lesungen heute, also – mir ist sehr nach etwas Serbischem, sagte Gregor.

Zurückblickend merkte ich, daß uns ein hochgewachsener Typ in der Dunkelheit folgte, ein gleitender Schatten, der verharrte, wenn wir verharrten, der den Schritt beschleunigte, sobald wir zulegten, weshalb uns nichts anderes übrig blieb, als ihn hinter einer Straßenecke abzufangen und in die Zange zu nehmen. Mit seinen zweihundert Pfund Lebendgewicht verlegte Gregor ihm den Weg, während ich von hinten an ihn herantrat und ihn fragte, welch ein Geschäft er uns vorschlagen wollte. Glück, sagte er, falls die Herren Glück suchen – ich könnte Sie hinführen. Darauf sagte Gregor nur: Schieb ab, und trat zur Seite. Wir sahen ihm nach – auch er blickte mehrmals zurück –, und dann sagte Gregor: Ich geb's auf, mein Alter. Von mir aus können wir dort einfallen, in diese Eck-Kneipe.

In dem ebenerdigen Fenster der Kneipe leuchtete ein veraltgtes Aquarium, spindeldürre Zierfische zuckten unter dem Kraut hervor, standen sich glotzäugig gegenüber. »Zum letzten Anker« hieß die Kneipe, der Inhaber nannte sich Baas Ruschewey. Gregor klopfte mit dem Fingerknöchel auf das Namensschild und sagte: Uns dürfte solch ein Name nicht einfallen, mein Alter; klingt nach überanstrengter Phantasie.

Er zog die Tür auf und trat vor mir ein. Es war eine solide, sparsam erleuchtete Kneipe, mit Tischen, die im Boden verankert waren, mit einer derben Theke und einem Bord, auf dem steife, verstaubte Wimpel standen und ungeputzte Pokale und Photographien. Mißmutig erwiderte der stämmige Wirt unseren Gruß, geradeso, als zwängen wir ihn durch unser Erscheinen zu ungeliebter Tätigkeit. Wir hatten freie Wahl oder doch fast freie Wahl, denn nur ein einziger Tisch war besetzt, in einer Ecke bei den Spielautomaten. Ich überließ es Gregor, einen Tisch zu bestimmen; ich sagte: Mir ist es egal, wo wir sitzen – da spürte ich, wie er stutzte; mit einer Hand tastete er nach mir, mit der anderen wies er überrascht zu einer Nische unter dem Aquarium: Guck mal, mein Alter, wer dort sitzt. Vor dampfendem Tee, die lange Zigarettenspitze schräg vor dem Gesicht, saß Dieter Klimke und lächelte, als hätten wir ihn ertappt. Er stand auf, er lud uns nicht ein, neben ihm zu sitzen, doch nachdem wir uns aus den Mänteln geschlagen hatten, angelten wir uns die freien Stühle an seinem Tisch und nahmen von seinen Zigaretten.

Auch nur so reingeschneit, fragte Gregor. Klimke nickte. Die Aufmerksamkeit, sagte er, die Gespräche und die Aufmerksamkeit: es ist meine erste Schriftstellertagung, außerdem bin ich ungeübt im Zuhören. Ich lebe allein, in einem ehemaligen Pförtnerhaus, neben einer aufgelassenen Fabrik.

Sie haben sehr gut abgeschnitten mit Ihrer Lesung, sagte ich. Er sah mich ungläubig an, eingedenk all der Einwände, die nicht zuletzt Gregor erhoben hatte; darum fügte ich hinzu: Unter Schriftstellern gibt es keinen einstimmigen Sieg. Glauben Sie mir, wenn Kafka heute gelesen hätte oder Dostojewskij, die wären nicht besser weggekommen als Sie.

Der Wirt trat an unseren Tisch, bereit, unsere Bestellungen zu hören; schweigend nahm er sie zur Kenntnis und ging ruckend, eine schwerfällige, aufgezogene Puppe, zur Theke zurück.

Warum ist es so unter Schriftstellern, fragte Dieter Klimke; und Gregor darauf: Jeder ist eine Ein-Mann-Partei. Jeder ist ein Gefangener seines eigenen Programms.

Einer der Spielautomaten in der Ecke schien einen Hauptgewinn auszuspucken, stoßweise rotzte er Münzen in die Schale, doch der Bursche, der dort spielte, las sie nur gleichmütig auf und fütterte den Automaten von neuem. Doch nicht nur ihn, auch die Frau im hellen Trenchcoat schien der Gewinn gleichgültig zu lassen; sie hob nicht den Blick von ihrem Glas, sie saß nur da mit ihrer ratlosen Schmerzlichkeit, rauchte hastig, fühlte nach einem frischen Pflaster über dem Jochbein. Sie scheint sich beruhigt zu haben, sagte Klimke, eben, als sie trinken wollte, zitterte ihre Hand so sehr, daß ich glaubte, sie würde es nicht schaffen.

Der Wirt brachte uns Bier und einen doppelten Slivovitz, wir bestellten gleich eine neue Lage und prosteten uns zu. Dieter Klimke hielt sich an seinem Tee fest. Er lächelte verkniffen, musterte Gregor aus den Augenwinkeln, als erwarte er etwas Besonderes von ihm, einen neuen Einspruch zu seiner Lesung oder eines seiner Bekenntnisse zur Schwerkraft, und dann war er es, der sich an Gregor wandte: Sie waren nicht einverstanden mit meinen Texten? So ist es, sagte Gregor. Wenn ich Sie richtig verstanden habe, sagte Klimke, nannten Sie meine Arbeiten »beliebige Zeugnisse der Phantasie«. So ungefähr, sagte Gregor, Texte, die zu nichts verpflichten; sie sind nicht durch Wirklichkeit beglaubigt. Und warum, fragte Klimke, warum verpflichten meine Texte zu nichts? Ein Mann, der durch die Wand gehen kann, sagte Gregor, dieser Mann aus ihrer zweiten Geschichte: dem machen die Verhältnisse nichts aus, der leidet nicht an Krankheiten, vermutlich kann er dem Tod ein Schnippchen schlagen. Wir können uns nicht mit ihm vergleichen, er bestätigt keine unserer Erfahrungen, und darum geht er mich nichts an.

So einfach ist das, fragte Klimke lächelnd, und Gregor, seinen Rollkragenpullover über den massigen Körper nach unten ziehend: So einfach, ja. Wenn einem Mann der Hut wegfliegt, lache ich auf Kosten seines Pechs, das unser aller Pech sein könnte. Wenn aber ein Mann durch die Wand gehen kann, dann verliert er mein Interesse, weil er uns etwas vormacht, was niemand wiederholen kann.

Nein, Gregor, sagte ich, das ist mir zu einfach. Du gehst davon aus, daß es unserer Erfahrung entspricht, nicht durch die

Wand gehen zu können. Du berufst dich ausschließlich auf das Bild, das wir alle von einer Wand haben, gemauerte und verputzte Steine, durch die kein Körper unbeschädigt hindurchkommt. Dieses Bild ist gegeben. Es »steht fest«. Aber dieses Bild, das für uns alle gegeben ist, wird irgendwann zum Inhalt einer Wahrnehmung. Und die Sinne der Wahrnehmung sind etwas, worauf wir uns nicht unbedingt verlassen können. Sie folgen einem eigenen Zwang. Sie können das Bild verändern.

Aber sie können keine Wand durchlässig machen, sagte Gregor. Das nicht, sagte ich, aber du kannst einen Mann so wahrnehmen, daß du ihm zutrauen mußt, durch eine Wand zu kommen.

Gregor kippte seinen Slivovitz und sah mich mit gespielter Besorgnis an. Für mich, mein Alter, sagte er, liegt die einzige Beweiskraft in der Realität. Oder nenn es Schwerkraft. An ihr ist die Phantasie immer gescheitert, und sie wird es, im Zweifelsfall, auch weiterhin tun. Dieter Klimke schüttelte in zaghaftem Protest den Kopf, dann sagte er leise: Die Phantasie – für mich hat sie ihre eigene Beweiskraft. Und ihre eigene Wirklichkeit. Aber sie ist nicht zu widerlegen, sagte Gregor, und was nicht widerlegt werden kann, das ist auch nicht wirklich.

Dieter Klimke richtete sich auf und sah zur Ecke hinüber, in der die Spielautomaten standen, und wir folgten seinem Blick. Der Bursche – gewürfeltes Sporthemd, engsitzende Lederjacke – nahm die Handtasche der Frau, stürzte den Inhalt auf den Tisch – unter anderem die Schwungfeder eines größeren Vogels – und suchte sich zwischen Schlüsseln, Ausweisen, Lippenstift die Geldmünzen heraus, während die Frau selbst interesselos in ihr Glas starrte, die Hände unter dem Tisch gegeneinander pressend. Sie war älter als der Bursche, vielleicht zehn oder zwölf Jahre älter, eine Frau mit sehr hellen Augen und harten, ebenmäßigen Gesichtszügen; offenbar hatte sie dem Wirt einen Dauerauftrag gegeben, denn von Zeit zu Zeit füllte er ihr Glas nach.

Da passiert gleich etwas, sagte Klimke, da bereitet sich etwas vor. Nur das Übliche, sagte Gregor, entweder Abschied oder Versöhnung. Nein, sagte Klimke, das glaube ich nicht. Dieser Fall liegt komplizierter, hier herrschen besondere Beziehungen. Jedenfalls kommen sie mir nicht wie Kneipenbesucher vor.

Ich glaubte zu erkennen, daß die Frau versuchte, etwas zu beschließen, und daß es ihr um so schwerer fiel, je öfter sie

trank, und ich sagte: Hier geht etwas zu Ende, und je länger sie
hier bleibt, desto schwerer löst sich alles auf.

Wir können es ja mal versuchen, sagte Gregor, wenn ihr der
Phantasie soviel zutraut. Wir können ja mal versuchen, ihre
Geschichte zu erzählen, ihre Vorgeschichte ...was vorausging
... was sie hierher geführt hat ... Was meint ihr? Jeder von uns
sollte einen Entwurf abgeben ... Und was sollte damit bewiesen
werden, fragte ich. Daß all unsere Phantasie die Wirklichkeit
nicht deckt, sagte Gregor. Sie irren sich, sagte Klimke, manchmal muß die Wahrheit erfunden werden. Na, dann erfinden wir
sie mal, sagte Gregor und musterte die beiden aus schmalen
Augen, versuchen wir mal, ihnen einen Platz in einer Geschichte zu geben. Er machte eine einladende Handbewegung
gegen Klimke, doch der winkte ab, der sagte nur: Wer den
Einfall hatte, der sollte auch beginnen dürfen.

Während der Wirt uns eine neue Lage brachte, sah Gregor
ausdauernd in die Ecke mit den Spielautomaten, seine verfette-
ten Finger betrommelten den Aschenbecher, sein Kinn bewegte
sich unter regelmäßigen Kaubewegungen, und als die Frau sich
plötzlich erhob und zur Toilette ging, wandte er sich uns zu
und sagte leise: Eine, es gibt nur eine Geschichte, die man ihnen
anpassen kann; die übliche Geschichte, und wenn Ihr wissen
wollt, wie ich sie mir vorstelle ... was die beiden verbindet oder
nicht mehr verbindet ...

Also: ich sehe zum Beispiel diese Frau dort – für mich heißt sie
Belinda – ihren Kindern bei den Schularbeiten helfen, in einem
freundlichen, stillen Haus, das unter dem Schutz von Torbu-
chen steht. Es sind anstellige, gutgekleidete Kinder, ein blonder
Junge, ein dunkelhaariges Mädchen, vielleicht auch umgekehrt.
Beide wetteifern miteinander um die Sympathie ihrer Mutter,
beide schieben ihr wechselweise das Heft hin, in der Hoffnung
auf ein wenn auch zerstreutes Lob. Belinda sitzt so, daß sie
durchs Fenster sehen kann: im Hintergrund der mäßig befah-
rene Strom, näher heran die mit gefährdeten Bäumen bestan-
dene Steilküste, dann das gewundene Band der Sandstraße und
schließlich die Blende aus schilfbraunem Geflecht, die um das
Grundstück herumgezogen ist und es uneinsehbar macht. Die
Kinder malen vorgezeichnete Figuren mit Farbe aus, hastig,
etwas von der Unruhe der Mutter scheint auf sie übergegangen
zu sein, und dann springt Belinda auf, geht ans Fenster und
winkt ein Signal zur Taxe hinunter, die langsam über den Sand-

weg heranrollt. Sie wirft den bereitliegenden hellen Trenchcoat über, und im Davongehen ermahnt sie und belobigt sie die Kinder: Ihr macht es schon sehr schön. Aber ihr müßt noch weiter üben. Ich bin bald zurück.

Kaum ist sie aus dem Zimmer, da stürzen die Kinder ans Fenster und sehen ihr nach, wie sie zur Taxe läuft und sich ungeduldig mit dem Fahrer bespricht. Der Fahrer zieht seine Schirmmütze ab, als er Belinda die Wagentür öffnet; er ist ein feister Mann mit zerfließenden Formen, unerwartet höflich und sehr gesprächsbereit. Im Rückspiegel erkennt er, wie die Frau sich zurückdreht und zu den Kindern am Fenster hinaufsieht. Nett wohnen Sie hier, sagt er, und mit so netten Kindern.

Ja, sagt Belinda, sie hängt eine Hand in den Haltegriff und schließt die Augen, weniger aus körperlicher Erschöpfung als aus Resignation vor dem Mitteilungsbedürfnis des Fahrers, der ihr sagen muß, welche der geräumigen, sahnefarbigen Häuser von welchen Familien bewohnt werden und welche ausgeübten Berufe sie hier hineinführten. Es klingt sachgemäß, jedenfalls nicht anklägerisch, wenn er im Vorüberfahren blickweise auf ein Haus deutet und etwa sagt: Die Brusbargs, da auf dem Hügel, die verdanken alles ihren Soßen. Weil nämlich der Großvater, der hatte die Idee, Soßen in Tüten abzufüllen, ich meine dies Pulver, aus dem man Soßen macht. Zuerst hat noch die ganze Familie die Tüten zu Hause abgefüllt, dann kam die Fabrik.

In plötzlicher Furcht öffnet Belinda ihre Handtasche, sucht, findet den gesuchten Brief, liest den Namen des Empfängers – Thomas Niebuhr – und steckt den Brief in die Manteltasche. Da, sagt der Fahrer – er zeigt auf das Städtische Krankenhaus – da lag ich noch vor vierzehn Tagen. Hoffentlich nichts Ernstes, sagt Belinda in mechanischer Teilnahme. Nabelbruch, sagt der Fahrer, und, ihren Blick im Rückspiegel suchend: Da tritt alles nach außen, junge Frau. Ich war nämlich achtzehn Jahre Fernfahrer, müssen Sie wissen, Fleischtransporte, und den Anhänger habe ich immer selbst beladen. Gefrorene Viertelrinder aus Argentinien, müssen Sie wissen, jedes so zweieinhalb Zentner. Das Schlimmste ist das Bücken mit der Last, das hält kein Bauchnabel aus.

Bitte, sagt Belinda, ich fühle mich nicht wohl. Sie massiert leicht ihre Schläfen und vergräbt sich dann in ihren Mantel. Versteh' schon, sagt der Fahrer, nichts für ungut, zu allem gehören Nerven, schließlich. Aber jetzt möchte ich mal fragen - zu dieser Laubenkolonie, wo Sie hinwollen, können wir über die Helmholtzstraße fahren oder über den Leistikowstieg – wie möchten Sie? Ich weiß nicht, sagt Belinda, nur: rasch. Sie senkt ihr Gesicht, weil sie den vergewissernden Blicken im Rückspiegel entgehen möchte, offenen und sogar sanften Blicken, und in der Hoffnung, schweigen zu können, sagt sie wie abschließend: Sie können dann auf mich warten, ich fahre gleich wieder zurück.

Über eine Brücke fahren sie und dann parallel zum Strom bis zur Laubenkolonie, die nur von Straßen und Wegen zerschnitten wird, die einheimische Pflanzennamen tragen. Hier wohnen jetzt nur Griechen und Jugoslawen, sagt der Fahrer, und Belinda, aufschreckend: Nein, nein, nicht nur Griechen. Mit leisen Kommandos dirigiert sie den Fahrer, im Huflattichweg läßt sie halten, steigt schnell aus, läuft über die matschigen Beete eines Vorgartens auf eine Holzhütte zu, deren Fenster undurchsichtig geworden sind von Staub und Ruß. Der Taxichauffeur erkennt, daß sie nicht einmal klopft, nur die Tür, die sich anscheinend verworfen hat, ruckend aufreißt. Sie tritt ein. Den Raum kann jeder für sich selbst möblieren; zur Verfügung stehen ein durchgelegenes Sofa, zwei altmodische, viel zu große Sessel, ein Propangasofen, unter dem Fenster ein selbstgezimmertes, viel zu breites Schreibbrett, vollgepackt mit Papieren, Büchern, Tonfiguren, einem Transistor und einer Schreibmaschine. Neben dem Ofen ein Waschbord, und vor dem Waschbord dieser Bursche mit nacktem Oberkörper, der sich ächzend die Haare einseift und jetzt den Kopf hebt, durch beißenden Schaum herüberblinzelt und nicht mehr sagt als: Du bist es.

Belinda zeigt den Brief aus ihrer Manteltasche, stellt den Transistor ab, schubst einige Bücher von einem Sessel und setzt sich. Sie sagt: Nur einen Augenblick, Thomas, das Taxi wartet draußen, ich muß gleich wieder zurück. Wußte ich, sagt der Bursche und spült mit warmem Wasser die Seife aus seinem Haar, von diesem Tag ist nichts besseres mehr zu erwarten. Er reibt mit einem Handtuch sein Haar trocken, mißt die Frau mit einem schnellen Blick, entdeckt den Brief in ihrer Hand und kommt langsam näher. Lies vor, sagt er, heute haut mich nichts mehr um: ein Tag von glorreicher Beschissenheit. Warum, fragt Belinda, was ist passiert? Oder nenn es einfach den Begräbnistag, sagt der Bursche, und auf den Brief hinabnickend: Also, was muß ich noch beerdigen heute? Lies vor. Hast du deine

Bewerbung wieder zurückbekommen, fragt die Frau, und der Bursche darauf: So ist es, von der fünften Firma zurück. Zurück, eingeschrieben und mit der Versicherung, daß meine Zeugnisse bedeutend seien, so bedeutend, daß die Firma lieber auf mich verzichten möchte. Tja, und vor zwei Stunden kam die Kündigung. Ich muß hier räumen – vermutlich werden demnächst Jugoslawen in die »Villa Belinda« einziehen – mit Familien.

Das tut mir leid, Thomas, sagt die Frau, und dann: Ich bin von deinen Fähigkeiten überzeugt, jedenfalls. Thomas lacht erbittert auf, pellt sich ein gewürfeltes Hemd an, wirft die knappe Lederjacke über; eine Zigarette im Mundwinkel, kämmt er sich sorgfältig vor einem stark vergrößernden Rasierspiegel. Er fragt: Und du, Belinda? Warum liest du mir den Brief nicht vor? Heute bin ich stark im Nehmen.

Die Frau blickt auf den Boden, auf den durchgetretenen Teppich; sie sagt leise: Christian wird versetzt, in den Westen. Ich werde ihn begleiten, Thomas, ich gehe mit ihm. Ist das die ganze Überraschung, fragt Thomas, und dann mit angestrengter Ironie: Schließlich ist er dein Mann, und du bist verpflichtet, ihm zu folgen, wohin er dich führt. Habt ihr schon Fahrkarten? Sprich nicht so, sagt Belinda; ich – es ist das letzte Mal, Thomas, ich kann dich nicht mehr besuchen. Immerhin, sagt der Bursche, für ihn ist dann die Zeit des Argwohns vorüber.

Er wendet sich um, nimmt ihr den Brief aus der Hand, überlegt, schlägt ihn leicht gegen seinen Handrücken und wirft ihn in unerwartetem Entschluß auf die Schreibplatte. Er sagt: Abschiedsbriefe soll man allein lesen, oder? Ich heb' ihn mir für später auf, als krönenden Abschluß des Tages. Belinda blickt ihn entgeistert an, sie fragt: Ist das alles? Ist das alles, was du mir sagen möchtest? Und er darauf, achselzuckend: Reisende soll man nicht aufhalten – alte Erfahrung. Und dann, nach einem Blick durchs Fenster auf die wartende Taxe und den massigen Taxichauffeur, der sich gegen die Motorhaube lehnt: Nimmst du mich mit? Ein kleines Stück nur? Zur Stadt? Die Frau preßt die Lippen aufeinander, immer noch wartet sie auf etwas, von dem sie nicht genau sagen könnte, was es sein müßte; doch auf einmal steht sie auf, nickt und geht zur Tür. Sie steigen in die Taxe ein. Der Fahrer fragt: Wieder nach Hause?

Ja, sagt die Frau, nur diesmal am Hauptbahnhof vorbei. Ist es dir recht, Thomas, wenn wir in der Nähe des Hauptbahnhofs halten? Sehr recht, sagt der Bursche und rückt nah an sie heran

und tastet nach ihrem Handgelenk. Sie sitzen schweigend ne
beneinander, und als sie über die Brücke fahren, legt er eine
Arm um ihre Schultern und zieht sie zu sich herüber, während
der Fahrer aus sonderbarer Gekränktheit oder aus Abneigung
gegen den neuen Fahrgast nicht nur sein Mitteilungsbedürfni
unterdrückt, sondern auch darauf verzichtet, in den Rückspie
gel zu blicken. Sanfter Regen schwärzt das Kopfsteinpflaster
der Fahrer schaltet die Lichter an. Er hört die Fahrgäste auf den
Rücksitz flüstern, und unvermutet sagt die Frau: Bitte, ist e
möglich, daß wir noch einmal zurückfahren? In die Laubenko
lonie, fragt der Fahrer. In den Huflattichweg, ja, ich habe dor
nur etwas vergessen. Mir ist es egal, sagt der Fahrer. Er biegt in
eine Nebenstraße ab, kontrolliert die Zähluhr und fährt mi
zunehmender Geschwindigkeit auf eine Ampel zu, die imme
noch Grün zeigt und erst auf Gelb umspringt, als sie die Lini
passiert haben.

Es war Grün; dennoch rammt sie der andere Wagen auf Be
lindas Seite, reißt den hinteren Kotflügel ab und drückt di
Taxe, die sich einmal um ihre Achse dreht, gegen einen Licht
mast. Nicht Thomas, aber dem Fahrer gelingt es, die Tür vor
außen zu öffnen, er zieht sie heraus, mustert sie: Alles in Ord
nung? Er sieht, daß Belinda über dem Jochbein blutet, und
während der Fahrer des anderen Wagens schulmäßig fuchteln
und drohend herankommt, öffnet der Taxifahrer ruhig seiner
Verbandskasten und reicht der Frau ein Pflaster, das der Bur
sche ihr aufklebt. Schnell, sagt die Frau zu Thomas, bring mich
weg hier. Weg, bevor die Polizei kommt. Er braucht uns abe
als Zeugen, flüstert der Bursche. Ich kann nicht, sagt sie, du
mußt mich hier wegbringen. Sie späht über Straße, setzt zu
Flucht an, da tritt der Taxichauffeur zu ihnen, hat schon ein
Notizbuch in der Hand, fragt schon: Sie können doch auch
bestätigen, daß wir Grün hatten? Der behauptet steif und fest
daß er erst bei Grün angefahren ist. Wir hatten Grün, sagt de
Bursche entschieden, und das werden wir jederzeit bezeugen
Ich danke Ihnen, sagt der Taxifahrer, und reicht Thomas sei
Notizbuch und bittet ihn, Namen und Adresse hineinzuschrei
ben. Muß ich auch, fragt Belinda, und als der Taxichauffeur si
mit einer Geste darum bittet, schreibt sie einen Namen und ein
Adresse hinein, und reicht das Notizbuch zugeklappt zurück
Aber jetzt müssen wir doch wohl nicht hierbleiben, fragt di
Frau, und der Bursche bekräftigt: Wir haben es nämlich seh
eilig. Und bei diesen Worten drückt er dem Fahrer einen Geld

166

schein in die Hand, den er aus der Handtasche der Frau genommen hat.

Die heftiger werdende Auseinandersetzung der beiden Fahrer ausnutzend, überqueren sie eilig die Straße, laufen durch einen Torweg, gelangen auf die Theaterstraße, die zum Hauptbahnhof führt. Sie kreuzen auch diese Straße, nicht in gemeinsamem Beschluß, sondern weil die Frau es einfach tun zu müssen glaubt und der Bursche ihr einfach folgt, doch dann, vor einer Kellerkneipe, angesichts eines erleuchteten Aquariums im ebenerdigen Fenster, bleibt die Frau plötzlich stehen und läßt ihren Oberkörper gegen den Burschen kippen. Was ist los, fragt er, was hast du, Belinda? Er wird mich ja wiederfinden, sagt sie, mein Gott, er wird zu uns nach Hause kommen. Wer, fragt Thomas. Der Taxichauffeur, sagt sie. Ich habe einen anderen Namen in sein Notizbuch geschrieben, eine andere Adresse. Aber das nützt nichts: Er hat mich doch von zu Hause abgeholt. Du hast einen falschen Namen angegeben, fragt der Bursche, und Belinda: Mein Gott, ist mir übel. Laß uns hier reingehn, Thomas, nur einen Augenblick. Laß uns etwas trinken. Mein Gott, ist mir übel.

Gregor hob sein Glas, deutete zu dem Paar in der Ecke hinüber, bedauernd, geradeso, als seien die beiden schuld daran, daß ihm keine andere Geschichte zu ihnen einfallen konnte. Sieh sie dir an, mein Alter, sagte er zu mir: Die Achtlosigkeit des Burschen – offenbar hat er den Spielautomaten gewechselt – und die stumpfe Verzweiflung der Frau – sie hat es wohl aufgegeben, einen Ausweg zu finden –, alles sagt mir, daß hier keine außerordentliche Geschichte zu erwarten ist. Was wir annehmen dürfen: ehrbare Banalität – wobei ich euch sagen möchte, daß ich sehr viel Respekt vor der Banalität habe. Dieter Klimke schüttelte lächelnd den Kopf, ich konnte es ihm ansehen, daß er längst andere Beziehungen und Motive entdeckt hatte, doch er verzichtete darauf, Gregor zu antworten.

Als der Wirt uns eine neue Lage brachte, fragte Gregor ihn: Die vielen Wimpel und Pokale dort, wofür haben Sie die bekommen? Angler, sagte der Wirt, ich war mehrmals Angler-König. Für den schwersten Fisch; für den wertvollsten Fisch; für die größte Kilobeute – für alles gibt's Preise. Auch für Angler-Latein, fragte Gregor, worauf der Wirt nur abwinkte und zur Theke zurückkehrte.

Da beide nun mich ansahen, auffordernd und gespannt, nahm

ich mir noch mal das Paar bei den Spielautomaten vor, fragte es stumm ab, deutete ihre Haltung, ließ die Achtlosigkeit sprechen, die sie für einander zeigten, und gerade dies: die Achtlosigkeit und eine plötzlich wahrgenommene physiognomische Ähnlichkeit legten mir eine andere Annahme nahe: die beiden mußten Geschwister sein. Na, fragte Gregor, was meinst du? Geschwister, sagte ich, für mich sind die beiden Geschwister, anders kann ich sie nicht sehen.

Ich spürte sogleich, wie diese Feststellung mich zu einer Überprüfung der Beziehungen zwang, die das Paar in der Ecke erkennen ließ. Die Schmerzlichkeit im Ausdruck der Frau konnte sie nicht das Ergebnis einer Entdeckung sein, die sie zu letzter Hilflosigkeit verurteilt hatte? Und die sogenannte Achtlosigkeit des Burschen: verbarg sich hinter ihr vielleicht ein Wunsch nach Vergessen, und hinter seiner kalten Spielwut das Bedürfnis, sich ablenken zu müssen von dem, was er gemeinsam mit der Schwester entdeckt hatte? Andere Fragen ließen andere Möglichkeiten zu, und dann fragte ich nach einem Ort, wo die Geschichte ihren Ausgang nehmen könnte, und nach einem Anlaß, der das gemeinsame Auftreten der Geschwister rechtfertigte. Nun, fragte Gregor, wie kamen deine Geschwister hierher? Nach welcher Vorgeschichte?

Also hört zu, sagte ich, denkt euch eine saubere, beengte Witwenwohnung, wir lassen es Nachmittag sein, man sitzt bei einer Kaffeetafel, die Kuchenlasten sind geplündert. Auf dem resedagrünen Sofa sitzt die gehbehinderte Mutter, auf zwei Stühlen sitzen sich Karen und Herbert, genannt Hebbi, gegenüber, die zum fünfundsechzigsten Geburtstag der Mutter erschienen sind. Mechanisch lädt die Mutter dazu ein, noch ein Stück Kuchen zu essen, beide verzichten seufzend, wechseln einen belustigten Blick, als die Mutter sich noch ein Stück Torte nimmt und mit grüblerischem Behagen zu kauen beginnt. Die Blumen, sagt Karen, wieviel Blumen du bekommen hast, Mama. Leider reichen die Vasen nicht, sagt die Mutter, zum nächsten Geburtstag könntet ihr mir einige Vasen schenken.

Es klingelt an der Wohnungstür, Hebbi steht auf, um zu öffnen, doch die Mutter ruft ihn zurück, fröhlich zuerst, dann dringend; obwohl sie Mühe hat, zu gehen, besteht sie darauf, selbst zur Tür zu gehen. Heute bin ich an allem schuld, sagt sie mit gespielter Neugierde und deutet eine Erwartung an, die sie sich von keinem verkürzen lassen möchte. Sie schlurft am Tisch vorbei auf den Flur, die Geschwister zwinkern sich zu, lauschen, wie draußen die Kette entfernt, die Wohnungstür geöffnet wird. Man hört explosionsartige Glückwünsche zum fünfundsechzigsten Geburtstag, dann den sanften Überredungsversuch der Mutter, hereinzukommen, ein Stück Kuchen zu essen, schließlich eine vergnügte Weigerung: Später vielleicht, Frau Krogmann, wenn Sie Ihren Besuch überstanden haben. Die Mutter kehrt mit einem Blumenstrauß zurück, und Karen glaubt eine verborgene Enttäuschung herauszuhören, als ihre Mutter sagt: Nur eine Nachbarin, Frau Unertl – sie ist Empfangsdame, wenn ihr euch darunter etwas vorstellen könnt.

Karen stellt die Blumen in einen Plastikeimer, steckt die Glückwunschkarte zwischen die Blüten, während Hebbi sich eine Zigarette ansteckt und genüßlich am Büfett entlangstreift, das beladen ist mit Mörsern, Photographien, staubfangenden Immortellen, einer massiven Modell-Lokomotive auf Marmorplatte, ferner mit Brieföffnern, Handspiegeln und einer nie benutzten silberbeschlagenen Bürste. Er schiebt die Immortellen zur Seite, angelt sich die größte Photographie, die in einem muschelbesetzten Rahmen steckt, betrachtet sie eine Weile mit wohlwollender Skepsis: diesen kleinen agilen Mann mit dunklen, träumerischen Augen, der sich die Uniformmütze der Bahnbediensteten so keß in die Stirn gezogen hat.

Da haben wir ja unser kleines Genie, sagt Hebbi, schade, daß er dies alles nicht miterleben kann. Sprich nicht so, sagt die alte Frau, sprich nicht so von deinem Vater. War er denn kein Genie, fragt Hebbi mit vorgegebenem Erstaunen, und Karen darauf: Stell ihn weg und hör endlich auf, dich an ihm zu reiben. Nach elf Jahren solltest du ihn in Frieden lassen. Ich hab' doch wohl das Recht, ihn auch nach elf Jahren noch zu bewundern, sagt Hebbi, für mich war er wirklich das Familiengenie: schließlich hat keiner so viele Ideen gehabt wie er, steile Ideen. Du könntest sein Andenken ruhig in Ehren halten, sagt Karen, und Hebbi darauf: Tue ich das etwa nicht? Indem ich sein Genie erwähne, ehre ich sein Andenken. Und auf das Bild hinabsprechend: Du warst in Ordnung, Paulchen Krogmann, du hast kühner geträumt als die meisten, du hast nur vergessen, deine Kühnheit finanziell abzusichern. Was verstehst du vom Leben, sagt die Mutter und macht sich sanft über ihr Stück Kuchen her. Eben, sagt Hebbi, ich brauche mich nur mit ihm zu vergleichen, dann weiß ich, was mir fehlt. Wie meinst du das, fragt seine Schwester. Na, denk mal allein an seine Gründungen ... an den

Mut, den er, ein kleiner Lokomotivführer, zur Firmengründung hatte! Zuerst die Firma, die schnellwachsende Bäume pflanzte; für zwei Mark war man Mitglied und Eigentümer eines Baums ... Oder denk an seine Wegwerf-Hemden: einmal getragen – Papierkorb ... Oder an seine Tinkturen gegen körperliche Miß-bildungen ... Na, und seine Fabrik, in der kleine Magnete gegen Schlaflosigkeit hergestellt wurden: das soll ihm erst mal einer nachmachen. Hör auf, so zu reden, sagt Karen, Papa hat für alles bezahlt. Sicher, sagt Hebbi, mit Mamas Ersparnissen hat er alles bezahlt. So meine ich das nicht, sagt Karen, ich denke an das Unglück, bei dem er ums Leben kam.

Hebbi stellt das Bild zurück, legt den Kopf schräg und erwidert das kesse Lächeln des Lokomotivführers. Er sagt leise: Es ist nie geklärt worden, wie ein Mann von seinen Erfahrungen das Signal überfahren konnte ... seine Lokomotive, sie war die erste und einzige, die die Böschung heruntergestürzt ist und in den Fluß ... Wenn du nicht aufhörst, sagt Karen, du wirst noch den ganzen Geburtstag eintrüben. Die Mutter winkt ab: was versteht er schon vom Leben? Und dann bittet sie Karen, die Likörgläser zu füllen, und bevor sie trinken, wendet sie sich noch einmal an Hebbi: Hoffentlich gelingt dir, was ihm gelungen ist ... hoffentlich wirst du auch mal deiner Frau zu einer so guten Witwen-Pension verhelfen ... daß ich nicht klagen kann, verdanke ich ihm. Und sie nickt bestätigend, niemand wird diesen Glauben erschüttern können, niemand sie davon abbringen, in der Versorgung über den Tod hinaus das entscheidende Werk ihres Mannes zu sehen, mit dem er alles gutgemacht hat.

Die Geschwister tragen das Geschirr in die Küche, stellen es in den Handstein, stellen fest, daß sie gehen müssen, und be-schließen, ein Stück gemeinsam zu gehen. Aber zart, sagt Ka-ren, du mußt es ihr zart beibringen, daß wir nicht zum Abend-brot bleiben können. Die Mutter sitzt gesammelt da, unerschüt-terlich, in einer Art Trägheit, die von keiner Nachricht durch-drungen werden kann, und als Hebbi sagt: Mami, wir müssen jetzt wohl gehen, Karen und ich, reicht sie ihnen sogleich die Hand, nicht bedauernd, eher erleichtert. Die Geschwister tät-scheln sie zum Abschied wie ein trauliches Monument, streifen einen Kuß an ihr ab, winken noch einmal zu ihr zurück. Beim Zufallen der Tür blickt die Mutter schnell zur Büfett-Uhr.

Während die Geschwister die Treppe des Mietshauses hinab-steigen, schildert Hebbi seine Erfahrungen im Berufsleben ... Du glaubst es nicht, Karen, aber es ist so ... irgend etwas an mir

... also was ich auch tue, nach kurzer Zeit kommen die Chefs zu mir und bieten mir gehobene Positionen an ... mehr Geld ... mehr Verantwortung ... bei den Fensterputzern, da wollten sie mich schon nach zwei Wochen zum Kolonnenführer machen ... in der Umzugsfirma: ich war kaum da – schon boten sie mir die Abteilung Packmaterial an ... und jetzt wieder ... jetzt soll ich die Aufsicht über alle Boten im Funkhaus übernehmen ... Und, fragt Karen, wirst du's machen? ... Ich? Hältst du deinen Bruder für behämmert? Nur eine einzige Sprosse auf der Karriere-Leiter, und schon ist die Gemütlichkeit futsch. Und der Friede. Und die Unschuld.

Im Parterre, vor dem Niedergang zum Keller, steht eine Kinderkarre. Hebbi setzt einen Fuß hinein und hält sich dabei an der Schulter seiner Schwester fest. Am liebsten, Karen, sagt er, möchte ich mich von dir schieben lassen; zeitlebens. So wie damals.

Sie treten auf die Straße hinaus, blicken zur Verkehrsinsel vor dem kleinen Bahnhof, nehmen sich bei der Hand und springen über die Schienen der Straßenbahn. Im Windschutz des gläsernen Wartehäuschens zünden sie sich Zigaretten an. Aufblickend streift Hebbi die Rampe der Güterverladung, die beladenen Karren und Schubkarren, streift die Telefonzelle, und plötzlich spürt Karen, wie ihr Bruder in der Bewegung innehält, regungslos und leicht geduckt dasteht.

Was ist, Hebbi? Was fehlt dir? Da, sagt er zögernd, an der Telefonzelle. Der Mann? Der Mann, der dem Kind die Blumen gibt: es ist Vater. Das glaubst du doch selbst nicht! Er ist es, Karen ... der Mann, der sich zu dem Kind beugt ... der ihm jetzt Geld gibt. Aber Vater ist tot, sagt Karen. Siehst du, wohin das Kind die Blumen bringt, fragt Hebbi – sie sind für Mutter bestimmt.

Unter den Ermahnungen des Mannes nickt das Kind und hüpft fort über die Straße und über die Schienen, bleibt einmal stehen und blickt auf die Münze in seiner Hand, bevor es die Blumen in das Haus trägt, das sie gerade verlassen haben. Es ist Vater, Karen, unbedingt, es kann nur er sein. Du hast Erscheinungen, Hebbi. Dann komm, komm und überzeug dich.

Eine Hand am Gürtel ihres Trenchcoats, zieht er sie mit sich hinüber zur Laderampe, an der ein kleinwüchsiger Mann mit schnellen Schritten vorbeistrebt, durch eine Passage auf einen überdachten Vorplatz, von dem es zu den Bahnsteigen geht. Die dunkle Schirmmütze, wie Bahnbedienstete sie tragen oder

Leute aus dem Hafen, bewegt sich im Rhythmus der Schritte vor ihnen her, an der Würstchenbude vorbei, am Zeitungsstand, zum Bahnsteig der Stadtbahn. Schnell, mahnt Hebbi, wir dürfen ihn nicht verlieren. Sie laufen, sie erreichen die Bahn, in die der kleine Mann eingestiegen ist, auf jeder Station steigen sie aus und versichern sich, ob er noch im Nebenabteil sitzt, das genügt ihnen, denn bevor sie ihn ansprechen, wollen sie mehr über ihn erfahren.

Am Hauptbahnhof steigt er aus, bewegt sich auf einmal verhaltener, gemächlicher, schlendert auf einen Blumenkiosk zu, doch nicht, um Blumen zu kaufen, vielmehr stellt er sich schräg vor einen Spiegel und beobachtet die Passanten hinter sich, sie vor allem, die Geschwister, die er zu oft am Abteilfenster hatte vorbeigehen sehen. Seine Wachsamkeit, diese gelassene Vorsicht, erscheint Hebbi als zusätzliche Bestätigung seines Verdachts. Er ist es, flüstert er, das ist Vater, Karen.

Und plötzlich wendet sich der kleine Mann mit energischem, fast fliehendem Schritt zum Ausgang, verschwindet zwischen wartenden Taxis, taucht vor dem erleuchteten Eingang eines Hotels auf und biegt in eine trübe Seitenstraße ab. Jetzt läuft er. Auch die Geschwister laufen, Hebbi voran, und er erkennt, daß der kleine Mann seinerseits die Verfolger erkannt hat. Seine Fluchtbewegungen haben etwas Lächerliches; der lang fallende Mantel hemmt seinen Lauf, die große Schirmmütze scheint unmittelbar auf dem Mantelkragen zu sitzen. Vor einem Reklameschild stoppt er ab, zieht eine Tür auf, ein Lichtkegel fällt auf den Bürgersteig, schon ist es wieder dunkel, und er ist fort.

Die Geschwister kommen näher, treten vor das Schaufenster einer zoologischen Handlung, nur der Verkäufer ist zu sehen, ein feierlich wirkender, schlanker Mann in grauem Kittel. Sie übersehen das Angebot – Zwergkaninchen, Meerschweinchen, die ewig turnenden Wellensittiche –, treten ein, und Hebbi fragt: Hier ist doch eben ein Mann reingekommen? Der Verkäufer beugt sich ihnen erstaunt entgegen, sein Erstaunen enthält einen sachten Vorwurf: Ein Mann? Er habe keinen Mann gesehen, aber er möchte gern wissen, womit er dienen könne.

Karen, leicht beunruhigt, will ihren Bruder aus dem Geschäft ziehen, da hören sie ein Geräusch aus dem Lagerraum, stürzende Pappkartons vermutlich, worauf Hebbi wortlos einen Vorhang zur Seite wirft und seine Schwester hineinzieht in einen schwach erleuchteten Raum. Papageien geben Alarm, Pineläffchen, im Schlaf gestört, jagen zähnefletschend durch ihren Käfig.

Dort, ruft Hebbi, die Tür zum Hof. Sie durchqueren das Lager, laufen auf den Hof hinaus, dort schließt sich die Tür eines Hintereingangs, also wird er dorthin geflohen sein. Dicht nebeneinander stehen sie im Hausflur und lauschen mit erhobenen Gesichtern den leiser werdenden Schritten und dem abnehmenden Keuchen; ein fernes Schlüsselgeräusch, eine zufallende Tür, und jetzt steigen sie die Treppen hinauf.

Entweder im dritten oder im vierten Stock, flüstert Hebbi. Sie streift seine Hand von ihrem Ärmel, lehnt sich an die Wand, versucht ihren Atem zu beruhigen, und mit einer gleichzeitigen Geste der Weigerung sagt sie: Schluß jetzt, Hebbi; ich mach' nicht mehr mit. Du leidest an Hirngespinsten.

Aber er ist es, Karen, es ist Vater. Du weißt, daß er tot ist, seit elf Jahren. Seine Leiche – man hat sie nie gefunden nach dem Unglück damals. Aber warum läuft er weg vor uns? Fragen wir ihn, sagt Hebbi bestimmt und zieht sie in den dritten Stock hinauf, wo er den glimmenden Schalter eines Minutenlichts drückt. Er liest die Namensschilder, halblaut, er horcht an den Türen, und dann winkt er seine Schwester heran: Hier, Karen, dieser P. Ballhausen, der könnte es sein; in den anderen Wohnungen sind Kinderstimmen zu hören. Drück mal die Klingel. Drück du, sagt Karen.

Die Klingel scheint sich verklemmt zu haben, das Schrillen dauert und dauert, erst ein neuer Druck unterbricht es. Beim Geräusch der sich nähernden Schritte schiebt sich Karen unwillkürlich hinter ihren Bruder. Eine Kette wird entfernt, langsam wird die Tür aufgezogen.

Guten Tag, Vater, sagt Hebbi. Der kleine Mann mit den dunklen, träumerischen Augen sieht sie freundlich und verständnislos an. Er steht in offener Jacke vor ihnen, Hausschuhe an den Füßen, in einer Hand eine Brotsäge. Wir sind dir gefolgt, Vater, Karen und ich. Der Mann hebt bekümmert die Schultern, er sagt lächelnd: Es tut mir leid, aber ich muß Ihnen sagen, es ist ein Mißverständnis. Bitte, mach uns doch nichts vor, Vater, sagt Hebbi, ich habe eben noch dein Photo in der Hand gehabt. Laß uns reinkommen, zumindest. Der Mann schüttelt jetzt in amüsierter Überraschung den Kopf. Was einem so passieren kann, sagt er, und dann: Bitte, von mir aus kommen Sie herein.

Sie betreten die Wohnung, vorbei an einem Stapel leerer Vogelbauer, fabrikneu; auf dem Küchentisch liegt ein angeschnit-

tenes Brot, im sparsam möblierten Wohnzimmer liegen Packer
von Tierzeitschriften herum. Wir haben dich entdeckt, Vater
zufällig, als du dem kleinen Mädchen die Blumen für Mutter
gabst ... wir sind dir gefolgt ... warum hörst du nicht auf
Versteck zu spielen? Der kleine Mann bedenkt sich, entschul
digt sich für die Brotsäge in seiner Hand, er sagt lächelnd: Da
wäre schon eine Überraschung, auf einmal zwei erwachsene
Kinder zu haben, doch ich muß Sie enttäuschen. Mein Name
steht auf dem Türschild, mir gehört eine zoologische Handlung
jeder hier kennt mich, seit vielen Jahren. Leider kann ich nicht
das Ziel Ihrer Suche sein. Seit wie vielen Jahren wohnen Sie
hier, fragt Hebbi, und der Mann, die Achsel zuckend: Zu lange
schon.

Die Geschwister tauschen einen Blick, Hebbi erkennt Karens
ungeduldige Aufforderung, die Wohnung zu verlassen, sie geht
bereits auf den Flur hinaus. Entschuldigen Sie, sagt Hebbi
kleinlaut und immer noch nicht überzeugt, vermutlich haben
wir Sie verwechselt. Er geht auf den Flur hinaus, der kleine
Mann folgt ihnen, begleitet sie zur Tür. Zum Abschied drehen
sich die Geschwister gleichzeitig um, etwas zu abrupt, denn
Karen stößt gegen den Turm der leeren Vogelbauer, die ober-
sten Käfige stürzen herab, von einem wird sie am Jochbein
getroffen. Beide entschuldigen sich, doch der Mann wertet das
Mißgeschick ab, ist doch nichts passiert, sagt er, bis er die kleine
Blutspur in Karens Gesicht entdeckt. Er besteht darauf, ihr ein
Pflaster aufzukleben, ihr es zumindest für alle Fälle mitzugeben
und er geht ihnen voraus in die Küche, wo er aus dem Küchenschrank eine Zigarrenkiste heraushebt, die sein Verbandzeug
enthält. Während er für Karen ein Pflaster heraussucht, stellt
Hebbi eine gerahmte Photographie auf, die offenbar umgekippt
ist. Es ist eine ältere Photographie. Sie zeigt seine Mutter.

Karen, ruft Hebbi, sieh her, sieh dir das an. Karen drückt das
Pflaster fest und wendet sich ihrem Bruder zu. Das ist doch
Mutter? Ja, sagt Hebbi, das ist ein Bild von Mutter – und zu
dem kleinen Mann: Das ist nun kein Mißverständnis, dies Bild –
es ist ein Photo unserer Mutter. – Tatsächlich, fragt der Mann
und dann, nach einem Augenblick der Unsicherheit: Es gehört
meinem Mitbewohner, er hat das Photo aufgestellt. Wie heißt
er, fragte Hebbi, und der Mann, überlegend: Oh, wir haben den
gleichen Vornamen, wir heißen beide Paul, sein Nachname ist
Zech. Dürfen wir ihn sprechen? Aber sicher, aber gewiß doch
er wird etwa in zwei Stunden zu Hause sein, sagt der Mann.

Karen nimmt die Hand ihres Bruders, sie bittet ihn, mit ihr zu kommen. Sie sind etwas blaß geworden, sagt der Mann zu ihr, aber es ist keine ernsthafte Verletzung. Er bringt sie zur Tür.

Schweigend gehen die Geschwister die Treppe hinab, Karen scheint nicht mehr sicher auf den Füßen zu stehen. Mit einer fließenden Bewegung läßt sie sich auf die unterste Treppe nieder, verbirgt das Gesicht in den Händen, stöhnt. Er war es, sagt Hebbi triumphierend, er ist es: Vater. Na und, fragt das Mädchen verzweifelt, hilft es dir? Hilft es einem von uns?

In bin in zwei Stunden dort oben, sagt Hebbi drohend, ich bin nur gespannt, was er sich dann wieder ausgedacht haben wird. Aber ich überführ' ihn, verlaß dich drauf: Ich überführ' ihn! Wozu denn, mein Gott, wozu denn, fragt Karen, und, die Hände von ihrem Gesicht ziehend: Begreifst du denn nicht, warum er dies alles getan hat? Begreifst du denn nicht, daß dies zu seiner freiwilligen Buße gehört? Was versprichst du dir denn nur? Komm, Karen, Schwesterchen, sagt Hebbi, wir gehen jetzt in die kleine Kellerkneipe nebenan. Dort trinken wir etwas. Und nach zwei Stunden springe ich nur für einen Augenblick hinauf, nur, um eine einzige Frage zu stellen; danach bringe ich dich nach Hause.

Gregor grinste mich an, schüttelte – wenn auch nur in halber Mißbilligung – den Kopf und sagte: Typisch; typisch für dich, mein Alter, bei dir endet alles in der Schwebe, weil du Lösungen als Unhöflichkeit ansiehst. Er trank mir zu, fuhr einmal strählend durch seinen Bart und blickte zu dem Paar bei den Spielautomaten hinüber, geradeso, als ob er etwas nachmessen oder blickweise erkunden wollte: Geschwister? Glaubst du wirklich, sie sind Geschwister? Wir können sie ja mal fragen, sagte ich, einer von uns, am besten du, Gregor, könnte hingehen und sie fragen. Es ist zu früh, sagte Gregor, vorher muß Kollege Klimke seine Geschichte abliefern.

Klimke bestellte sich noch einen Tee pur mit Zitrone; er vermied es offensichtlich, in die Ecke hinüberzusehen, wo die Frau gerade den Inhalt ihrer Handtasche barg, sorgsam und abwägend, als suchte sie die Herkunft der einzelnen Dinge zu bestimmen, ehe sie sie in die Tasche fallen ließ. Nur die dunkelgraue Schwungfeder behielt sie in der Hand und strich mit ihr über den Rand des Glases.

Gregor sah Klimke ermunternd an: Na? Zu welchem Ergebnis kommen Sie? Aber Sie müssen von demselben Bild ausgehen

... Ich weiß nicht, sagte Dieter Klimke, ich weiß nicht, ob es möglich ist, von demselben Bild auszugehen. Sicher, das Bild ist da, es hat seine eigene Trägheit, aber es besteht nicht lange für sich; denn die Einbildungskraft unterschiebt ihm zu schnell eine Bedeutung ... Vermutlich nehmen wir mit dem Bild schon seine Bedeutung wahr ... eine für uns eigentümliche Bedeutung. Gregor hörte ihm skeptisch zu, unterbrach ihn und sagte: Also mit einer Theorie kommen Sie nicht davon. Sie müssen doch von etwas ausgehen, von einer gesetzten Annahme. Das tue ich auch, sagte Klimke, und an uns vorbeisprechend, den Blick an Wimpel und Pokale gehängt, erklärte er, daß das, was seine Einbildungskraft am meisten erregte, diese Vogelfeder sei, die graue Schwungfeder – ihr wißt schon –, die der Bursche mit dem ganzen Inhalt der Tasche auf den Tisch kippte. Erzählen, sagte Gregor unnachgiebig. Und Dieter Klimke, nach einer unsicheren Bewegung: Genügt das – erzählen? Worauf es ankommt, das ist doch dazuzugewinnen und zu rechtfertigen. Und dann lieferte er uns seine Geschichte, die er ausdrücklich als Versuch bezeichnete:

Da geht Sophia mit schwingenden Schritten über den kleinen Markt, glücklich; Korb und Netz schlenkern zum Beweis der Zufriedenheit in ihren Händen. So geht jemand, der den kleinen, aber erreichbaren Vorteil auf seiner Seite weiß und es ausdrücken möchte durch vergnügte, überflüssige Bewegung. Sie hat den Herbst gekauft, das Gelb und das schon verblassende Grün, das süße Mark im Braun der Birnen, die aromatische Schärfe in erdigen Sellerieknollen, alles vorteilhaft gekauft, um es in die gerade bezogene Apartmentwohnung zu tragen, in den kühnen, aber gemütlichen Wohnturm, den sie den »langen Konrad« nennen. Händler hinter ihren farbigen Ständen und Auslagen grüßen sie mit Freundlichkeit und reiben sich unter fleckigen Schürzen die Hände warm, um sich beim Kleingeld nicht zu verzählen.

Am Ende des Marktes, dort, wo die kurzen Fallwinde die Leinwand der Buden schütteln, winkt ein Händler sie an seinen Stand heran, obwohl er doch erkennen muß, daß sie, fröhlich beladen, schon auf dem Heimweg ist. Ein Mann von unbestimmbarem Alter, in abgetragenem schwarzem Anzug, einen breitkrempigen Hut über dem ausgezehrten Gesicht, hält sie auf und weist mit ausgebreiteten Händen auf sein ungewöhnliches Angebot: Hügel von Kirschen. Sophia, eine leidenschaftliche

Marktgängerin, hat ihn nie zuvor hinter einem Stand gesehen, diesen fremdartig wirkenden Mann, der mehrere Ringe an den Fingern trägt, der ihren Blick durch eine einzige Geste hinabzwingt auf die Früchte, die jetzt schon zur Erinnerung an den Sommer gehören. Verwundert starrt sie auf die Schattenmorellen, auf Sauer- und Weichselkirschen, in deren Fleisch noch die Hitze des Sommers klopft, und ohne nach dem Preis zu fragen, ohne sich nach der Herkunft der Kirschen in dieser ungewöhnlichen Zeit zu erkundigen, läßt sie sich vom Händler die Menge auswiegen, die er für angemessen hält, ein rosa Körbchen voll, das ihr die beringten Finger hinüberreichen. Und da, während sie verwirrt bezahlt, stößt der fremde Händler lächelnd den Kiel einer grauen Schwungfeder in die zuoberst liegenden Kirschen ihres Körbchens. Die zarten Häute platzen, Saft quillt am Kiel empor, pulpiges Fruchtfleisch netzt die heilen Kirschen. Sophia läßt die Feder stecken, trägt, nun etwas nachdenklich, die preiswerte Beute in ihren Wohnturm, und in der blanken, geheimnislosen Küche, vor dem Spalier der elektrischen Diener, packt sie pfeifend Netz und Korb aus, probiert andächtig die verschwitzte ungarische Dauerwurst, schmeckt zum zweitenmal vom erstandenen Käse, und zum Schluß, nachdem sie alles verwahrt hat, reinigt sie eine Handvoll Kirschen und ißt sie in ihrem bequemsten Stuhl. Zwischen Gaumen und Zunge läßt sie die Früchte platzen und sucht den Augenblick belebender Wohltat auszudehnen. In einer Hand hält sie die Feder, dreht sie leicht, streicht über ihre Knie und über die blitzenden Leisten des Küchenschranks, und später, in selbstzufriedener Geschäftigkeit, streift sie unabsichtlich mit der Feder die Küchenwand. Sophia erschrickt; denn die Stelle, die sie so flüchtig und zart berührte, beginnt sich zu beleben, der Stein erweicht, schmilzt sichtbar zusammen zu einer rotbraunen Masse, läuft lautlos in Zungen auseinander wie flüssiges Wachs, und vor ihren Augen tropft der Stein auf den versiegelten Fußboden, nicht heiß, nicht blasenwerfend, sondern in kühlem Zustand. Die Feder gibt nichts preis, solange Sophia sie auch untersucht, doch dann hebt sie das Gesicht, nähert es dem ausgeschmolzenen Loch in der Wand, langsam, in träumerischer Verstörtheit, und jetzt blickt sie in die Küche der Nachbarn, entdeckt das Ehepaar Töpfle, den feinsinnigen Physiklehrer und seine schöne, unwirsche Frau. Herr Töpfle trägt ein blauweißes Turnkostüm, von seinem Hals läuft eine Leine in die mit Leberflecken bedeckten Hände seiner Frau, er scharrt, er prustet und tänzelt vor den künstlichen Hindernissen, die kreisförmig auf dem Boden verteilt sind: Fußbänke, Bücherstapel, Küchenhokker. Die Frau im Morgenrock streichelt ihn nachlässig, knallt mit einer kurzstieligen Peitsche. Herr Töpfle springt an, trabt, nimmt glücklich das erste Hindernis, dann das zweite, er blickt auf seine Frau, er möchte offenbar belobigt werden, doch sie zerrt energisch an der Leine und schärft seine Aufmerksamkeit für das nächste Hindernis. Herr Töpfle verweigert; erst nach einem leichten Schlag über die Waden setzt der Physiklehrer über den Küchenhocker. Die Zweierkombination allerdings – Bücherstapel, Stuhl – will und will ihm nicht schmecken, immer wieder bricht er aus, schnaubt, nimmt neuen Anlauf, die Peitsche treibt ihn schließlich zum Sprung, er stürzt, er verliert seine nickelgefaßte Brille, und die Frau gibt in schmerzlicher Enttäuschung die Leine frei, läßt die Peitsche auf ihn fallen, tritt an den Tisch und schenkt sich Kaffee ein. Sophia scheint dem Anblick nicht gewachsen zu sein und deckt das Loch zunächst mit der Hand, später mit einem Stück Tapete ab.

Ratlos bereitet sie sich auf den Weg ins Büro vor, arbeitet unkonzentriert vor dem Spiegel an ihrem Gesicht, nimmt die hilfreichen Nasentropfen, packt Tempotaschentücher ein, wirft den Mantel über, und zum Schluß, nach kurzer Erwägung, nimmt sie die Feder in die Hand. Sie fährt zum unterirdischen Parkplatz hinunter, geht zu ihrem kleinen blauen Auto, verzögert plötzlich den Schritt und starrt auf den ungeliebten Grenzstein, nachdenklich, auf den Stein, der ihr noch jedesmal ein Gefühl für Zentimeter abverlangt und sie zu anstrengenden Manövern zwingt; schnell duckt sich Sophia, streicht einmal über den Stein – eher in ungläubiger als berechneter Erwartung – und weicht ängstlich zurück, als auch dieser Stein sich zu regen beginnt, schmilzt, das Laufen bekommt wie ein Käse in der Wärme. Da kann sie doch nur in ihr Auto steigen und im Vertrauen darauf davonflitzen, daß niemand sie beobachtet hat – die Feder übrigens wohlverwahrt in der Handtasche.

In dem von ihr beherrschten Vorzimmer findet sie kein besseres Versteck für die Handtasche als im untersten Fach ihres Spezialschreibtisches, der mehrere Telefone trägt, eine Sprechanlage, Eingangs- und Ausgangskörbe. Der – wie meistens – gutgelaunte Chef, den still zu bewundern sie sich angewöhnt hat, begrüßt sie mit Handschlag, läßt sich – reichlich aufgeräumt – aus ihrem Urlaub erzählen und eröffnet Sophia, daß er während ihrer Abwesenheit eine neue Kraft eingestellt habe:

Fräulein Driessel aus der Personalabteilung, die ab heute auch im Vorzimmer sitzen und arbeiten werde, zu Sophias Entlastung. Und wie auf ein Stichwort erscheint Irmtraud Driessel, selbstbewußt, ein Mädchen, von dem Sophia behaupten möchte, daß es mehr Wasser als üblich zur Morgenwäsche verbraucht; der Chef macht miteinander bekannt. Etwas zaghafter, etwas bescheidener dürfte Fräulein Driessel schon ihren Schreibtisch in Besitz nehmen, schließlich ist sie ja neu hier, hat sich zumindest noch nicht das Recht ersessen, im Drehstuhl probeweise so herumzuwirbeln, daß ihr Haar, der Fliehkraft gehorchend, in die Waagerechte aufweht. Der Chef immerhin scheint an dieser unbekümmerten Erprobung Gefallen zu finden, und Sophia komplizenhaft zuzwinkernd, bestellt er Fräulein Driessel gleich mal zum Diktat, in der ausgesprochenen Hoffnung, daß sie sich bei der Arbeit ebenso »frisch« zeigen werde.

Sophias rechtmäßige Enttäuschung bekommen nun die vielfarbigen Briefe zu spüren, die sie beinahe wütend aufschlitzt, lustlos überfliegt und nach einem geltenden Schema registriert, ehe sie sie knapp aus dem Handgelenk in den Eingangskorb schleudert. Sophia denkt: Es ist immer so. Nach der Rückkehr aus dem Urlaub muß man im Betrieb mit bösen Überraschungen rechnen, und diesen Gedanken begleitet sie mit heftigem Kopfnicken.

Da läßt ein durch die Polstertür gedämpftes Lachen sie hellhörig werden – lacht man so beim Diktat? Sie springt auf, stürzt zur Tür, aber nur, um dem Kunstkalender, den in ihrer Abwesenheit niemand korrigiert hat, 21 Tage abzureißen. Wieder dringt quietschendes, jedenfalls hochangesetztes Gelächter aus dem Chefzimmer, worauf Sophia als langjährige und rechtmäßige Herrscherin des Vorzimmers in souveränem Entschluß ihre Handtasche hervorzieht, der Handtasche die Feder entnimmt und in Höhe des Kunstkalenders, nein, unter dem angehobenen Kunstkalender einen energischen Kreis zieht – münzengroß nur. Die Wand seufzt, der Stein erweicht und tropft lautlos weg, und durch das entstandene Loch wirft Sophia einen Blick in das Chefzimmer, läßt bei langsamer Drehung das Zimmer vorüberwandern bis zur eindrucksvollen, gediegenen Schreibtischecke. Soll das ein Diktat sein? Bei dem, was ihrem Blick zugemutet wird, könnte jeder verstehen, daß sie sich nicht nur enttäuscht, sondern auch mit redlicher Erbitterung vom Guckloch zurückzieht und auf dem kurzen Weg zum Schreibtisch schmerzhaft Abschied nimmt von liebgewordenen Vorstellungen. Das Papier, das sie jetzt in die Schreibmaschine einzieht, kann gar nichts anderes – es muß ihr Gesuch um Versetzung in eine andere Abteilung werden.

Von nun ab wird ihr Verhältnis zur grauen Schwungfeder skeptischer, sie trägt sie oft in der Hand, dreht sie ruckweise zwischen Daumen und Zeigefinger; einmal vergißt Sophia sie in einem Café, kehrt jedoch von weither zurück, um sie zu holen. Und an einem Wochenende, allein in ihrem kühlen Apartment im Turmhaus, vor dem offenen Fenster, wirft sie die Feder hinaus, sieht sie trudeln und gleiten, bis ein plötzlicher Aufwind sie erfaßt und zu Sophia zurückweht. Sie wirft sich auf die Couch und liest bei ihrer Lieblingsmusik ihr Lieblingsbuch – ›Haus aus Hauch‹ –, die Feder als Lesezeichen benutzend. Sie tut es so lange, bis nebenan der kleine Junge zu jauchzen und zu quietschen beginnt, der Sohn des bedeutenden, allzeit höflich grüßenden Schauspielers Kreuzer. Ein leiser Strich über die Wand, eine bange Bewegung genügen, und durch den entstandenen Schlitz erkennt sie den Jungen, der auf dem Fußboden sitzt, allein, umgeben von seinem Spielzeug, von Kränen, Bulldozern, Lokomotiven und Kanonen. Zuhauf liegen die Puppen seiner apfelbäckigen Schwester, die offenbar ihre Eltern hat begleiten dürfen; er hat die Puppen einfach aufeinandergeworfen, und nun entkleidet er sie jauchzend, blonde und brünette Puppen, stellt sie nackt auf den Boden und zieht genüßlich die Uhrwerke von Bulldozern und Panzern auf. Er klatscht in die Hände, wenn ein Panzer oder ein Schneepflug eine Puppe rammt, niederzwingt, überfährt; er trommelt vor Freude auf den Boden, wenn die Lokomotive einen kleinen Puppenkörper auf den Schienen vor sich herschiebt. Quietschend schraubt er sodann einzelnen Puppen die Glieder ab, verlädt sie mit seinem Kran auf einen Lastwagen und kippt sie sozusagen an der Böschung des Bahndamms aus. Zwei große grinsende Stoffpuppen exekutiert er mit der Erbsenkanone. Sophia fragt sich erschrokken, was die Mutter des Jungen nach ihrer Rückkehr sagen wird, Frau Kreuzer, die sie schon zweimal zur Besichtigung ihrer Steinsammlung eingeladen hat.

Hastig verstopft Sophia den Schlitz mit Watte, läuft auf der Suche nach einem angemessenen Entschluß durch ihre Wohnung, wirft auf einmal den Mantel über und fährt zum Parkplatz hinunter. Mit hallenden Schritten geht sie zu ihrem Auto, immer wieder ausgewischt von den Schatten der roten Zementpfeiler und zum Vorschein gebracht durch das indirekte Licht, und plötzlich, als sie über den zerschmolzenen Grenzstein tritt, versperrt Siebeck ihr den Weg, der die Aufsicht über die Garage hat.

Er hält ihr grinsend die offene Hand hin; stumm fordernd, darin sicher, daß sie weiß, was er meint. Dennoch versteht sie seine Geste nicht, und er muß ihr beibringen, daß er ihr Mitwisser ist, daß er vorübergehend die Feder braucht, nur mal für ein Wochenende, für ein spezielles Unternehmen; um seiner Forderung Nachdruck zu verleihen, deutet er auf die zerflossenen Reste des Grenzsteins. Sophia zögert, denkt an Flucht. Da reißt er ihr die Feder aus der Hand und stürzt triumphierend zu einer hüfthohen Betonwand, will gleich ausprobieren, was die Feder am Stein leistet, wie sie die Härte besiegt. Er streicht über eine Ecke, er reibt und kitzelt den Beton, doch nichts regt sich, nichts zerfällt – worauf Siebeck, nach einiger Unschlüssigkeit, die Feder in Sophias Hand zwingt und ihre Hand zart über den Beton führt. Und jetzt beginnt es zu sacken, zu schmelzen, die berührte Ecke erweicht und fließt in zähen Tropfen ab. Siebeck steht da und sieht aus wie einer, der einmal gefaßte Gedanken von neuem bebrüten muß, und dann nickt er, einverstanden mit sich selbst, da er anscheinend eine Lösung gefunden hat – die einzige, die übriggeblieben ist: Sophia wird ihn begleiten müssen, da die Feder offenbar nur in ihrer Hand das Erwünschte leistet.

Er zwingt sie, in seinen Wagen einzusteigen, freundlich, mit entschlossener Sanftmut, und dann fahren sie hinaus an den Strom zu dem weißen, schwimmenden Restaurant. Über eine federnde Brücke gehen sie an Bord, wo Siebeck respektvoll von einigen Kellnern begrüßt wird und vertraulich vom Wirt, der es sich nicht nehmen läßt, sie persönlich zu einem Tisch am Fenster zu führen, und ihnen auf Kosten des Hauses einen Willkommenstrunk servieren läßt. Als Siebeck sich in unerwarteter Förmlichkeit entschuldigt, winkt Sophia beruhigend ab: es sei doch ganz gemütlich hier, und außerdem gäbe es hier wohl garantiert frische Seezungen.

Da der Wirt selbst sich um das Wohlergehen besorgt zeigt, glaubt Siebeck ihr erklären zu müssen, woher die Achtsamkeit rührt, und er stellt sich und den Wirt als ehemalige Soziologiestudenten vor, die schon auf der Universität zueinander fanden. Und nicht nur dies: in langen Gesprächen entdeckten sie ihre gemeinsame Verachtung für die repressive Leistungsgesellschaft. Gleichzeitig warfen sie das akademische Handtuch und entschieden sich dafür, etwas gesellschaftlich Relevantes zu tun – nämlich in diesem schwimmenden Restaurant, beziehungsweise in der Garage.

Bei der zweiten Flasche Wein – feine Spätlese, Kröver Steffensberg – erläutert Siebeck Sophia die vielfältige Bedeutung ihres Vornamens, und wenn ihr auch das meiste bekannt ist, hört sie die Erläuterungen gern und ist einfach angetan von der Art, wie er ihren Vornamen ausspricht. Beim Tanz auf der winzigen Tanzfläche spürt sie die leichten dünenden Bewegungen des schwimmenden Restaurants; ihr gefällt es, wie beherrscht Siebeck sich ihrem Rhythmus anpaßt, sobald sie einmal gestolpert ist. Sie ist einverstanden damit, daß er sie an der Hand zum Tisch zurückführt, und empfindet es als ausgesprochen nett, daß er ihr Lieblingsdessert zum zweiten Mal bestellt: Vanille-Eis mit Rum und Kirschen.

Ein einziges Mal nur erwähnt er die Feder beiläufig, entwertend, es sei doch wohl alles eine Sinnestäuschung gewesen, sagt er und tut sehr erstaunt, als Sophia ihm widerspricht und behauptet, daß die Feder tatsächlich jeden Stein zur Nachgiebigkeit zwingt. Er schüttelt ungläubig den Kopf. Er möchte wissen, wie oft man ihr schon gesagt habe, daß sie beim Lächeln die Nase kraus zieht. Und ebenso möchte er wissen, ob sie weiß, daß ihre Augen von verschiedener Farbe sind. Und schließlich ihr Gang: ob ihr bewußt sei, daß sie sich im Windsor-Gang fortbewege, also über den großen Onkel. Über ihren Gang, sagt sie amüsiert, habe ihr noch niemand etwas so Genaues gesagt, vermutlich, weil bisher noch niemand sie so genau ins Auge gefaßt habe.

Leider muß Sophia nun mehrmals niesen – das kommt gewiß vom offenen Fenster und der Nähe des Stroms –, und da sie nur ein Taschentuch bei sich hat, geht Siebeck zum Wirt, um ein Päckchen Tempotaschentücher zu besorgen. Während beide Herren sich in den engen Direktionsraum zurückziehen, kramt Sophia in ihrer Handtasche, findet offenbar nicht, was sie sucht, packt alles wieder ein, zuletzt die Feder – nein, sie korrigiert ihren Entschluß und nimmt die Feder zwischen die Finger. Sie überlegt sichtbar. Und dann spießt sie mit dem Federkiel eine der Maraschino-Kirschen auf, zwängt beides, Kirsche und Feder, in eine leere Weinflasche, hält die Flasche lächelnd aus dem Fenster und läßt sie in den Strom fallen, unbemerkt.

Der Wirt bringt die Tempotaschentücher persönlich; fürsorglich schließt er das Fenster, von Siebeck unterstützt, und danach verharrt er in Gehemmtheit, nicht lange allerdings: er fragt, ob es tatsächlich zutreffe, was Herr Siebeck ihm gerade erzählt habe, ob es tatsächlich diese wunderbare Feder gäbe, unter deren Berührung jeder Stein wegschmelze. Ob er sie einmal sehen dürfe? Sophia lächelt; sie lächelt triumphierend, und mit einer Erleichterung, die sie selbst am besten begründen könnte, stellt sie fest, daß sie sich von dem »verruchten Ding« gerade befreit habe. Gewaltsam. Flupp und weg. Sie erwartet, daß ihr Lächeln von Siebeck erwidert wird, doch zu ihrem Erstaunen reißt der in empörter Eile das Fenster wieder auf, blickt den Strom hinunter, zischelt dem Wirt etwas zu und stürzt hinaus – noch im Abdrehen mustert er Sophia mit wütendem Vorwurf. Der Wirt ruft einigen Kellnern etwas zu, worauf diese hinter Siebeck herlaufen.

Sophia kann nichts anders, sie muß annehmen, daß der heitere Abend beendet ist. Sie hat jetzt keine Lust, ihr Lieblings-Dessert aufzuessen. Da man sie so eilig verlassen hat, verläßt auch sie mit blickloser Eile das Restaurant, strebt dem engen Niedergang zu, stößt sich empfindlich; doch sie beißt die Zähne zusammen und steigt hinauf zur Garderobe. Die alte Garderobiere, die ihr den Mantel reicht, hat nicht nur Nähzeug, sie hat auch Pflaster bereit, und mit klammen Fingern klebt sie Sophia ein Pflaster aufs Jochbein. Auf der federnden Brücke bleibt Sophia stehen und sieht auf den Strom hinab: dort laufen sie am Ufer entlang, rufen, scheinen die treibende Flasche entdeckt zu haben.

Nach kurzer Unschlüssigkeit überquert Sophia die Straße und schlendert, immer zögernder, an Schaufenstern vorbei, an einem naßglänzenden Denkmal. Sie hebt ihr Gesicht in den Regen auf. Sie bleibt stehen. Sie muß sich an einem Scherengitter anlehnen. Ist Ihnen schlecht, fragt eine vorübergehende Frau, und Sophia winkt ab: Es geht schon, danke, es geht schon wieder. Und dann hört sie die Laufschritte aus dem Schatten, und sie strebt eilig in Richtung zum Hauptbahnhof. Sie flieht vor den Schritten, ohne auf die Straße zu achten. Sie hört ihren Namen, dringlich, einmal und noch einmal, und jetzt bleibt sie erschöpft stehen und läßt Siebeck herankommen. Er hält die Feder in der Hand; und ohne Sophia um Erlaubnis zu bitten, legt er die Feder in ihre Handtasche, hakt sie ein und zieht sie mit sich. Natürlich hat er ihr sowohl etwas zu erklären als auch vorzuschlagen. In zwei Stunden etwa, wenn der größte Betrieb abgeflaut sei, erwarte sie sein Freund, der Wirt des schwimmenden Restaurants. Zuvor aber – er deutete auf die Kellerkneipe – könnte man hier miteinander sprechen, im »Letzten Anker«.

Und nun haben sie miteinander gesprochen, und es gilt lediglich Zeit zu überbrücken bis zur vereinbarten Verabredung. Sophia hat den Vorschlag gehört, einen allzu naheliegenden Vorschlag, und sie hat erkannt, was der Besitz der Feder bedeutet. Sie wird sie endgültig vernichten müssen. Ein Streichholz genügt.

Dieter Klimke schwieg, und Gregor und ich blickten zu den Spielautomaten hinüber: die Frau zündete gerade ein Streichholz an, tauchte die Federspitze in die Flamme, und das leichte Graue krümmte sich in einer Stichflamme und verkohlte unter kurzem Prasseln; den Rest der Feder warf sie in den Aschenbecher. Wollte sie gehen? Sie machte einen Versuch, sich zu erheben, alles Glieder für diese einzige Handlung zu mobilisieren, doch es glückte nicht nach Wunsch, und offenbar um sich für die Enttäuschung zu entschädigen, bestellte sie sich noch einen Doppelstöckigen und schickte eine geringschätzige Handbewegung hinterher. Auch Gregor bestellte uns einen Doppelstöckigen und für Klimke einen heißen Tee mit Zitrone.

Die Bestellung bestand nur aus einem kurzen Zuruf, denn Gregor kam und kam nicht von dem ungleichen Paar aus der Ecke los – vermutlich erwog er da Beziehungen, überprüfte mögliche Konflikte, suchte wohl überhaupt nach Bestätigungen für Klimkes Erzählung, und plötzlich entschied er: Nichts, ich sehe nichts, was ihre phantastische Auslegung rechtfertigt. Jedenfalls, die Schmerzlichkeit der Frau rührt nicht daher, daß sie zuviel erfahren hat. Jetzt bist du wieder auf deinem alten Trampelpfad, sagte ich. Weil dir das Phantastische nicht liegt, hat es für dich keine Beweiskraft. Gregor blickte ärgerlich vor sich hin, warf eine Kippe in den Aschenbecher, daß es stäubte. Gut, sagte er und wandte sich an Klimke, dann erklären Sie mir mal, was Sie mit dieser Geschichte meinten, kurz, in einem Satz, den ich auch auf meine Erfahrungen anwenden kann. Auf die Erfahrung der Schwerkraft, fügte ich hinzu.

Klimke hob bedauernd die Schultern, er schien sich zu entschuldigen für die Ratlosigkeit, die er bei Gregor hervorgerufen hatte, und in redlicher Verlegenheit sagte er: Ich bin überzeugt davon, daß man die Realität nur aufdecken kann mit Hilfe des Phantastischen. Und was ich mit meiner Geschichte beweisen wollte ... nur dies: wir brauchen Mauern, jeder von uns. Aber das alles, sagte Gregor, kann doch nur einen Wert haben, wenn es für meine lausige Realität gilt. Ich gehe ja davon aus, sagte Klimke, daß die Realität nicht gründlicher identifiziert werden kann als durch eine Beweisführung im Phantastischen.

Aber wir haben nichts gewonnen, sagte Gregor, und mit einem Blick zu den Spielautomaten: Was wir vorgelegt haben – drei Entwürfe; was wir gewonnen haben – drei Wahrheiten, die zu nichts verpflichten. Wir können hier sitzen und erzählen, solange wir wollen: Dies Paar da drüben wird seine eigene Geschichte behalten, und dieser werden wir uns nie nähern, auch mit geduldiger Erfindung nicht.

Darauf kommt es ja nicht an, sagte Klimke, was wir versuchen – mit Hilfe der Phantasie der begrenzten Muster zu finden, in denen sich Wirklichkeit erschöpft. Erfahrungssätze, die für uns alle verbindlich sind.

Aber das, sagte Gregor, kann man doch erst feststellen, wenn man die andere Seite gehört hat. Ich meine: Erfindung muß in jedem Fall durch Realität beglaubigt werden. Was wir jetzt einfach brauchen, ist die wirkliche Geschichte dieser beiden, denn sie ist ja bisher nicht erzählt.

Klimke lächelte, und dann rieb er sich die Hände und sagte: Ich wette, daß etwas aus unseren Geschichten auch auf die beiden zutrifft – eine Stimmung, eine Hoffnung oder eine Erfahrung.

Los, mein Alter, sagte Gregor zu mir, geh rüber und nimm ihnen die Beichte ab. Klopf mal auf den Busch. Das müssen wir wohl schon gemeinsam tun, sagte ich. Nein, sagte Klimke, zu dritt, das wirkt einschüchternd, eine Bedrohung. Sie sollten es wirklich allein versuchen.

Sie blickten mich aufmunternd und dringlich an, so lange, bis mir nichts anderes übrigblieb, als aufzustehen und hinüberzugehen zu dem Burschen, von dem ich bereits ein dreifaches Bild hatte. Er warf eine Münze in den Automaten, gewann, ich gratulierte ihm. Danke, sagte er, das macht den Kohl nicht fett, insgesamt hab' ich verloren. Vermutlich nahm er an, daß ich mitspielen wollte, denn mit einer kurzen, einladenden Handbewegung überließ er mir den Rota-Mint-Automaten. Während ich nach einem Einstieg suchte, kam er mir mit einer Frage zuvor; leise, zu unserem Tisch hinnickend, wollte er wissen, ob das Schwergewicht mit dem Nikolausbart zufällig Gregor Bromm sei, der Schriftsteller. Ja, sagte ich, das ist er, und der

Bursche darauf: Bromm ist mein Mann, der hat wirklich was los, und sein Roman ›Haut auf dem Markt‹ hat mir sehr gefallen. Ich nickte, druckste, wollte ansetzen und wagte es nicht; doch immerhin fragte ich ihn, ob der »Letzte Anker« seine Stammkneipe sei. Der Bursche schüttelte den Kopf. Stammkneipe? Er sei zufällig hier hereingeschneit. Allein, fragte ich, und er darauf: Allein, natürlich. Aber die Dame, sagte ich; doch ich vollendete nicht den Satz vor seinem verengten mißtrauischen Blick. Die Dame, sagte er langsam, ich habe sie hier kennengelernt, dagegen haben Sie doch nichts, oder? Was wollen Sie eigentlich von uns?

Ich entschuldigte mich, ging wohl etwas zu schnell an unseren Tisch zurück, kippte Gregors Glas und sagte in ihr auffordernddes Schweigen: Sie haben sich gerade kennengelernt, hier. Einen Augenblick sahen sie mich verblüfft an, und dann sagte Klimke: Na, und? Ich fühle mich keineswegs widerlegt. In der Möglichkeit haben wir recht behalten, und darauf kommt es ja wohl an – für uns.

1974

Siegfried Lenz

Romane

Heimatmuseum

Das Vorbild

Deutschstunde

Es waren Habichte
in der Luft

Der Mann im Strom

Brot und Spiele

Stadtgespräch

Die frühen Romane

Szenische Werke

Das Gesicht

Haussuchung

Essays

Beziehungen

Erzählungen

Einstein überquert die Elbe
bei Hamburg

Der Geist der Mirabelle

So zärtlich war Suleyken

Jäger des Spotts

Das Feuerschiff

Der Spielverderber

Gesammelte Erzählungen

Lehmanns Erzählungen oder
So schön war mein Markt

Leute von Hamburg

So war das mit dem Zirkus

Über Siegfried Lenz

Colin Russ (Hrsg.):
Der Schriftsteller
Siegfried Lenz

Hoffmann und Campe

Erzählungen

Der rastlose Fluß
Geschichten
des Fin de Siècle

dtv

Marie Luise Kaschnitz:
Lange Schatten
243

Wolfgang Pehnt (Hrsg.):
Der rastlose Fluß
Englische und französi-
sche Geschichten des
Fin de Siècle
Mit Illustrationen
977

Karl May:
Der Große Traum
1034

Dichter Europas
erzählen Kindern
46 neue Geschichten aus 17 Ländern

dtv

Alan Sillitoe:
Die Lumpen-
sammlerstochter
1050

Joachim Fernau:
Hauptmann Pax
1068

Gertraud Middelhauve
(Hrsg.):
Dichter Europas
erzählen Kindern
46 neue Geschichten
aus 17 Ländern
1114

Erzählungen

Ein ›document humain‹ von der Wirklichkeit des Krieges

Lothar-Günther Buchheim:
Das Boot
Roman

1206

Ein Kriegsroman, wie es ihn bisher nicht gab. Hier hat sich ein Mann »in einem Akt der Selbstbefreiung« die Last seiner Kriegserinnerungen von der Seele geschrieben. Buchheim verdichtete nach einer Jahrzehnte währenden Auseinandersetzung mit dem Stoff »die Summe seiner Erfahrungen, die er an Bord von U-Booten machte«, zu einem Roman – aber auch zu einem Dokument, wie es die Geschichtsschreibung mit ihren Mitteln allein nicht darstellen könnte.

»Mit jedem Satz, in jedem Absatz wird eingefangen, wie der U-Boot-Krieg war . . . Plieviers ›Stalingrad‹, anders angelegt, anders gedacht, darf solches Urteil nicht verstellen: Lothar-Günther Buchheim hat den bislang besten deutschen Roman von der Front des Zweiten Weltkrieges geschrieben, den ersten, der gültig ist . . .« (Die Zeit)

Analysen
und Kontroversen
zu Buchheims ›Boot‹

Michael Salewski:
Von der Wirklichkeit
des Krieges
Analysen und Kontroversen
zu Buchheims ›Boot‹

Mit Fotos
von Lothar-Günther Buchheim
Originalausgabe
1213

Kriegsliteratur auf dem Prüfstand. – Buchheims Roman
›Das Boot‹ und die von ihm ausgelösten heftigen Kon-
roversen waren für den Historiker Michael Salewski eine
Herausforderung, grundsätzlichen Fragen der literari-
schen Bewältigung des Kriegserlebnisses nachzugehen.

Diesen generellen Analysen wird im zweiten Teil eine
charakteristische Auswahl aus den Kommentaren der
unmittelbar Betroffenen, aus den Besprechungen der
Massenmedien und aus Leserbriefen – ergänzt durch
historische Dokumente und Fotos – gegenübergestellt.

Der Band führt weit über seinen Anlaß hinaus: Er macht
deutlich, inwiefern ein zum Roman verdichteter Erlebnis-
bericht als geschichtliches Zeugnis gelten kann.

Siegfried Lenz